조종현 전집 1

지은이

조종현(趙宗玄, Jo, Jong-hyun, 1906~1989)

1906년 2월 8일(음력) 전남 고흥군 남양면 왕주리 315번지에서 아버지 함안 조씨 용명(趙鏞明)과 어머니 여산 송씨 장동(宋璋洞)의 3남 중 장남으로 출생하였다. 1922년 2월 24일 전라남도 순천 선암사로 경운(金擎雲)스님의 손상좌로 금봉스님을 은사로 불교 공부를 시작하였다. 1926년 3월 11일 범어사 전문강원 진진응 스님에게서 사교과(四教科)를 수료하였고, 1928년 1월 동화사 강원 대표로 이운허, 이청담과 주도하여 전국 불교학인대회를 개최하였으며, 조선불교 학인연맹 기관지 『회광』을 편집 발행하였다. 1929년 8월 잡지 『불교』에 첫 시조 「庭有花」를 '석범(石帆)'이라는 필명으로 발표하였고, 『조선일보』에 11월 16일 첫 동요 「엄마숨박곡질」을 발표하면서 시조시인이자 동요작가로 활동하였다. 1931년 3월 23~24일 총동맹 발기를 위한 조선불교청년대회에 참가하여 임시집행부 서기 및 맹헌(盟憲)제정 전형위원으로 선출, 조선불교청년동맹 창립대회에서 중앙검사위원회 위원으로 선출되는 등 불교개혁운동에 앞장섰다. 1932년 4월 선암사 전문 강원 5대 강주로 부임하였고, 1937년 9월 일본 동경 구택(駒澤)대학에 1년간 유학하여 위등랑응(衛藤郎應)박사에게 불교학을 수료하였다. 1946년 선암사 주지로 부임하였으나 1948년 환속하여 교직에 종사하다. 1963년 동국대학 재단이사를 역임하고, 1986년 총화종 종정으로 추대되었다. 1960년 이태극과 『시조문학』을 창간하여 시조문학의 발전에 힘썼으며, 시집으로 『자정의 지구』, 『의상대 해돋이』, 『거 누가 날 찾아』, 『나그네 길』이 있다. 승려로, 동요작가로, 시조시인으로, 교육자로 살다가 1989년 8월 31일 운명하였다.

엮은이

이동순(李東順, Lee, Dong-soon, 조선대 자유전공학부 교수)_전남대학교에서 「조태일 시 연구」로 박사학위를 받았다. 저서로 『움직이는 시와 상상력』, 『광주전남의 숨은 작가들』이 있으며, 편저로 『조태일 전집』, 『박흡 문학전집』, 『목일신 전집』, 『목일신 동요곡집』, 『정태병 전집』, 『정태병 동화집』, 『땅의 노래』가 있다.

조종현 전집 1 아동문학 · 시조편

초판인쇄 2015년 11월 20일 **초판발행** 2015년 12월 1일

엮은이 이동순 **펴낸이** 박성모 **펴낸곳** 소명출판

출판등록 제13-522호 **주소** 서울시 서초구 서초중앙로6길 15, 1층

전화 02-585-7840 **팩스** 02-585-7848 **전자우편** somyong@korea.com **홈페이지** www.somyong.co.kr

값 42,000원

ISBN 979-11-5905-030-5 04810

979-11-5905-029-9 (세트)

이 책은 고흥군의 지원에 의해 발간되었음

비밀결사 '만당'의 조직원이 되었던 24세 때(1930)

일제의 종교 황국화 정책으로 이렇게 결혼해 일본식 대처승이 되었다(1933)

52세, 광주제일고등학교 국어 선생 시절(1957)

둘째아들의 동국대 졸업식 날. 왼쪽부터 큰아들 진래, 조종현, 셋째아들 건래, 둘째아들 정래, 부인, 큰딸 양덕(1966)

장남 조건래 휴가 기념 가족사진

덕수궁 뜰에서(1968)

손자란 황혼인생에게 하늘이 준 마지막 선물이라는 말이 있다. 손자들과 즐거운 한때.
왼쪽부터 손자 도현, 헌준, 외손자 재훈(1978)

설날 시조시인 아버지, 시인 며느리, 소설가 아들이 나누는 문학에 대한 이야기(1983)

초여름의 나들이(1985)

81년 세월이 담긴 모습(1987)

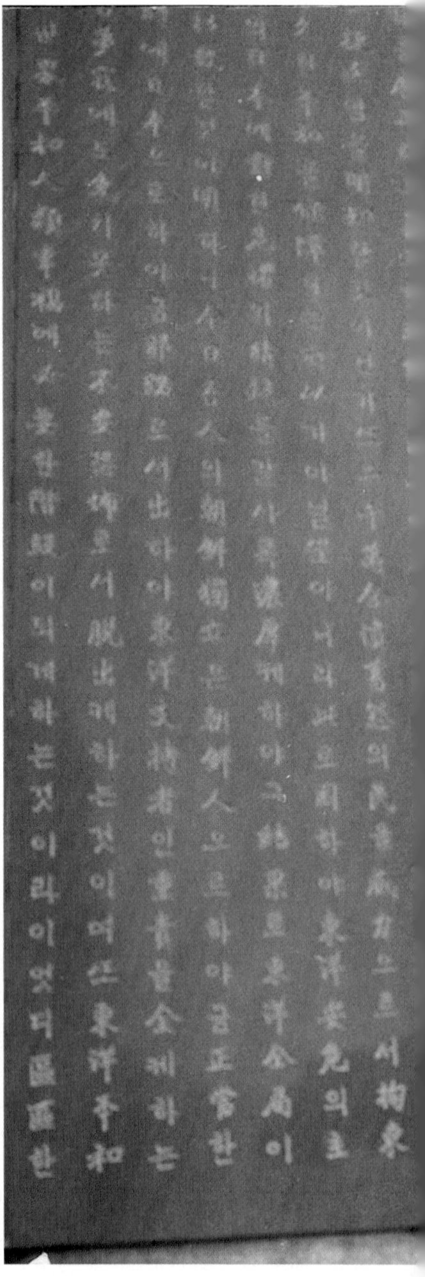

일제시대 만해 한용운 선생이 이끌었던 승려들의 비밀 독립운동 조직인 '만당'의 재무위원이기도 했던 조종현은
민족의식이 강한 작품을 많이 썼다. 파고다공원에서(1985)

어느 잔치 자리에서 부인 박성순 여사와 함께 파안대소(1987)

『태백산맥』이 2부까지 출간되고, 형제들이 출판 축하연을 열었다.
그 주인공인 작은아들 내외를 상석에 앉혀 주었다(1987)

작은아들이 천안공원묘지에 잠든 아버지를 찾았다(1992)

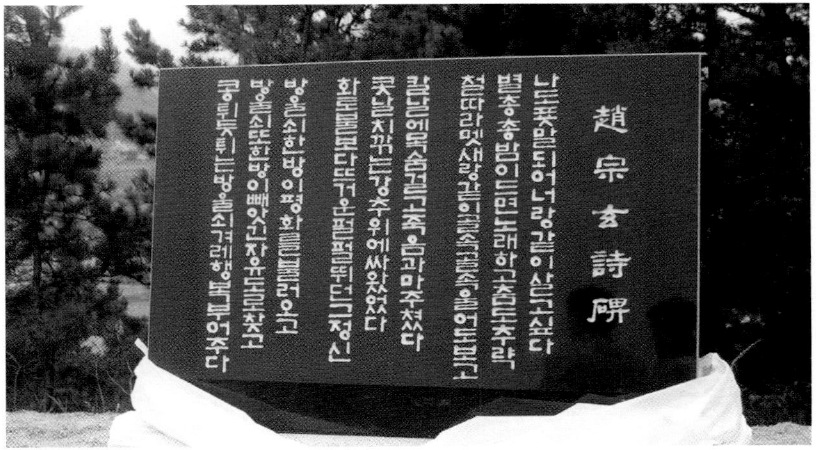

전남 고흥군 남양면 한마음공원에 시조 「나도 풋말 되어 살고 싶다」의 일부가 새겨진 시비(1998)

낙산사에 있는 시비-의상대 해돋이

철운조종현대법사비

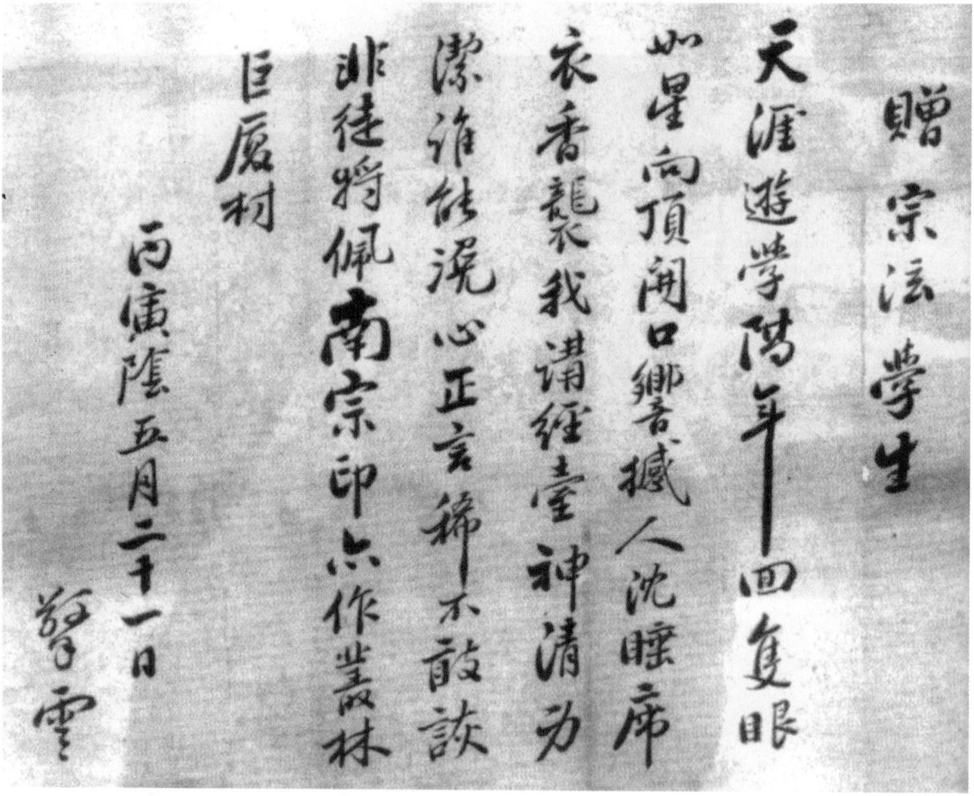

경운스님이 손상좌인 조종현이 크게 되기를 기대한 글

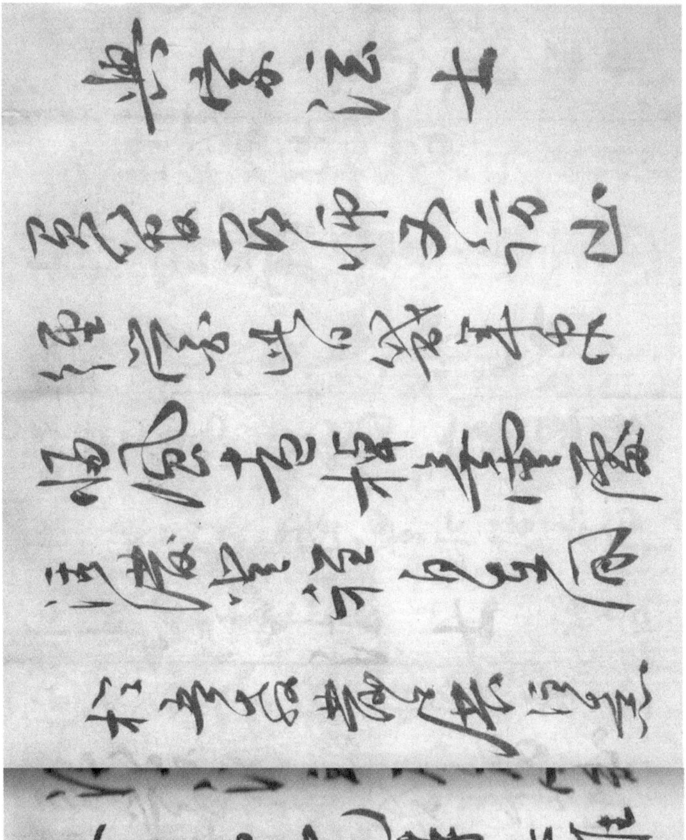

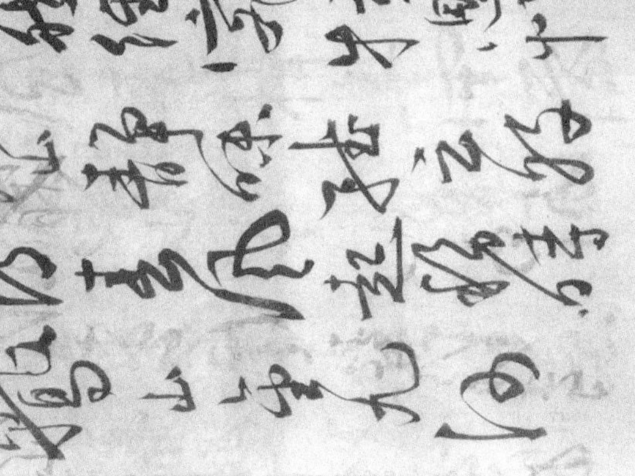

경운스님이 조종현에게 보낸 글

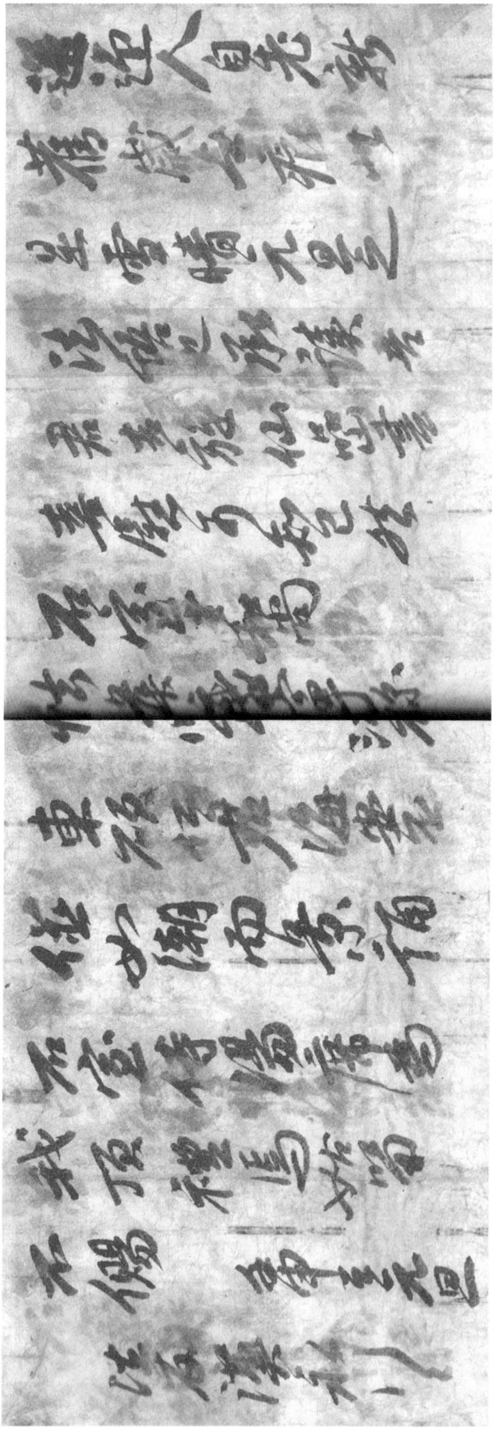

박한영 스님의 편지

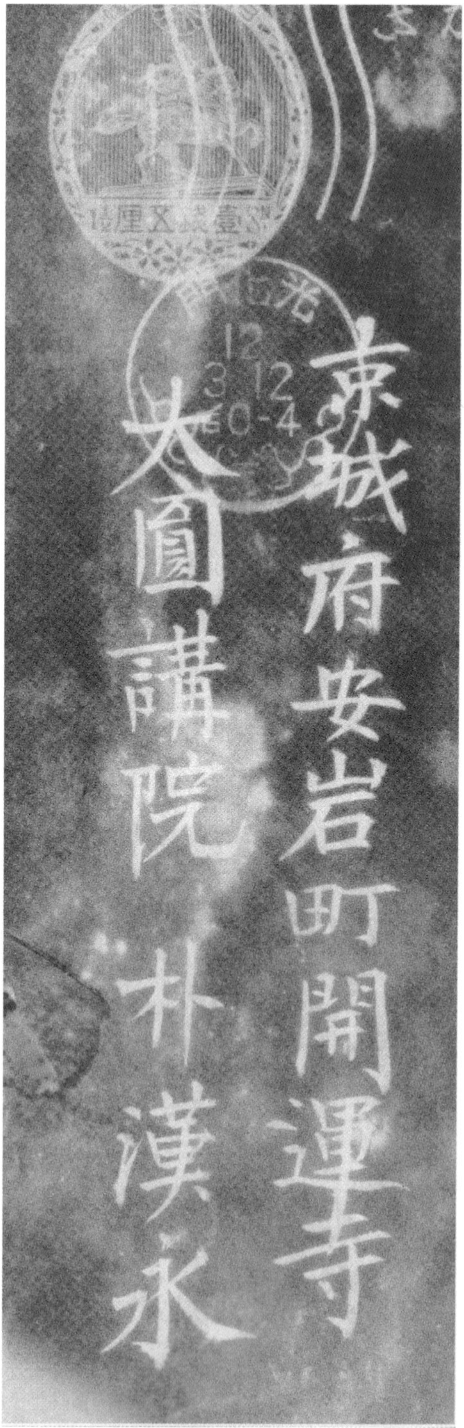

박한영 스님이 보낸 편지봉투

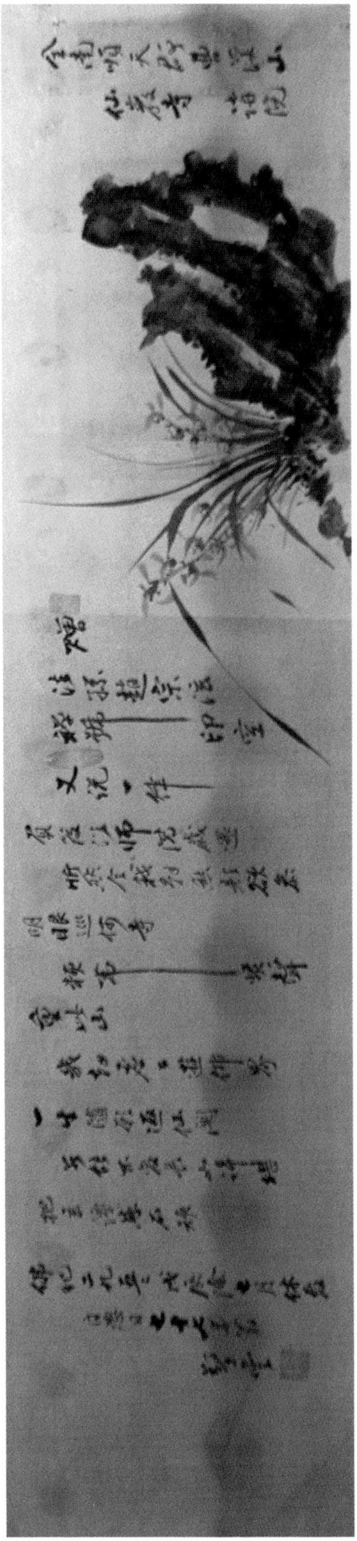

유학을 마치고 온 손상좌 조종현에게 '인공'이라는 호를 내린 경운스님의 시와 그림

『금강저』

『범성』 창간호

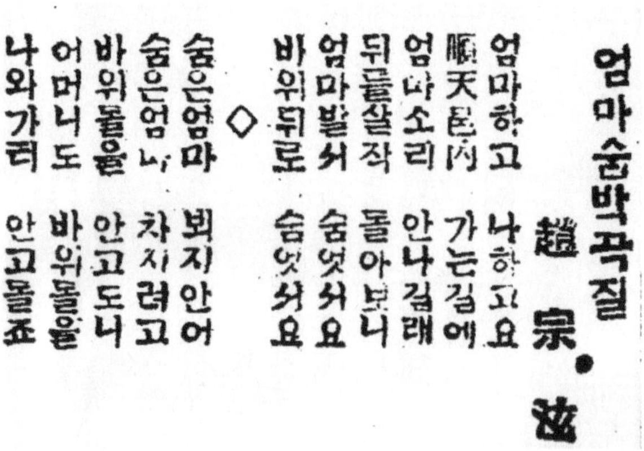
엄마숨박곡질

趙宗玆

엄마하고 나하고요
腦天邑內 가는길에
엄마소리 안나길래
뒤를살작 돌아보니
엄마발써 숨엇서요
바위뒤로 숨엇서요

◇

숨은엄마 뵈지안어
숨은엄마 차지려고
바위돌을 안고도니
어머니도 바위돌을
나와가티 안고돌죠

첫 동요작품 〈엄마 숨박곡질〉
(『조선일보』, 1929.11.16)

형석기 작곡한 조종현의 동요
〈한말 · 한글〉
(『동아일보』, 1930.11.19)

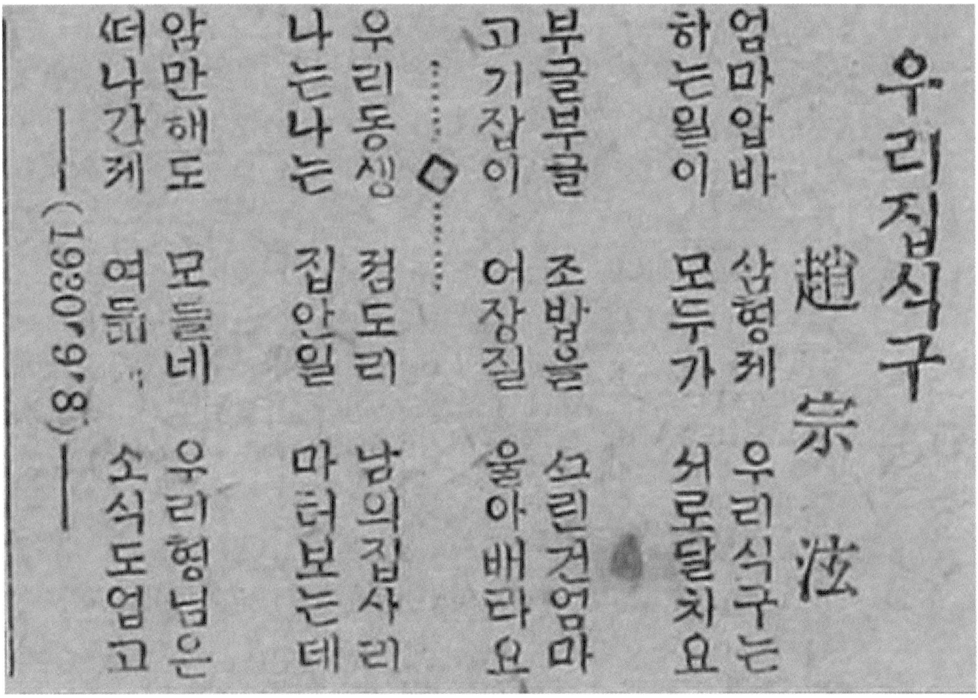

우리집식구

趙宗泫

엄마압바 삼형케 우리식구는
하는일이 모두가 서로달치요
부글부글 조밥을 쓰린건엄마
고기잡이 어장질 울아배타요
……◇……
우리동생 컴도리 남의집사리
나는나는 집안일 마터보는데
암만해도 모들네 우리형님은
떠나간케 여듧해 소식도업고
—(1930.9.8)—

동요 〈우리집식구〉(『중외일보』, 1930.9.8)

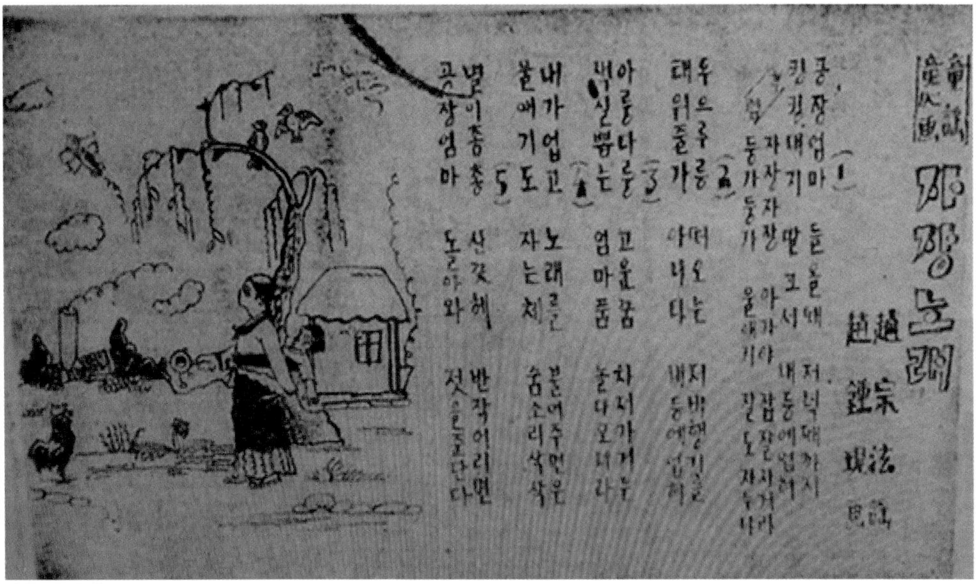

조종현이 쓰고 그린 동요작품

첫 시조집 『자정의 지구』 표지

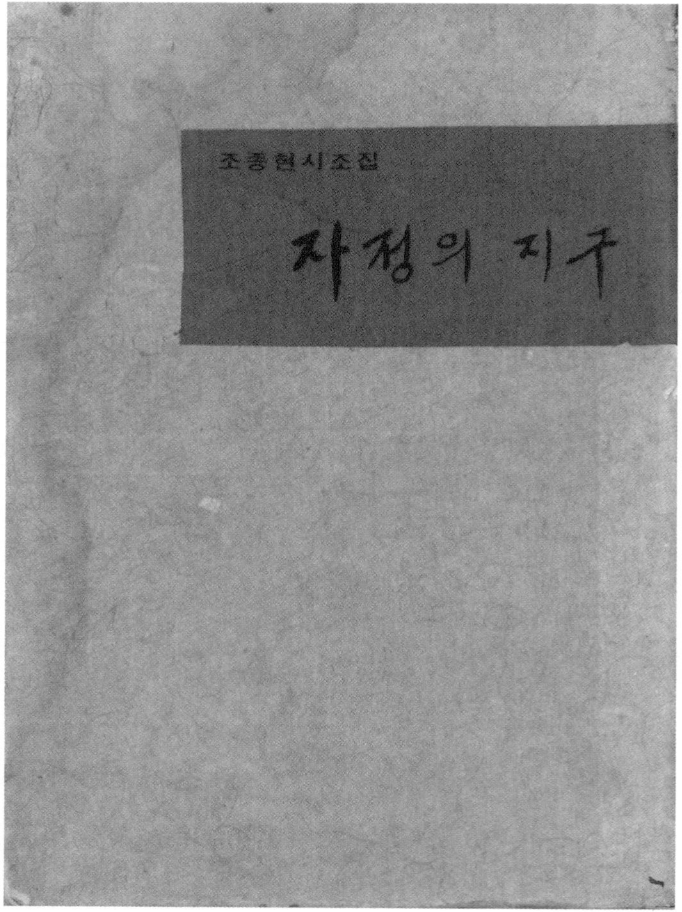

첫 시조집 『자정의 지구』(1969) 케이스

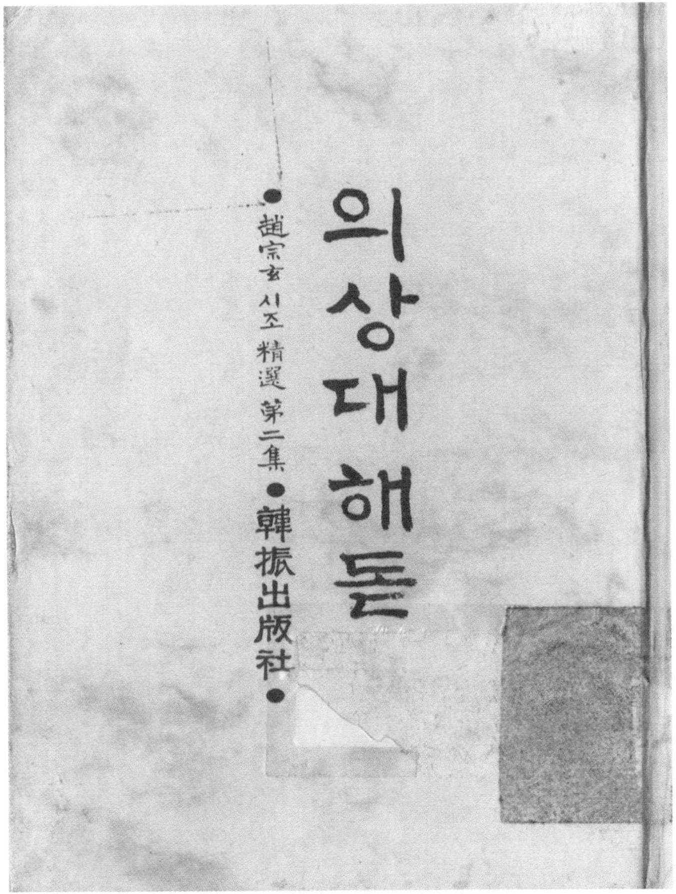

시조집『의상대 해돋이』(1978)

시조집『거 누가 날 찾아』(1986)

시조집 『나그네 길』(1988)

조종현 전집 1

The Complete Works of Jo Jong-hyun

아동문학
/시조편

이동순 엮음

소명출판

일러두기

- 동요는 발표 당시 원문을 그대로 작품발표 순서대로 배열하였다.
- 시조는 발표 당시의 원문을 그대로 싣는 것을 원칙으로 하였으나, 시조집에 실린 작품은 시조집의 작품을 옮겼다. 시조는 작품발표 순서대로 배열하였고, 시조집 출간 순서에 따라 배열하였다. 원문의 출처를 밝히지 못한 것은 작품 끝에 붙인 창작 시기를 고려하여 배열하였다.
- 산문은 원문 그대로를 작품 발표 순서대로 배열하였다. 단, 띄어쓰기는 현대 표기법에 따랐으며, 오기가 분명한 것만 바로 잡았다.
- 단행본은『 』, 작품과 글 제목은「 」으로 통일하였고,「」,『』로 표기된 대화, 인용은 " "로 통일하였다.
- 원문 판독이 불능한 글자는 ○로 표시하였다.
- * 표시한 부분은 엮은이가 밝혀 적은 것이다.

『조종현 전집』을 엮으며

한 작가의 행적을 찾아 자료를 정리하는 일은 이론중심의 연구보다 열배 스무 배는 고되고 힘든 일이다. 그래서 누구도 쉽게 하려고 하지 않는다. 학문 연구에 있어서 가장 중요한 것은 연구의 기본적인 토대를 마련하는 것이다. 기본적인 연구가 선행되어야만 다른 연구들이 진행될 수 있기 때문이다. 조종현의 작품에 대한 연구가 거의 전무했던 것도 기본적인 연구가 진행되지 않았기 때문이다. 문단에서 행세를 하지 않은 조종현의 무소유의 성품에 기인한 바도 있지만 무엇보다도 연구자들이 힘들다는 이유로 연구를 게을리 한 탓이다. 그래서 유명한 작가의 작품을 중심으로 연구해야 뛰어난 연구자라고 인정받는 분위기는 재고되어야 한다. 그래야만 소중한 자료들이 한 자리에 모아져서 문화유산으로 집적될 것이고 많은 후속 연구가 진행될 것이다. 물론 힘이 들고 고된 일이다. 많은 시간을 들여야 하는 어려움도 있다. 뿐만 아니라 누가 알아주는 일도 아니다. 하지만 누군가는 반드시 해야 할 일이다. 그래서 나는 오늘도 미련하게 이 길을 걷는다.

일제의 식민정치에도 굴하지 않고 민족의 독립을 위해 목숨을 바친 독립운동가들이 있었다. 찬란한 민족문화를 계승하기 위한 몸부림이 없었다면 우리는 지금 역사와 문학을 예술을 논할 수 없으리라. 그래서 『조종현 전집』이 갖는 의미는 특별하다. 승려이자 동요작가였고, 시조시인이었던 조종현의 진면목을 확인할 수 있을 것이기 때문이다.

철운 조종현은 승려였다. 전라남도 고흥군 남양면 왕주리 315번지에서 태어나 16살 나이에 전라남도 순천의 선암사에서 경운스님을 노사로, 금봉스님을 은사로 출가하였다. 그는 순천 선암사의 법맥을 이은 학승이자 강원의 강사였다. 그는 일제의 조선불교 사찰령을 거부하고, 불교의 개혁과 불교의 대중화에 앞장섰다. 뿐만 아니라 한용운이 이끈 항일비밀결사체 '만당'의 맹원으로 활동했다. 승려 조종현은 시인 조종현보다 훨씬 더 큰 사람이다.

조종현은 동요작가였다. 조종현은 동요를 통해 민족의 미래를 책임질 기표로 등장한 '어린이'들이 당면한 민족적 현실과, 어린이들의 앞날에 희망을 주고자하였다. 1920년대부터 30년대는 민족운동의 성격을 띤 동요운동이 전국적으로 전개되었던 때로 일제의 식민교육을 전유하여 되돌려주고자 한 동요에 주목하고 동심의 구현에 열심이었다.

조종현은 시조시인이었다. 그는 1928년 『불교』에 첫 시조 「정유화」를 시작으로 생을 마칠 때까지 332편의 시조를 썼다. 생전에 『자정의 지구』, 『의상대 해돋이』, 『거 누가 날 찾아』, 『나그네 길』 등 4권의 시조집을 발간하였다. 그는 박한영 스님이 설립하여 운영한 개운사 강원(중앙불전, 현 동국대)에서 유식을 공부할 때 정인보, 이병기, 이은상, 최남선에게 시조를 배웠다. 1920년대의 시조부흥운동을 이어받은 시조시인으로, 1960년대 이태극과 『시조문학』을 창간하여 신인들을 발굴하여 시조문학의 발전을 위해 헌신한 시인이었다.

조종현은 교육자였다. 그는 승려들을 가르친 강원의 강사였고, 시인이었기 때문에 교직에 종사하였으며 고등학교 교장으로 정년퇴임하였다. 승려요, 동요작가요, 시조시인이요, 교육자였던 조종현. 이렇게 다양한 이력을 가진 그를 한 마디로 정의할 수 없다. 다만 그의 작품을 한

자리에 모아 다양한 이력이 말해주는 그의 자리가 무엇을 의미하는 지 밝혀지기를 바란다. 『조종현 전집』을 엮는 뜻이 여기에 있다.

『조종현 전집』은 총 3부로 구성되었다. 1부는 아동문학으로 동요와 평론, 동요극을 묶었다. 동요는 『조선일보』에 발표한 첫 동요 「엄마숨 박곡질」에서부터 발굴하여 정리한 동요는 58편이다. 그리고 아동문학 평론 2편과 동요극 1편을 찾아 아동문학사에서 그가 활동했던 영역을 확보하여 묶었다. 작품은 발표된 순서대로 정리하였으며, 서지를 밝혔다. 1920년대와 1930년대는 가장 활발하게 동요가 창작된 시기였다. 조종현도 이에 적극적으로 동요를 발표하였다는 것을 알 수 있게 하였다.

2부는 시조로 총 332편이다. 첫 작품인 「정유화」에서부터 육필원고까지 망라하였다. 생전에 발행했던 시집 4권에 실린 작품을 정본으로 삼았다. 발표당시 원문에는 하나의 제목으로 발표하였으나 이후 시집에 수록할 때는 각 수마다 제목을 붙여 수록하거나, 몇 수를 삭제하고 수록한 것은 각각 독립된 작품으로 정리하였다. 발표 당시의 원문을 그대로 옮겨 실었고, 제목이 바뀐 경우는 하단에 정리하였으며 시집에 수록된 작품도 별도 표기하였다. 그리고 2부 말미에 번역한 시조를 넣어 그의 문학의 지향한 세계를 확인할 수 있게 하였다.

3부는 산문이다. 조종현의 삶의 여정과 정신세계를 고스란히 담고 있는 산문은 53편이다. 일제하의 불교개혁운동과 관련한 글에서부터 1960년대의 불교분쟁, 그리고 교훈적인 글까지를 망라하였다. 그리고 3부 말미에 만해 한용운이 쓴 「조선독립의서」 등의 번역문도 넣어 번역의 뜻을 알게 하였고, 회갑을 맞이한 문인들의 「문학좌담회」도 넣어 문단의 흐름도 알 수 있게 하였다.

또한 동요를 비롯한 아동문학 작품, 시조, 산문의 연보를 정리하여 작품이 창작된 시기별 특성을 파악하는데 도움이 되도록 하였다. 조종현의 생애연보도 간략하게 정리하여 생애를 살필 수 있도록 하였으며, 부록에는 육필원고를 영인하여 넣음으로써 창작의 순간을 고스란히 느낄 수 있도록 하였다.

『조종현 전집』의 발간을 위해 많은 시간과 노력을 들였다. 그럼에도 불구하고 아쉬운 것이 한두 가지가 아니다. 서지를 밝히지 못한 작품들이 많고 필명을 확인하지 못해 심증은 있으나 확신이 서지 않은 글은 담지 못했다. 하지만 그동안 엄두내기도 어려웠던 그의 작품을 한 자리에 모았다는 것만으로 의미가 있는 일이라고 스스로 위안하고 싶다. 완벽한 전집은 없다고들 한다. 그러기에 앞으로도 그의 작품들과 서지를 밝히는 일을 멈추지 않으려고 한다.

『조종현 전집』이 나오기까지 많은 분들의 도움이 있었다. 특히 조종현의 고향인 전남 고흥군의 수장인 박병종 군수님의 문화예술에 대한 사랑과 관심이 없었다면 이 책이 나오기 힘들었을 것이다. 각별한 애정에 고개 숙이지 않을 수 없다. 또한 조종현의 차남인 소설가 조정래 선생님은 형제들을 대표해서 사진 등을 비롯하여 여러 자료를 제공해 주셨다. 진심으로 감사드린다. 그리고 언제나 그렇듯이 나의 모든 작업을 출판해준 소명출판 박성모 사장님과 소명 식구들, 특히 방대한 분량의 편집과 교정을 맡아준 채현아 님께 고맙다는 말을 전한다. 공부에게 엄마를 빼앗긴 솔・빛과 가족들, 지금도 보이지 않는 곳에서 마음을 모아주는 모든 이들에게 두 손을 모아 감사드린다.

가을이 깊어가는, 무등산 자락에서

엮은이 이동순 쓰다

목차

아동문학편

동요

동요평론

동요극

시조편

번역시

아동문학편

엄마숨박곡질

趙宗泫, 『조선일보』, 1929.11.16

엄마하고 나하고요
順天邑內 가는길에
엄마소리 안나길래
뒤를살작 돌아보니
엄마발서 숨엇서요
바위뒤로 숨엇서요

◇

숨은엄마 뵈지안어
숨은엄마 차지려고
바위돌을 안고도니
어머니도 바위돌을
나와가티 안고돌죠

울 어머니 애기노래

趙宗泫,『조선일보』, 1929.12.26

1

머리쯧는 우리애기
등에업힌 우리애기
등넘으로 손을내여
우물달을 건지래요

2

졋주무는 우리애기
품에안긴 우리애기
품안에서 손을내여
고양이를 잡으래요

—順天—

울 엄마 가락지

趙宗泫, 『조선일보』, 1930.1.11

一

짜무잡잡 검붉은 구리쇠가락지
녯날녯적 구리쇠 울엄마가락지
질삼그릇 광주리 쟁그랑쟁그랑
우리동생 차저서 나를주엇지요

二

곡감대초 갱엿에 호도엿사구려
큰아가씨 젓가슴 목츰뎅이만식
외어치는 엿장수 소리를듯고요
가락지를 가주고 엿사려갓지요

三

점심솟테 불엿튼 우리어머니가
부직갱이 불부처 손에들고서는
소리치며 악쓰고 쏘차를오지요
가락지가 앗가워 조차를오지요

—쏫—順天—

고기잡이의 아들 노래

趙宗泫, 『조선일보』, 1930.1.13

1
울아버지 뱃사공 섭기도해요
눈나리고 치운날 바다에써서
고기잡이 언손발 그뉘가불까
뉘가잇서 언손발 불어를줄까
2
울아버지 오늘도 눈물지타가
타도타관 능라도 그먼바다서
먹구름짱 사라진 이고향바라
천리고향 그리워 눈물지리다

—十二月 十二日 順天에서—

직공된 누나의 노래

趙宗泫, 『조선일보』, 1930.2.11

졸업이 다돼가는 내학교공부
공부하기 실혀서 내직공됏나
올봄에 졸업하고 상급학교갈
울옵바 학비대려 내직공됏지

◇

단돈십원 월급을 달달이바다
저금통장 여섯줄 곱개썻지요
한줄두줄 줄줄이 불을때마다
내마음은 깃버서 된줄몰라요

◇

아츰저녁 공장에 드나들때면
반짝어린 별빗이 내등불되죠
내등불 밝은별빗 바라다보고
울옵바 공부길도 밝아오소서

게름방이 동무들

趙宗泫, 『조선일보』, 1930.2.13

一

아츰일즉 일어나
방치우고 밥먹고
책보싸서 들고는
달낭달낭 가지요
유치원에 가지요

二

유치원에 가다가
게름방이 동무들
길가에서 만나면
눈곱작이 재질질
세수조차 안햇소

참새나라

趙宗泫, 『조선일보』, 1930.2.15

느틔나무 가지새로
새가새가 써러집니다
서로안고 깃을물고
재재귀며 써러집니다
×
불쏫가티 성난가슴
깃버리고 피무든입썰
새나라일 째간대며
도굴도굴 싸홉니다

신문사 가보고

趙宗泫, 『조선일보』, 1930.2.16

나는나는 어적게
신문사에 가봐소
신문쟁이 배달부
쏠쏠짜라 가봐소
×
다리압퍼 못가면
업고간다 하여요
신문쟁이 어룬들
삥삥둘러 안저서
나풀가리 조희쪽
한광주리 노코요
×
두눈감고 집으소
잡힌대로 썝으소

형님 품에서

趙血海, 『조선일보』, 1930.2.16

내가
형님 눈속에서
쏨으럭 거립니다
◇
두눈속에
쌍동이 나라니안저
나하는짓을 따라합니다
◇
형님
내가정말 귀여워요
쌍동이가티 귀여워요

—順天—

공밧기

趙血海, 『조선일보』, 1930.3.1

애들이
둘식 둘식
나라니 서서
공밧기 하요

―順天―

쒸염쒸기

趙血海, 『조선일보』, 1930.3.1

침 밧고
쒸염 쒸기
뉘 멀리쒸나

—順天—

잉크병

趙血海,『조선일보』, 1930.3.1

형님하고
팔 씨름하다
발로 책상을 차
잉크병을 쏘닷소
누나 잉크병을

—順天—

뷘방 안

趙宗泫, 『중외일보』, 1930.3.6

엄마엄마 울엄마
불너봐도 업구나
엄마엄마 울엄마
차저봐도 업서요.
◇ ◇
엄마엄마 울엄마
불만불만 케노코
어데론지 가시고
방만텅텅 뷔엿소.

…… 끗 ……

방아찌키 배짜기

趙宗泫, 『중외일보』, 1930.3.8

쌍갑아 씽갑아 찍어라
올배 방아 찍어라
콩닥 콩닥 찟는쌀
× ×
명주모수 짜는아씨
한주머니 담어주자.
연치야 연치야 배짜라
명주배 모수배 잘짜라
찰삭 찰삭 짜는배
× ×
올베방아 찍는머슴
수건한감 떼여주자.

봄 시내가에서

趙宗泫, 『조선일보』, 1930.3.19

염소몰고 갓더니
시내가에 갓더니
종알종알 흐르요
모를말을 하면서
봄시내가 흐르오
돌틈으로 흐르오

*

하로종일 저러게
모를말만 할가요
하도하도 애타서
돌을집어 던지니
염소놀래 뛰여요
곰비물고 뛰여요

봄 시내가에서

趙宗泫, 『동아일보』, 1930.3.21

1

아장아장우리동생손길잡고서
버들피리하나하나만들랴고요
봄시내가로듸돌을건너갑니다
로듸돌을손길잡고건너갑니다

2

뉘가뉘가버들피리잘도만들가
늴늴랄랄고흔곡조흥겨우게요
우리두리늴늴랄랄피리를불면
종달이가오졸오졸춤을추게요

3

풀은버들수양버들가지썩거서
빨래하는우리엄마갓다줍시다
우리엄마늴늴랄랄불어보면서
곱게곱게잘만드러우리주게요

—京城—

굴짜지

趙宗泫, 『조선일보』, 1930.4.5

一

언니짜라 강변서 굴을쌀때면
가마귀도 굴짜우 울음웁니다
구벅구벅 내압해 절을하면서
굴한타래 달라고 울음웁니다

二

굴한타래 주기야 어려우랴만
해는지고 물들면 헛걸음치기
병든엄마 모시고 내할일이냐
어느뉘가 쌀한줌 보태주겟개

선생님 말슴

趙宗泫, 『동아일보』, 1930.4.11

엄마엄마 내변도
  점심을쌀때
김치쪽만 넣고서
  고길랑빼소
    ◇ ◇
아례아례 선생님
  하신말슴이
고기반찬 먹으면
  미련하대요

집 생각

『조선일보』, 1930.4.13

一

우리집에 앵둣곳
잘도폇겟다
조랑조랑 가지에
잘도폇겟다
앵두꼿을 꺽거서
동생줘주고
업고놀든 생각이
새로납니다

二

앵두나무 미테서
동생다리고
앵두꼿에 나는벌
잡으려할때
호미들고 들오신
엄머니긔척
새로새로 납니다
집생각나요

휘파람

趙血海, 『조선일보』, 1930.4.24

一

장에갓다 돌오신 우리한머니
후유후유 기픈숨 몹시쉬시죠
니고오신 바구니 내려노시며
굽은허리 손즙고 한숨쉬시죠

二

무얼니고 오시다 허리굽엇나
고개넘어 오시기 허리굽엇죠
무얼니고 오시 한숨쉬시나
좁쌀서되 무거워 한숨쉬지죠

어린 거지의 노래

趙宗泫, 『신소년』, 1930.5

1
어린동무 애들아
놀이지마라
내옷자락 붓잡고
놀이지마라
네나내나 다갓튼
우리동문데
옷좀〱 덜읍다
놀여를대나.
2
어린동무 애들아
내말들어라
웃지말고 가만히
내말들어라
쑥닥쑥닥 박아지
소리를마춰
활개치고 발굴녀
진을처보자.

—새틀단—

헐벗고 굶주려도

趙宗泫,『조선일보』, 1930.6.26

하로셋째 굶주려 허리씨는 졸라도
허리씨를 졸을때 두손맥이 풀려도
내마음은 더굿소 살고십허 더굿소
바다이면 갈기고 산이면은 부겟네

녀름철이 다되여 베옷한벌 업서도
베옷한벌 업서서 무명옷에 짬차도
내몸일랑 날싸오 일터에서 날싸오
범이라도 잡겟소 번개라도 치겟소

가난방이 내살림 도토리도 조쿠요
가난방이 내살림 누덕이도 귀엽소
가난방이 내살림 내힘대로 벌어서
먹고살아 가면서 내할일만 하겟소

엄마 일흔 송아지

趙宗泫, 『조선일보』, 1930.6.27

먼산그늘 어스름
　　　해는점울고
한두마리 들새만
　　　깃차저날때
엄마일흔 송아지
　　　가엽게우네
씃이업는 이들에
　　　헤매여우네
　　　◇
다른동무 제엄마
　　　다짜라가도
이송아지 호올로
　　　울음만우네
엄매엄매 불으며
　　　구슬피우네
엄마소는 어데로
　　　가서안오나
　　　◇
엄마일코 가엽게
　　　우는송아지
붓들수나 잇스면
　　　몰고나가지

점은들에 쓪업시
　　　　헤맨걸보고
엇지엇지 갈거나
　　　　홀로갈거나

다람쥐

趙宗泫, 『별나라』, 1930.7

1

쳇작속에 체박휘 돌돌굴느며
싸라도는 재주꾼 다람쥐라요
에라〱 네재주 메주로구나
감옥사리 괴짝도 못업는재주

2

돌틈에서 산에서 알냥거리며
밤톨짜는 재주만 배와섯구나
예라〱 네재주 메주보구나
감옥사리 괴짝도 못업는재주

—새틀社—

언제나 부러운 시내

趙宗泫, 『중외일보』, 1930.8.1

1

시냇물은 조잘잘 걱정하시며
어데든지 가시네 곳잘가시네
가실길이 얼마나 멀으시관대
해점을다 저리도 걱정하시노

2

가실길이 멀다고 걱정마시고
해점을어 밤길이 되시거들랑
엄마가튼 달품에 고히안기여
조잘조잘 어린양 피우며가소

3

가시는길 걱정을 하시며가는
시냇물은 언제나 내가부럽소
가도가도 행여나 못다갈가봐
조잘조잘 밤길도 가시는시내

고향한울

趙宗泫, 『중외일보』, 1930.8.2

보면보면 볼수록 그리운한울
남족나라 먼나라 고향한울은

◇

언제든지 구름만 써도는한울
실구름만 사르르 써도는한울

◇

사르르르 써도는 저실구름은
부드러운 울엄마 심정갓테요

◇

부드러운 울엄마 심정갓릴래
나는나는 볼수록 그립습니다

싀골의 정조

趙宗泫, 『조선일보』, 1930.8.9

초사흘 녀름밤
　　　싀골밤은요
들게청 누나들
　　　노래하는밤
간열픈 목소래
　　　청성궂게도
떠도는 이밤은
　　　싀골의정조

초생달 애쑤ㅅ이
　　　비최는거리
강아진 멀보고
　　　저리도짓노
끈니락 니으락
　　　구슯흔소래
마음집 머슴애
　　　통소소랜데

―安邊을지나며―

봉사꼿

趙宗泫, 『중외일보』, 1930.8.11

一

장독간에 봉사꼿 빨간봉사꼿
봉사꼿을 짜서요 머리에꼿고
동생업고 거닐며 순례를돌은
누가생각 납니다 새로납니다

二

올여름도 장독간 봉사꼿은요
곱게곱게 피여서 곱게피여서
방긋방긋 우스며 고히섯건만
어이하야 누나는 못오시는고

三

아장아장 거름을 배우는동생
손길잡고 장독간 기오로올때
봉지봉지 꼿봉지 봉사꼿봉지
눈물어려 그립소 누나그립소

(一九三0. 九. 七)

어린 거지

『중외일보』, 1930.8.16

어린동무 애들아 놀니지마라
내옷자락 붓잡고 놀니지마라

네나내나 다가튼 우리동문데
옷좀옷좀 덜업다 놀여를대나

어린동무 애들아 내말들어라
웃지말고 가만히 내말들어라

쑥닥쑥닥 박아지 소리를마춰
우줄우줄 빙빙빙 진을처보자

번개가티 열샷놈 대장이되고
바보처럼 느린놈 빔장이된다

고함치며 발굴러 진을처보자
우줄우줄 힘잇게 짜라오느라

한말 · 한글*

『중외일보』, 1930.8.20

一

방실방실 어린이 재미스럽게
말이쒼다 소쒼다 말은하여도
하는이말 일음을 몰은다해서
『한말』이라 일음을 일너줫지요

二

방실방실 어린이 얌전스럽게
가갸거겨 책들고 글은읽어도
읽는그글 일음을 몰은다해서
『한글』이라 일음을 갈처줫지요

三

쉽고쉬운 우리글 『한글』이라요
조코조흔 우리말 『한말』이라요
방실방실 어린이 잘도읽는다
방실방실 어린이 잘도불은다

(一九三0 · 八 · 一七 改作)

---

* 개작하여 『동아일보』(1930.11.19)에 재발표함.

(註)『한말』은 우리 朝鮮말! 나는 올봄부터 우리 조선말을 『한말』이라고 일음을 처음으로 새로 지어보앗다.

하야 이 『한말』이란 새 일음을 우리들이 널리 알기 爲하야 이에 對한 童謠數篇을 어느 日報紙上 두어 번 發表한 적도 잇거니와 이번 것은 特히 내 짬양 改稿의 손을 거친 것이다 그런데 우리 朝鮮말을 『한말』이라고 불으자는 뜻은 우리 朝鮮 글을 『한글』이라고 불으는 意味와 同一한데서이다.

그러고 『한말 한글』하는 이 『한』의 뜻은 이재리서 張遑한 說明을 要할 것이 아니매 그만 省略하고 다음 機會를 둔다(作者).

맑은 여울

趙宗泫, 『중외일보』, 1930.8.21

와갈와갈 흐르는
여울이 조아
젊은이의 가슴가티
뒤끌는 여울!

흐르다도 감도라
외갈대는 여울
끌어오르는 希望처럼
룡소슴치는 여울!
맑은 여울이 조아

녀름밤은 옥수수에 재미 부친 밤

趙宗泫,『중외일보』, 1930.8.21

一

우리애기 젓물고 콜콜자는밤
엄마품에 안찌여 콜콜자는밤
반짝반짝 숩풀에 반딋불은요
동무차저 노려고 불을켜는밤

二

봉숭화꼿 부치고 잠이드는밤
우리누나 손톱이 고아지는밤
은하수까 별님들 아씨별님들
배 노 리 달노리 재미나는밤

三

우리언니 글배려 강습소가고
한말한글 배우려 강습소가고
나는나는 울압바 졋헤안저서
넷니약이 들으며 일을배는밤

四

요리조리 손놀려 일을배다도
옥수수를 먹기에 재미부친밤
강아지도 옥수수 먹고습나보
짱충짱충 아양을 픠며뛰놀죠

—(一九三0. 八. 一七)—

봉숭화쏫*

趙宗泫, 『중외일보』, 1930.8.21

자장자장 울애기
　　　잘도자누나
봉숭화쏫 물드려
　　　손톱이붉읏
곱게곱게 물드려
　　　재워주면은
등에업힌 울애기
　　　콜콜자누나
　◇　◇
방실방실 울애기
　　　잘도자누나
봉숭화쏫 해주면
　　　입이해발늠
고운고운 쏫송이
　　　주어달내면
킹킹대든 울애기
　　　살죽웃누나

……(八, 一七)……

---

* 원제목이 「복숭화쏫」이나 명백한 오자로 판단되어 「봉숭화쏫」으로 수정하였음.

형님

趙宗泫, 『동아일보』, 1930.9.2

군밤장수 울형님
웨이렇게 안오나
오늘배운 과정책
읽고쓰고 또읽다
조름자꾸 오는데

군밤하나 서푼씩
일전에는 두개씩
하로종일 밤궈서
얼마벌어 오시나
내도화지 사시나

우리집식구

趙宗泫, 『중외일보』, 1930.9.8

엄마압바 삼형제 우리식구는
하는일이 모두가 서로달치요

부글부글 조밥을 쓰린건엄마
고기잡이 어장질 울아배라요

…◇…

우리동생 점도리 남의집사리
나는나는 집안일 마터보는데

암만해도 모를네 우리형님은
써나간제 여듧해 소식도업고

(1930.9.8)

새훗든논

『중외일보』, 1930.9.16

엄마압바 따라서 떠나간동무
어데가서 농사를 지엇슬가요
▽……▽
작년이때 가티와 새훗든논을
볼적마다 내동무 그립습니다

욕심쟁이

趙宗汯, 『중외일보』, 1930.9.18

소가소가 두마리 머슴이다섯
대문안집 부잣집 욕심쟁이집
▽……▽
가난사리 내동무 벌든이논에
누렁누렁 익은벼대 다차지한대

동무야! 너는?

趙鍾現, 『중외일보』, 1930.9.19

동무야
너는 겁쟁이
총 ○○*
그리도 무서워?
산 송충이 가젓○○
동무야
너는 ○○
팔 다리
힘찬 무행길!
허새비가티
지니고만 잇구나

* 판독이 불가해서 ○ 처리함.

너는 니젓느냐?

趙鍾現, 『중외일보』, 1930.9.20

아우야—
너는 웨우늬
부즈럽시 내압헤 웨
눈물을 빠트리느냐
말업시 창백한긔색으로
아우네가 들을때도
나는알고잇는데 알앗섯는데
우리가 남의집 머슴사리로
나갈 그때부터 잘
아는것이아니냐 아니엿드냐
우리는미리다짐작하지안엇늬
아우야! 눈물 거두워라
너의눈물은 아즉도 오히려
철업구나 철부지하구나
머슴사리로 나가게 되엿든
그때의 첫뜻을 너는니젓느냐? 니젓느냐
아우야! 명랑하자 맘깁히직히자!

—1930.9.6—

자장노래

趙宗泫, 『중외일보』, 1930.9.21

(1)
공장엄마 돌올때 저녁때까지
킹킹대지 말고서 내등에업혀
(후렴)
자장자장 아가야 잠잘자거라
둥가둥가 울애기 잘도자누나
(2)
우으루릉 떠오는 저비행기를
테워줄가 아니다 내등에업혀
(3)
아름다롱 고운꿈 차저가거든
색실뽑는 엄마품 놀다오너라
(4)
내가업고 노래를 불어주면은
울애기도 자는체 숨소리삭삭
(5)
별이총총 산끗헤 반작어리면
공장엄마 돌아와 젓을준단다

어린 머슴애

趙宗泫, 『중외일보』, 1930.9.22

1

어서어서 ᄊᆞᆯ한짐 지고가야만
쥔네한테 구즌욕 아니먹고선
상채쌈에 보리밥 달게먹을걸
오늘저녁 눈칫밥 ᄯᅩ먹어= 네

2

해는해는 저물고 지게ᄲᅢᆺ기고
낫ᄭᅡ지도 모조리 죄다ᄲᅢᆺ기고
송아지만 몰고선 뷘걸노가면
쥔네눈살 몹시도 사나웁겟네

3

내가내가 겨을너 뷘걸노가나
참봉령감 아들놈 용심제겟지
제산소에 소노코 ᄊᆞᆯ좀빈다고
돌쇠란놈 날겨와 용심제겟지

4

술주정군 젊은쥔 속도모르곤
정자나무 밋헤서 잠만잣다고
자고놀다 뷘길노 돌아온다고
아니ᄭᅩ운 눈살에 ᄯᅩ욕하겟네

(一九三0)

쏘아라

鍾現, 『중외일보』, 1930.9.24

까치야!
이겨라
앞흐로 쏘아라
너의집 일낭은
빼앗기지말고
게으는놈 쏘차라
가마귀 쏘아라
고놈이 어데서
놀다가 왓다

—30.9.20—

망아지

趙宗泫, 『중외일보』, 1930.9.29

…가…

달낭달낭 망아지 우리망아지
방울소리 재미나 된줄모르고
옵바따라 짐실고 장엘갑니다
삼십리길 먼장을 써나갑니다

…나…

달낭달낭 망아지 우리망아지
삽십리길 먼장을 보앗습니다
방울소리 들으며 실고돌온짐
좁쌀한말 소곰이 두말이라요

젓먹일 때

鍾現, 『중외일보』, 1930.9.30

…가…
젓을 먹일째
울리애기 업고가 젓을먹일째
감독령감 눈이 히번덕
시간 느저 간다고
XX이 눈깔같이
히번덕! 히번덕!
…나…
아이쿠! 고놈의눈
콱! XX버렷스면
조켓네 시원하겟네
에키! 에키!

—一九三0. 九—

콩밥

『별나라』, 1930.11

우리누님 얼골이
　　　웨저리검나
널판집　콩밥에
　　　피쪠가말넛죠
　　　×
우리누님 콩밥에
　　　피는말나도
더욱더　마음은
　　　살드랍니다

가랑닢

『동아일보』, 1930.11.11

…가…

빨간 가랑닢!
재주를 넘소
바람에 뱅 뱅
재주를 넘소

…나…

한바퀴 두바퀴
재주를 넘어
병아리 앞으로
도굴 굽니다

…다…

도-굴 도-굴
빨간 가랑닢
병아리도 종 종
좇아 갑니다

어린남매

『조선일보』, 1930.11.23

·····가·····

어린남매 두남매 무엇하려고
고무공장 뒷문에 지웃거리나

○

아마아마 엄마가 보고십허서
엄마찾아 온게지 마중온게지

·····나·····

어린남매 두남매 도룬거리며
양회굴뚝 머하려 손질을할가

○

올치올치 쌍고동 쒸쒸불면은
엄마온다 나온다 속삭이나보

少年行進曲

『佛敎』 79, 1931

1

우슴꽃에 자라난 우리동무야
온달같이 어염분 우리동무야
한데한데 뭉쳐라 죄다뭉쳐라
얼사둥둥 발맞여 뛰여나가자.

*

우렁-찬 종소리 울려나올때
부텨-님 앞으로 춤추며가자.

2

우리들은 이나라 일군이란다
우리들은 이겨레 아들이란다
해빛같이 빛나는 우리동무야
우줄우줄 손잡고 뛰여나가자.

*

우렁-찬 종소리 울려나올때
부텨-님 앞으로 춤추며가자.

3

밝은거리 모을때 새힘이돋네
빛난거리 도올때 새맘이나네
고운곡조 찬불가 높이불으며
품바품바 얼시구 뛰여나가자.

*

우렁- 찬 종소리 울려나올때
부터- 님 앞으로 춤추며가자.

·····(새해를맞으며)·····

成道의 새벽

『佛教』 80, 1931

나무나무 가지에 하얀저꽃은
엄마품에 잠들때 몰래폇다요
오늘아침 새벽은 成道의새벽
마지하려 이강산 고히폇다요.

◇　◇

질거웁게 마지할 오늘아침은
까치도　짹! 짹!　반가운듯이
송이송이 꽃송이 머리에이고
집집마다 동무를 깨워준대요.

·····脈月八日을 맞으며·····
佛教童謠運動의 첫소리로!

동무 손을 잡고

趙宗泫, 『별나라』, 1931.1·2

옵바는
아모래도
죽고야말것

죽은것은
그다지
설지안허도

일못하고
간것이
원통하지요

동무하나
일흔것
더-분함니다

어린 누나가 안입니까?

『신소년』, 1931.1

어머니!
아모리 화가 나시고
미운짓을 하드래도
누나보고 욕은 마세요
꾸중도 마시고 …………
하나뿐인 누나가 안입니까?
귀여운 누나가 안입니까?

어머니!
어머님 극히 노여하야
꾸중을 하실때라도 벼락말을 하실때라도
누나는 지긋이 안저
벤또만 벤또만 싸나이다

어머니!
날새기가 밧비 새벽길을 걸어
공장가는 누나가 안입니까?
어린공장 누가가 안입니까?

떠나는 고향

趙灘鄕, 『신소년』, 1931.1

풍년이라 압뒷집 우슴이래도
초집마저 잽히고 떠나를가네

엄마압바 따라서 울애기업고
울며울며 겨을날 떠나를가네
함박눈은 펄펄펄 발이씨저도
살수업서 옛고향 떠나를가요.

밤길

『조선일보』, 1931.1.24

가
초생달빛 고요히 산을넘을때
눈이쌓인 밤길을 나는갑니다
누나집에 왓다가 해가저므러
하 - 얀 눈길을 밤에갑니다
-×-
타박타박산모롱이도라설제면
기침소리 어덴지 무서웁지요
나
떠나올때 누님이 주신집팡이
손에들고 모자를 눌러쓰고선
헌네벌덕 밤길을 달려옵니다
달 알 에 외로히 도라옵니다
-×-
우리집을바라보며동산넘을때
건너마을 초집도 반가웁지요

—끝—

어머니

『조선일보』, 1931.1.24

一

어머니 걱정마소
그냥 콜 콜 자리다
저녁건지 없다고
애태우면 뭣해요

二

어머니 우지마소
애기 업어 재우리다
빈젓꼭지 빠는걸
엇지 참아 봅니까

三

어머니 설어마소
마음성 고우시면
남과 같이 산대요
잘살때가 잇대요

엄마같소

趙灘鄕,『佛教』84·85, 1931.2

감을감을
　조르시는
　　부처님눈은
우리애기
　젖줄때
　　엄마눈같소

방긋방긋
　웃으시는
　　보살님입은
말슴할 때
　웃으시는
　　엄마입같소

나루ㅅ배*

『신소년』, 1931.3

·····가·····

밤이기퍼 고요하면 가시련것이
나루ㅅ배 잠이들어 못써나시네

사공영감 어데가 코를고는지
나룻배만 강가에 홀로 썻구나.

·····나·····

어긔여차 나루ㅅ배 저어봅시다
사공영감 업는것이 도리혀좃소.

약속하고 써나는 형님길이니
제가살작 이강을 거너주리다.

---

* 동요

눈 오시는 밤*

趙灘鄕, 『신소년』, 1931.3

눈이 나리네, 싸히고 또
고요히 곱게 나리네
감남게, 장독 간에도
비닭이 잠든 비닭이통 아펜
삽분 삽분 정다웁게
눈은 재미스러이 나리시건만

옵바는 떠낫습니다.
나의 머리를 씨다듬어 주고
병든언니를 드려다 보시며
설어운 밤길을 …………
우리옵바는 외로히 떠낫습니다.

* 동시

맨발로

『별나라』, 1931.4

맨발로 가자!
어서 나 가자!
신 신을새 잇드냐!
소리 들린다!

벤도만 집어
엽구리 차고
동무떼 뭉쳐서
갓치 나가자!

—동대문박게서—

李盛珠 氏 童謠「밤엿장수여보소」는 朴古京 씨의 作品(一)

趙灘鄕, 『동아일보』, 1930.11.22

필자는 『아이생활』 十一卷치(第五卷 十一號)의 十六項에 실린 李盛珠 氏의 作「밤엿장수여보소」를 볼 때에 크게 놀라지 안흘수가 업섯다. 이 童謠「밤엿장수여보소」의 一篇은 『少年世界』 四月치(第二卷 第四號)의 第二페이지에 이미 發表된 朴古京 氏의 作品이엿다. 玆에 已上 兩氏의 作을 一目昭然케 再錄하야 讀者諸賢과 한 가지 이 作品의 原作者인 朴古京 氏를 다시 記憶하고 乊 藝術的 良心을 欺瞞하고 作品竊取의 行爲를 敢行하는 李盛珠 氏에게 頂門一針의 反省을 促키로하자!

* 박고경의 原作

1

밤엿장사
여보소
내말들으소
·
한돈짜리
한가락
팔아드릴썬.

2

밤일하는
언니네

공장짜지만

·

나를나를

다려다

주십소구려

3

저녁한술

못잡순

배곱흔언니

·

엿이라도

한가락

갓다들이게.

—씃—

李盛珠의 作

밤엿장수 여보소

내말드르소

한돈짜리 한가락

팔아드릴썬

밤일하는 언니네

공장짜지만

나를나를 다려다

주십소구려

저녁한술 못잡순

배곱흔언니
엿이라도 한가락
갓다들이게

……쏫……

李盛珠 氏 童謠「밤엿장수여보소」는 朴古京씨의 作品(二)

趙灘鄕, 『동아일보』, 1930.11.23

已上 두 篇의 作品을 對照比較할 때에 다른 點이 무엇이냐? 朴 氏의 作品을 李 氏가 竊取發表할 때에 다만 句節만 다르게 썻스며 123의 番號만을 빼슬뿐이다 作者와 作者들의 搆想, 取材, 表現, 技巧가 서로 符合되지 안는 點도 업지안켓지만 그러타고 이와가티 全혀 全篇이 꼭가틀理-萬無하고 또 發表年月日의 先後(朴은 少年世界 四月號 李는 아이생활 十一月號)의 差異로 批準할지라도 이 一篇의 童謠는 틀림없는 朴 氏의 것을 李 氏가 儼然히 自己의 名義로 發表함이 分明히 判斷되는 바이다

* *

이만햇스면 더 말할 必要는 업거니와 筆者가 이 童謠 一篇으로써 本紙의 文壇探照燈을 通하야 事實의 正體를 暴露함은 三個條件下에 可히 避치 못할바이니 一은 將來가 觸網되는 李의 自身으로서 切實히 反省하기를 促키 爲함이요 二는 斯道로 進出하는 우리 少年少女에게 多少 啓訓이될가함이요 三은 이러한 事實을 發見한 것만큼 一般 讀者와 原作者에게 事體의 歪曲을 公開할 責任이 잇는바이다(쯧)

『갈멕이의서름』을 창작연발표한(一)
李季嬅 氏에게

趙彈響, 『동아일보』, 1930.11.28

嚴正한 藝術的 良心으로서는 到底히 容許默過할수엄는 作品剽竊行爲에 犯한 李氏의 일이다 이 寸鐵의 駁文으로써 文壇探照燈을 通하야 不美로운 事實正體를 一般社會에 暴露公開함은 어찌다맛 李氏에게만 限한 준열한 膺懲警告만이 되랴— 斯道로 進出하는 동무 一般에게 多少注意誡訓이 되어 未來의 過誤犯을 미리막기 爲할뿐 더러 特히 우리 少年少女文藝의 長足의 進展을 위하야 向上의 一路를 打開하려는 哀心으로써 李氏의 敢行한 作品上에 現露된 藝術的 良心을 欺瞞하고 創作權을 無視剽竊한 可憎스러운 點만을 毫釐만큼도 假借함이 업시 冷靜히 追擊하려한다.

* *

『아이생활』十一月分(第五卷第十一號)의 第十九頁에 發表한 李季嬅氏의
『갈멕이의서름』
바다가에 깃들인
적은갈메기
압바엄마 그리워
슯히울어요
안타까운 마음을
앞아하면서
끗업는 나그내길
떠나볼가요

검은물결 바다결
구비치면은

어린새는 무서워
눈물흘녀요
외로움과 서름을
하소연하며
일흠모를 나라로
떠나를 가오
(以上 傍點 筆者)

이 一篇의 童謠는 틀림업는 『어린이讀本』(高丙敦 編輯, 滙書館 發行 一九二八年 七月 十日 出版)의 第七十二페이지에 이미 실린 리강흡氏의 創作 『갈맥이 서름』이니 引抄하면 下文과 갓다

『갈맥이서름』
바다가에깃들인 적은갈맥이
압바엄마그리워 슯히울어요
안타싸운마음을 압허하면서
끗엄는나그네길 떠나를가요

거문물결바다결 구비치면은
어린마음무서워 눈물흘여요
외룸과서름을 하소연하며
일흠모를나라로 떠나를가요

『갈멕이의서름』을 창작연발표한(二)

李季嬅 氏에게

趙彈響, 『동아일보』, 1930.11.29

이상에 具錄한 리강흡氏의 『갈멕이서름』의 全篇을 李季嬅氏가 窃取하야 自己의 이름으로써 創作인체하야 恬然히 발표할 때에 『갈맥이의 서름』이라고 題하야 「의」 ㅅ자만 더 너코 若干의 한글 文法과 句節만을 떼어서 썻슬뿐이지 全篇그대로가 '강흡'씨의 作임을 속일수 업는 동시에 區區한 辨解를 더할 必要가 업다 보아라! 剽窃犯이 確實하지 안흐냐? 이 一篇의 童謠原作家가 儼然히 存在함을 어찌하랴—

李嬅氏! 自重하라! 一時的 文名을 엇기에 汲汲하야 他의 作을 剽窃한다 함은 어찌 우리 新進少年小女로서의 敢行할 바랴 적어도 藝術의 良心을 把持하야 意識的으로 우리 少年小女文藝의 進展 普及에 한 役割을 다하려면 嚴正한 立場에 立脚하야 힘잇는 作品을 製作치 안흐면 안 될 것이다 이에 특히 徹底한 反省과 眞正한 覺悟가 잇기를 바란다. 頂門一針!

* * *

이 적은 글을 抄할 때에 문듯 日前에 나의 筆鈎墨餌에 걸린 李盛珠氏가 記憶된다 李季嬅, 李盛珠씨가 두 분이라면 몰으거니와 만일 同一人(?)(同校同班 同姓으로써 同誌에 作品을 發表한 것만큼 推測된다)이라면 더욱이 深刻한 反省이 잇서야 될 것을 거듭 말하야 둔다 아프로 우리 少年小女의 新進文藝를 建設하는데 꾸준한 努力과 精進으로써 새로운 意識을 把持하야 힘잇는 作品 만히 製作하야 주기 바라며 "어느 限度까지는 默過가 必要치 안흐냐? 차라리 한 篇 더 읽고 한 首 더 짓는데 힘쓰라!"는 星園 裵詞兄의 箴訓을 들을 그만 붓을 놋는다.

—1930 · 11 · 17 東大門外에서—

동요극

꽃 피는 동산

『佛敎』 83, 1931

사월 팔일인 우리 부처님의 거룩하옵신 탄신절을 우리 이 강산의 소년 소녀 동무와 한 가지 기쁨에 넘치는 마음과 경건한 정성으로써 손맞잡고 그렴 축하하려는 한꼬타리의 마음을 기우려 이 동요극 「꽃 피는 동산」을 씀이 제의 본의란 것뿐이외다.

2958년 2월 8일 새벽

서울서 作者는 사룀

때 사월팔일.

곧 교당문앞.

무대인물

◇꽃마지 가는 동무들

금순이 「소녀」

종수 「소년」

옥순이 「소녀」

정호 「소년」

대순이 「소녀」

월렵이 「소녀」

한규 「소년」

◇모아드는 동무들

▷어린거지 一, 二
▷소학교아동 1, 2
▷군밤장수애

무대배경

○교당문 앞으로 큰길이 낫습니다.
○교당과 맞은 편에는 큰 개와 집 대문이 뵈이고 그 옆으로는 졸막졸막 한 집이 만습니다.
○큰길가에는 전신ㅅ대, 쓰레기통, 그리고 호떡집이 빤이 보입니다.
○비행긔는 우으르릉 비라를 돌리며 나라감니다.
○교당문간에는 卍字旗ㅂ발이(조선지도를 그린 긔폭에 卍字를 크게 수놓은 것) 훈훈한 바람결에 찬란이 나부낌니다.

우렁찬 종소리가 교당으로 붙어 데-ㅇ 데-ㅇ 데-ㅇ 울려나올 때, 소년소녀의 애연한 목소리— 찬불가의 곡조는 피아노 소리와 반주되여 고요히 들려옵니다.

▷ …… **幕이 열리며** 빛나는 「卍字메달」을 옷깃에 꽂은 금순이, 종수, 두소년 소녀는 아름답고 고운 꽃다발을 안꼬 무대왼편으로 붙어 올라오며, 기쁜 표정으로 합창을 합니다.

◆금순이, 종수

올타, 올타, 여기로다.
다되엿구나.
헐네 벌덕
대숨에,

달려오니깐,
번개같이 교당엘
다와젓구나.
쉬염, 쉬염, 쉬어가자.
천천히 가자.
꽃다발을
새로안꼬 공순히안꼬,
아장, 아장, 발 맞워
들어를 가자.

금순이 보아, 보아, 이것 봐
내꽃좀 보아
어찌하면 더욱더
좋게 되겟늬?

—꽃다발 들고 종수 곁으로 갓가히 옵니다.—

종수 엣다, 그만 잘되엿다.
그대로 가—자.
내꽃보다 잘되엿다.
정말 좋으니
안끼나, 안끼나
바로 안으렴.

—서서 제 꽃다발을 다독거리며—

금순이 아니, 아니
제꽃만 좋게 할려구.

거짓말로 내 꽃이
좋다 한게지?

—꽃다발을 놓고 머리를 긁습니다.—

종수 에라, 에라 그런말다,
아예 말어라.
동무간에 거짓말
뉘가 한다듸?

—하, 어이없는 듯이 금순이를 쳐다보면서—

금순이 그럼, 그럼 네꽃다발
나도 볼 테니,
내꽃다발 네도같이
보아 줄 테냐?

—방긋이 우스며 종수의 꽃을 만저줍니다.—

종수 그렇지! 그렇지!
그렇고 말고
서로, 서로 의론좋게
모아 앉어서
네꽃다발, 내꽃다발
곱게 만드자.

—꽃다발 둘을 나란히 놓고 금순이 옆으로 앉습니다.—

× ×

이러할 때에 옥순이, 정호, 두 소년 소녀도 곻은 꽃다발을 쌍나란히 안꼬 무대 바른편으로 올라오며 합창을 합니다.

◆옥순이, 정호

저애들이 언제왓나?
발서 왓구나!
우리 몰래 새벽붙어
발서 왓구나!
교당문도 열리기
채 전에 왓늬?

금순이, 종수

이게! 이게!
누구냐, 나는 눠라구.
어서 어서 오너라.
같이들 가-자.

—손질하든 꽃다발을 놓고 같이 일어서 옥순이와 정호를 향하야 우줄우줄 손벽을 치면서 합창을 합니다.

옥순이 아이구, 아이구
부러워 정말부러워
어찌그리 너들은 꽃도 좋으냐?

—우루룩 달려들어 금순이, 종수의 물의 꽃을 만지며—

금순이 너는냐 별말을

다하는구나
꽃만 꽃만 곻으면
무엇 한다늬?
너와같이 목소리
곱고 곻와서,
찬불가를 잘해야
층찬을 받지.

정호 그렇고 말고
네 말이 옳다!
춤 잘 추고,
찬불가 잘 한 것 좋지.

—기쁜 듯이 금순이를 도라다 봅니다.—

종수 얼네, 얼네
재가야 춤을 잘추니
실적, 실적, 그렇게
말도 한다만
꽃도곱고, 춤잘추고
소리 좋아서
너와같이 하여야
정말 좋단다.

—고개짓을 하면서 정호를 쳐다볼 때 어린거지 애들이 생칠통을 걸머지고 쓰레기통을 향하야 무대 왼편으로 나다라 옵니다.—

◈거지二 여기나 여기나

뭣이 좀 있나

—쇠갈퀴로 쓰레기통을 살금살금 뒤지며—

거지一　　파 보아야 알지,
　　　　　뉘가 안다구!

—비뚝거리며 쓰레기통을 뒤집니다.—

거지二　　쉬- 쉬-
　　　　　말 말어라.
　　　　　행랑어멈 드르면
　　　　　또 뺨 맞는다.

—큰개와집 대문간을 가르키며—
—마츰 비라를 뿌리는 비행긔는 머리맡으로 지내갑니다.—

거지一　　이것이 뭐-냐?
　　　　　새빨간 조희!

—얼는 비라를 줍습니다.—

거지二　　돈 안주는 공 구경
　　　　　있는가 봐-라.
거지一　　보기는 어쩨 봐
　　　　　무식쟁이들.
　　　　　네나 내나 가갸,

뒷자도 모른데.

거지二 이애야! 저긔

도련님께 보이렴.

—거지一, 굽신거리며 비라를 들고가 종수에게 뵈입니다.—

종수

비라를 바다들자 금순이, 옥순이, 정호는 서로서로 볼려고 머리를 숙이고 모아듭니다…… 비라에 쓰인대로 들고 서서 네 소년소녀는 합창을 합니다.

금순이, 옥순이, 종수, 정호

우주의 빛, 크신 빛

석가세존님

사월 팔일, 오늘에

나시엇도다.

세계형제 자매들아!

귀의 합시다.

우-리 부처님께

귀의 합시다.

—일심으로.

—일심으로.

이렇게 장쾌한 곡조가 울려 날때에 보통학교 아동들이 책가방을 메고, 쓰레기통 옆, 대문간에 붙어섯는 두 어린거지를 노려보는 아니꼽은 눈살로써 무대 바른편으로 붙어 나다라 옵니다.

◈

아동1 이년석들 뭣하려
요기 섯느늬?
더러웁게 문깐에
웨 붙어섯서.

두 거지를 줴질을듯이 주먹을 내밉니다.—

아동2 에라, 에라
그만두면 또올게다.
아–레도 그놈들이
와서 놀더라,
주먹맛을 뵈여줘야
다시 안오지!
말만 말만 이르면
도라 그팔작.

거지—의 왼빰을 찰삭 때립니다. 또 한 번 때립니다. 거지는 퍽 주저앉습니다. 엉엉 울면서—

정호 여보세요
도련님!
웨 그러십니까?
불상한 거지를
웨 따리십니까?
거지라구 없수녀겨
보지를 마–소.
다같은 우리의

동무이라오.

불이낳게 뛰어나오면서! 비라를 드러다보고 서서 합창을 하다가

금순이　에구! 에구
가엽다, 안씨러워라.
어쩌면 저리도
따려 줫슬가.
코에 피가 낫구나!
입술이 터젓네.

거지를 붓들어 앉치며. 옥순이, 종수는 애처리운듯이 혀를 껄껄차며 들여다보고 섯습니다.

정호　도련님! 도련님!
착한 도련님!
우리는 언제나,
같은 동무요.
어데로 가든지,
구해 줄것을
서로 서로 잇쟌코
살아 갈텐데,
웨 이렇게 동무를
따렷슴니까?
따리고 보면은
무엇이 좋소?
이뒤엘랑 동무를

불상히 녀겨
우리는 서로 같이
도아 줍시다!

두 아동을 처다보며 애원한 듯이 합니다.

아동2 하고보니 잘못햇소,
용서 하세요!
듯고나니 부끄럽소,
갈처 주소서!
젠들 어이 맘먹고
따렷 스리까.
어쩨다 모르고
그리 됏지요.
이뒤엘랑 닷—시
글 않으리다.

감개하게 늦겨웁니다.

아동1 잘들엇소, 좋은말슴
많이 드렷소.
저녁붙어 거지동무
차저 오면은,
엄마의게 돈얻어
내가 주리다.
누나하고 내밥도
덜어 주리다.

아동2와 한가지 정호, 종수, 금순이, 옥순이에게로 향하야 경례를 하고 큰 개와 집 대문 안으로 드러가려 할 때에 정호, 종수 두 소년은 자기의 꼬은 「卍字메달」을 아동1과 2에게 정다웁게 꽂아 줍니다.

정호　　동무야! 우지말고
잘 가거—라.
가난사리 골목 골목
어-덜 먹어두,
마음성 고우—면
잘살때 있다네.

두 거지를 씨다듬어 줍니다. 그리고 종수, 금순이, 옥순이와 같이 무대 바른편으로 나려갑니다. 꽃다발을 안꼬 가만가만 …….

거지二　　밀감겁질 하나도
못얻어 먹고
오늘도 따귀만,
또맞고 간다.
양철통 내가야
지고갈테니,
너는너는 내뒤만
딿라 오너라.

따귀맞은 동무 거지一을 붓들어 세웁니다.

◈

군밤장수애

무얼먹고 보시시
털고 나서—늬?
먹엇스면 가거라
어서 가거라.
그자리, 전신때
밑에 앉어서
군밤팔아 돈버리
내나 해보자.

뒤틀뒤틀 군밤장수애는 거지애들이 일어서는 전신때 밑으로 향하야 무대 왼편으로 올라옵니다. 독창을 하며

거지二　오냐! 오냐!
갈테니, 빨리갈테니
밤한톨식 주게나
먹고 가겠다.

군밤장수애
밤은 밤은
무슨밤?
굽도 않어서
그만 저만 갓다가,
있다 오너라.

거지一　밤이고 무엇이고
내못 가겠다.
굶고서 얻어맞고
내못 가겠다.

전신때 밑에 그대로 주저 앉으며 흑-흑 늦겨웁니다.

◈

대순이, 월렵이, 한규

세 소년소녀는 제각기 아름다운 꽃다발을 안꼬 무대 바른편으로 올라올 때(기쁜표정)에 섭적 전신대 밑에서 신음하는 거지애를 보앗습니다.

월렵이　　에구! 머니
　　　　저것 봐,
　　　　불상 하구려.
　　　　참아, 참아
　　　　피 흘린 낯
　　　　볼 수 없구려.

감짝, 놀란듯이. 애처로운 표정으로

대순이　　오늘같이 기쁘고
　　　　반가운데도,
　　　　어찌하면 저렇게
　　　　설리 울가요.
　　　　군밤장수, 저애가
　　　　따려 준게—지
　　　　그렇지 안코야
　　　　저리 울랴구!

거지ㄷ　　안여, 안여
　　　　아씨님 들어보세요.
　　　　대문안집

도령이 따려줬다오.

대문간을 가르키며.

한규 그렇지! 설-마
동무 낄이야
서로 물고, 뜯고
싸웠 슬랴구
못된 애들—이
지내 가다간,
요리 조리 놀리어
울려준 게지.

거지—을 붓들어 앉침니다.

월렵이 애들아 卍字떡
가저 오너—라.
부처님겐 설사
못올린대—도,
굶주린 동무붙어
먹여 보내자!

대순이와 한규를 도라보며.

대순이 동무 살려 주는데야
떡뿐 이라구?
내 살도 오려서

먹여 야지—만,
부처님께 올릴 떡
어찌 주겟늬.
주머니 돈이나
털어 줄그마!

돈을 한주먹, 거지를 쥐어줍니다. 돈 소리는 철렁 철렁, 은전 동전

군밤장수애
서서보다가 하도 감격하야 눈물을 흘립니다.

월렵이 동무들아 오늘을
기뻐 하여라
우리 우리 부처님
나신 날이니,
질거웁게 춤 추고
설어를 마—라.

대순이와 한규의 「卍字메달」을 월렵이는 얻어 자기의 것과 합하야 거지 一, 二와 군밤장수애의게 꽂아줍니다. 그리고 꽃다발을 안꼬 대순이와 한규와 한가지 무대 왼편으로 살금살금 나려갑니다.

거지 一, 二
우리를 치고 박는
애도 있는데,
어떤 아씨, 저리도
착하신지요.

아씨님! 도련님!
잘 가십시요.
뭣으로 은혜를
갚허 드릴지
우리는 우리는
모르겠읍니다.

퇴장하는 월렵이, 대순이, 한규를 바라다보며 고마운 듯이 절을 하고 무대를 나려갑니다. 합창을 하면서

군밤장수애

부처님께 꽃마지
하시려 가는,
동무님네 착하다
말씨도 곱소.
불상하고 가엾은
우리 동무를
구해주고 갑니다.
고마웁지요.
×
우리도 언제나
꽃다발 안꼬
부처님께 꽃마지
하려 갈가요.
꽃 피는 동산,
오늘이라두
우리는 이대로

쓸쓸 할가요.

이렇게 재창, 삼창을하며 무대에 군밤장수애의 그림자는 차츰 사라집니다.

무대는 잠간 텅—뷔였을 때, 금순이, 옥순이, 대순이, 월렵이, 종수, 정호, 한규 일곱 소년소녀는 열을지어 무대로 올라오며 「소년행진곡」을 합창합니다.

일곱소년소녀

우슴꽃에 자라난
　　우리동무야
온달같이 어여쁜
　　우리동무야
한데한데 뭉처라
　　죄다뭉처라
얼사둥둥 발맞워
　　뛰여나가자
우렁-찬 종소리
울려나올 때
부처-님 앞으로
춤추며가자

◇

우리들은 이나라
　　일군이란다
우리들은 이겨레
　　아들이란다
해빛같이 빛나는
　　우리동무야
우줄우줄 손잡고

뛰여나가자
우렁—찬 종소리
울려나올때
부처-님 앞으로
춤추며가자

◇

밝은거리 모을때
새힘이돋네
빛난거리 돌올때
새맘이나네
곻은곡조 찬불가
높이부르며
품바품바 얼시구
뛰여나가자
우렁—찬 종소리
울려나올 때
부처-님 앞으로
춤추며가자

장쾌한 노래가락이 고요히 끚납니다.

일곱소년소녀

탁자를 향하야 꽃다발을 공순히 올립니다. 이어 정숙한 태도로 합장하고 정례를 한 뒤에 묵묵히 기도를 올립니다. 삼분간 …… (장내는 엄밀, 정숙, 침묵!)

일곱소년소녀

경건한 마음으로써 엄숙히 기도를 맞이고 얌전한 자태로서 활발스럽게, 기쁜

표정으로 찬불가를 합창합니다.

◇

애기울어 보챌 때
무얼줍니까
한머니도 과자도
쓸데없구요
어머니의 젖이라야
달랜답니다
석가세존 부처님은
우리어머님
우리-를 안어주신
우리어머님

◇

목마를때 무엇을
원하십니까—
김치국도 장국도
소용없구요
시원—한 랭수라야
살아납니다
석가세존 부처님은
우리감로수
우리—를 길러주신
우리감로수

◇

사월팔일 오늘은
거룩합신날

대비원력 세우신
　　　　부처님께서
사바세계 내리신
　　　　오늘이로세
노래하고 춤추워
　　　　마지합시다
한마—음 한뜻으로
　　　　마지합시다

이렇게 재창, 삼창을 할 때, 고요히

—幕—

시조편

庭有花

石帆, 『佛教』 62, 1929.8

一

심은꽃 두어떨기 가지마다 피엿것만
말업시 가신님은 어이올줄 몰으신가
이마장 내홀로보니 마음아니 쓰리랴.

二

하단곳 만타커늘 어이뒷뜰 가렷든고
無心코 窓박치면 불연듯이 나는생각
꽃푹이 물주든얼골 두눈앞에 어리네.

三

매암이 소리높여 夕陽하늘 울어오고
千里에 님일흔몸 돌아갈줄 몰으올제
히저시 서웃는저꽃 故懷더욱 자내네.

四

핏빛의 저花辯은 님의마음 달맛고야
뭐진듯 나는향래 님의넉시 그안인가
花盆에 옴기자한들 님의손짓 앗가워.

—七月二日 故 ××의 追憶

시골의 情調!

趙宗泫, 『중외일보』, 1930.8.22

너울너울 묵은들에 흐드러 늘어진
수양버들 사이로 물방아ㅅ간뒤로
으스름히 사라지는
빨래광주리 끼고 사라지는
姉妹의 그림자—
저므러가는 農村의 저녁이여—
오오 싀골의 情調!

방울방울 풀입페 이슬이매친
ㅆ부랑 山ㅅ길 큰언덕길을
忽然히 도라오는
송아지 몰ㅅ고 도라오는
牧童의 피리 곡조—
저므러가는 農村의 저녁이여—
오오 싀골의 情調!

그리운 情

『동아일보』, 1930.12.3

어버이 그리운情 어느뉘가 다알리요
子息이 되고라도 나그네가 돼야알리
나그네 되고되온들 내만할줄 잇스리

◇

어버이 보고습허 그리웁다 말을할가
그리움 사뭇칠제 눈물이라 하소할가
달알에 외로운몸이 멀리南쪽 바래네

◇

지낸일 꿈이로다 歲月어이 빨으논다
님의품 떠나온제 하마八年 되단말이
애닯다 못일운뜻을 홀노품고 우다니

城北春懷

『佛教』71, 1930.5

1

한때의 우슴꽃이 또한때의 눈물일줄
어느뉘 알엇스리 가신님도 몰으실걸
이지음 내홀로가며 녯城터에 웁네다.

2

城쌀때 푸른풀닙 이제다시 또푸럿나
五百年 긴긴해를 피고다시 또폇다만
단걸음 가옵신님은 어이올줄 몰은가.

3

헐어진 城지위에 감자심는 저할머니
감작는 심드래도 내흉을랑 보지맙소
피끌는 내가슴이니 한숨아니 지리까.

—1930 春, 城北洞

더욱 그립네

『佛敎』 73, 1930.7

우리집을 여게서
　　　　바라다보면
구름짱만 도동실
　　　　떠가는처편
　　　　◇
　　구름짱이 어덴들
　　　　　안뜨랴만은
　　남쪽나라 구름이
　　　　　더욱그립네.

…… 서울에서 ……

도회의 저녁

趙宗泫, 『조선일보』, 1930.7.2

아리랑

『달아달아』 달노래 불든아이들
달노래에 흥겨워 춤도추더니
『아리랑 아리랑 아라리요』
아리랑 노래를 불으며노네

선술집

전등불이 어스름빗최는거리
갈지ㅅ자 거름을 걸는주정꾼
『네가잘나 내가잘나 그뉘가잘나』
소리치며 선술집 압흘지내네

거지쎼

어린거지 큰거지 줄다름질치네
대문간에 기대여 하로밤자려다
행낭어멈 고함에 넉두리를일코
어린거지 큰거지 줄다름질치네

신문배달

새신문이 나왓다 어서보라고
불이나케 도르는 신문배달부
배달부의 엉덩이 춤출쌔마다

절렁절렁 쌍방울 울음웁니다

공장누나

하로종일 긔계에 시달리우고
저녁늦게 길거리 돌오는누나
공장누나 가엽네 허리가굽네
꽃다운 청춘이 허리굽엇네

야시장꾼

야시장꾼 왜드네 종로네거리
하나둘식 왜드는 야시장꾼
십오전에 두 개식 골나잡으라
밤새도록 웨치려 모혀드누나

拈花微笑

『佛教』 79, 1931.1

其一
曼多羅 曼殊沙花 송이송이 흩어질제
우리님 無心할손 꽃한송이 들으시고
때마츰 金色頭陁도 하염없이 웃엇소.
其二
뜻깊히 듭신꽃을 부지럽다 웃엇든가
깃븜에 웃고보니 듭신꽃도 凡常튼가
꽃송이 드시자마자 微笑또한 깊고녀
其三
四九年 三百餘會 在在處處 說하심도
오히려 다치못해 靈山末會 일으실제
百萬衆 어데있드뇨 迦葉인가 하노라.

……『世尊의 拈花示衆, 迦葉의 破顔微笑』 拈頌의一題 ……

-十一月 一日 如是山房에서-

聖夢

灘鄕,『佛敎』80, 1931.2

나그네의 한숨
궂으른 발자최 소리에도
이 밤은 고요히 깊어갑니다
來日을 바라고 거니는 이의
기쁨의 새노래 부를 꿈이여

두눈을 번히뜨고
四肢를 벌이고
숨만 쉬는 산송장
가엾은 나그네여
오오 드사이다
聖夢에 고요히
感激의 눈물로 드사이다
×
피ㅅ줄을 같이하고
한 젖꼭지 맞물고
이동산우에 태여난 동무야 동무야
언제나 끝없는 벌을 헤매려는가
불붙는 마음, 뒤끌는 새希望을 않고
歡樂의 웃음웃을 새날이 왓소이다.

이 어린 몸이

밤을 한밤을 새워가며
金爐에 香을살웁고 비옵노니
聖殿에 고요히 꿀어앉어 비옵노니
憂鬱한 동무네들 爲하야
焦燥스런 그대가 안타가워
甘露와 웃음을 드리우려고
敬虔한 마음과정성을 다 밫이오니
동무여 잠잠히 거룩한꿈을 일우사이다
님의품에 고요히 안기 사이다.

―(庚午除夜)―

새봄을 맞으며

『佛敎』 80, 1931.2

동무야 노래하라 새론봄이 다시왓다
三千里 이江山에 잠든동무 일어나라
새希望 실꼬온봄을 질겨맞어 춤추자.

이江山 봄이들면 꽃도다시 피잔튼가
꽃필제 새노래도 더욱아니 질겁든가
어찌타 젊은동무네 기뻐뛸줄 모르나.

우리는 언제라도 한아버지 뒤를니어
힘과 마음까지 죄다함께 빛일것이
살고저 뛰는동무야 손맞잡고 나가세.

一九三一, 一, 一

花虹門

『동아일보』, 1931.2.27

비 바람 자즌곧에
주추ㅅ돌 굴러굴러
남은 한을 자아내네
지내는 손 울리운다

부서진 돌 일망정
이터엔 굴르건만
한아버지 가신 뼈는
어대가 차즈리까

—水源서—

隆陵

莊獻世子의 墓

『동아일보』, 1931.3.1

천추의 한을 품고
피눈물 지우시니
어버이 그리워라
정조대왕 우신자리
이제와 내홀로 뵈니
솔 바람만 부더라

—水原서—

눈 오시는 밤*

『東光』 19, 1931.3

오빠여 잘 가시다 이 강 살짝 건너시다
잡이집 불이 일고 잠든 개도 짖기 전에
무사히 건너시옴을 제가 보고 가오리.

아무리 울분하여 끓는 피를 뿜으시며
이 길을 뜨시오나 이 강마저 건너시나
이 내 맘 어이랩인지 슬픔부터 앞서네.

정답게 내리는 눈 오신 쪽쪽 받아가며
떠가신 오빠 자국 따라가며 메워주리
빕노니 숨어간 자취 고이 묻어 주소서.

---

* 시집 『자정의 지구』

한강수*

생명 · 비밀 · 영원

『東光』 20, 1931.4

이 물이 흘러흘러 열 두 굽이 더도 흘러
이 강산 추지우네 새론 생명 부어주네
봄 맞는 이내 동산에 옛 꽃 다시 피과저.

듣는가 이 물소리 들을 이만 들을 것이
보는가 굽이침도 보실 이만 보올 것이
가만히 아시거들랑 용감히만 나가세.

이 강물 언제라도 이대로만 흐르겄다
아버지 할아버지 차례차례 건너시고
우리도 노래 부르며 손 맞잡고 건너리.

---

* 시집 『자정의 지구』

獅吼頌

天上天下, 唯我獨尊

『佛敎』 83, 1931.5

이누리 가로세로 활개칠이 거뉘신고
룸비니 봄동산에 하날꽃비 나리우네
갓나신 밝아숭이가 『나』만높다 하더라.

◇

나라고 하오시니 밝아숭이 나란말가
높다고 하오시니 하날우에 또하날가
외친이 가고없으니 무를곧을 몰라라

◇

무를곧 몰랏더니 곳곳마다 밝아숭이
놀라서 돌처보니 나도또한 밝아숭이
옳거니 나날때한소리로세 기억다시 새롭네

—聖誕節을 맞으며—

참아 그길가질가

『佛教』 86, 1931.5

1

그길이 가고싶으면 가기는 가거라만은
내야 모르겟다 그길이 정말 너갈길인가
너갈길 따로잇지안느냐 너도생각 할것을

2

내말 들으리업는 너인줄 번히 알면서도
가는길 하도 애석하야 나는 너다러 말하엿다
그래도 너는너대로가다니 넘우섭섭 하구나

3

지금 가는길이 새길인듯 너는기뻐하여도
임이 밟아은길 너가헤매든 그 길이다
신의를 저바리고 가는동무야 너그렬줄 몰랏다

4

떠나는 길 머리에 말해 무엇 하리만은
여보소 일두고 가니 그일 뉘가 할것가
일이야 할이없으랴구 너숨씨만 할가나

—漢城에서—

背信者

『佛教』87, 1931.6

1,

손잡고 하든말을 어이하여 이젓는고
아는 동무면 진실따이 알어야지
만일에 그대같다면 뉘가약속 하겟노

2,

우리는 젊은사람 말과일이 같어야지
맞나 말하고 돌아서서 모른다면
살어도 죽은무리라 사람답지 안노라

3,

내가 오늘까지 그대믿어 나온것이
생각 할사록 애닯기 짝이업다
예라 이 몹슬사람아 그럴짓이 잇다고

(7.14)

백운대 갈 때려니*

『동아일보』, 1931.5.14~1931.5.15

1 석간수

진세를 떠나고자 자취 감춰 가던 손이
이 물에 몇 번이나 얼굴 비춰 보았는가
이처럼 아까운 줄이면 어이 두고 갔으리.

스승님 걸음걸이 어이 저리 더디신고
가쁜 숨 쉬시올 제 물 한 모금 떠 올리리
아니면 푸른 솔잎을 맑게 헹궈 드리리.

〈石顚恩師를 모시고〉

2 태고암 보름달

송림 사이로 빗겨드는 저 달빛이
무엇을 아뢰는 듯 내 은근히 쏠리운다
조바심 치는 마음이 알똥말똥 하여라.

앞 뒤 푸른 봉이 봉마다 달빛이오
좌우로 흐르는 물, 물마다 달이로다
달빛에 어리는 산수라 다할 나위 없고나.

* 시집 『자정의 지구』

3 옛 성문

위문 앞 다다르니 아이 하나 물을 파네
성문을 지키던 군병들은 다 어디 가고
무너진 주춧돌만이 홀로 남아 있느니.

4 백운대

실구름 피어올라 발 아래로 돌아갈 제
눈감고 앉았으면 나도 같이 떠 오르는듯
하늘이 어딘가 했더니 나는 옌가 하노라.

삼각산 이 그늘에 자랐거던 잘 사시다
한강수 마셨걸랑 한 맘 한 뜻 되어지다
우리도 남들과 같이 노래 불러 보오리.

가슴에 끓어오른 말 한 마디 채 못하고
제 발로 걸어가는 걸음조차 못 걸어도
백운대 예 올라보니 새로 산듯 싶어라.

옛날에 할아버지 보시올 젠 웃음이요
이제 와 오르나니 이 자손의 눈물이라
한 대라 뉘 이르신고 부질없어 하노라.

忠武公追慕

『동아일보』, 1931.6.12

1

戰笠 쓰시올제
맹세 지어 몸바최올
몸 물어 바칫스니
마음 아니 굳으신가
굳음맘 처음 맹세를
변한적이 업섯네

2

우리님 戰船 몰아
海天을 휩싸올제
각고 천만장,
무엇 아니 굽히랏다
천지도 떠는양 하거니
걸힙것이 잇스랴

3

큰칼 높이들어
적병을 호령타가
눈물에 저즌 疆土
도라보니 비참할사
장졸을 다시단속 하실제
더욱비장 하더라

보신각 종*

『東光』 23, 1931.7

장안이 고요하다 늦은 봄이 밤 깊었네
지금이 새로 한시 나그네의 꿈이로시
하마나 첫닭이 울리 귀 종기어 듣노라.

옛날에 이맘때는 보신각 종이 울어
만호에 잠든 무리 깨우셨다 하시련만
내일을 가시런 이의 길은 뉘라 밝히리.

이 종이 울어울어 하늘 높이 크게 울어
삼천리 울렸으면 이내 마음 시원하리
애달프다 입을 다물어 몇몇해나 하신고.

---

* 시집 『자정의 지구』

生死觀空*

『新生』, 1931.7

산 것이 사는 것가 산 것 같지 아니하니
죽음도 그럴런가 죽음 속을 뉘 알리요
눈 감고 스스로 볼 제 죽고 삶이 없구나

세상 것 있다 하니 있는 줄로 보올 것가
있던 것 없다 하니 없는 줄로 아올 것가
모든 것 나오자마자 고대 죽고 마는걸

죽고 사는 것을 없게 본다 없을 것가
본래 없었으니 이제 봐도 없는 것이
없는 줄 아는 마음도 또한 없다 하노라.

* 시선집『나그네 길』

團結부터

『佛靑運動』, 1931.8

일보고 힘내련가
　　힘잇서야 일을한다.
힘잇서 일하든가
　　신의로써 일을한다.
신의도 잇서야지만
　　단결부터 하여라.

그러구러 가련가*

『東光』 25, 1931.9

그대를 동지라구 나는 믿어 왔더니라
일할 이 그대라구 나는 외쳐 왔더니라
신의를 저버리다니 에끼 몹쓸 사람아.

갈 대로 가 보아라 거기엔들 별다르랴
거기도 사람 산 곳 도로 마찬 가지일 걸
헤맬 것 무엇있느냐 때만 지내 가느니.

다음을 바라잖네 큰 일하여 온다해도
오늘날 손 맞잡고 걱정함만 못할세라
기쁨이 넘치일 때면 뉘웃을줄 모르랴.

* 시집 『자정의 지구』

삼산에 지는 달*

『매일신보』, 1931.9.5~8

1 남향 귀로

떠나는 이 밤길이 약속같이 되었더면
오죽이 기쁘오리 웃음 웃고 내려갈 걸
실없는 편지 한 장에 눈물지고 갑니다.

가야 보람 없고 맞을 뉘 없을 진대
구태여 가올 것이 무엇이뇨 하리마는
그래도 애닯은 심사 가고싶어 갑니다.

말 없이 쉬는 한숨 이내 가슴 미어지다
동무는 손잡으며 시름잊고 가란구야
그러나 아니 잊힘을 어이 잊고 가리오.

울컥 하는 맘에 길을 섬쩍 떠났으나
떠나서 생각하니 갈 길 도려 아득하다
아득한 이 길일망정 아니 가던 못하리.

가는 길 묻지 마소 내 가는 길 묻지 마소
그르다 말을 마소 왜 그러냐 하지마소
내 몸이 다 못되오곤 이 내 속을 모르리.

---

* 시집『자정의 지구』

웃고 가올 길을 울음으로 가단말가
떠나는 기적 소리 유달리 슬프구야
우울한 이내 가슴이 더 메질듯 하노라.

2 **승객**

내리고 오르는 손 다 어디로 가시는지
하룻밤 찻간에 평생 같이 안 것처럼
머리를 서로 맞대고 오손도손 하누나.

여보소 그대들은 무어 그리 기쁘시오
시름을 잊자하여 그러구러 이야기오
그러면 이 나그네도 따라 웃어 볼까요.

이야기 할 때뿐이 시름 도로 그 시름이
겉웃음 서글퍼라 기쁜 것이 무엇인고
나처럼 가는 길이면 흥이 무엇 있으리.

3 **새벽**

새벽달 지는 빛에 산을 안고 돌아드니
차창에 부딪칠손 바람결도 시원하다.
아무리 시원하기로 내 속조차 시원하랴.

찌고 좁은 차에 밤을 새워 오는 이들
새벽이 되다하고 기쁜 듯이 소리치네
두어라 어제요 오늘 다를 무엇 있으랴.

하룻밤 칠백리를 휘둘러 내려오니

흡사 한 세상 살고 간 듯 하이마는
눈앞에 보이는 인간 다른 줄을 모르네.

4 송정리역에서

서울서 이 차 타고 바로 가면 목포라지
목포서 배를 타고 해남 한듬 건너갈 제
삼산에 달이 둥실 떠 비추리라 하더라.

눈 밟고 가던 님은 이 길로 가셨건만
매아미 소리에 오는, 나는 어이 못 가는고
세월이 얼마 아니언만 길이 서로 바뀌네.

저 길이 내 갈 길이 우리님이 가신 길이
님이 가신 길 뒤로 두고 가단 말이
젊은이 심장이 썩어 눈물 솟아 나노라.

묻노니 가신 님하 이 역을 지나실 제
마음이 어떻드뇨 내 안같이 슬프던가
아니면 고달픈 몸에, 꿈에 고이 드셨나.

아무리 고달픈들 잠이 어이 왔을 것가
설마 잠이 든다 해도 꿈은 아니 꾸었으리
잊히지 못하는 마음에 하룻밤을 샜으리.

일곱 달 앞서가도 어제런 듯 하연지고
뵈올 수 없건마는 되만날 듯 싶어진다
이러구 속아 사는 줄 내가 어이 모르랴.

유달산 요란하게 기적이 울리거든
간밤 이 차에 내가 온 줄 알으시오
오다가 송정리 내려 울고 간 줄 아시오.

5 약속을 어긴 자여

손잡고 하던 말을 어이하여 잊었는고
아는 동무면 진실 다히 알아야지
만일에 그대 같다면 약속할 뉘 없으리.

우리는 젊은 사람 말과 일이 같아야지
만나 말하고 돌아서서 모른다면
살아도 죽은 무리라 사람답지 않노라.

나는 오늘까지 그대를 믿었더니
그대는 어이하여 나를 속여 왔었던고
에라 이 몹쓸 사람아 그런 줄이 있다고.

그대는 나에게 진실한 체 하데마는
오늘날 당해보니 전혀 아니 딴판인가
왜 그리 속은 속대로 따로 두고 지냈노.

그대가 날보듯 내가 만일 그럴진대
죽어도 못하오리 그대같이 못 속이리
어이면 같은 동무를 능청맞게 속인고.

속히는 내 그르냐 속이는 네 그르냐
그대를 동무라고 나는 단단 믿었길래

속아도 속은 줄 모르고 오늘까지 왔노라.

6 애달픈 추억

「나무잎 우수수 쉽게 진다」 불던 노래
스크랩 · 북 뒤지다 새로 옛 일 그리워라
밤중만 호올로 앉아 눈물 지워 하노라.

화롯불 일우시며 비인 방을 맑아신듯
어정 거리며 들오라는 그 뜻이야
나라구 모르리마는 굳이 사양 하였오.

찔컥 만나노니 다시 하올 말이 없어
엄엄히 터지는 말문 말도 되지 아니한 걸
그래도 기쁜양하여 천둥만둥 하더라.

찾는 동무따라 저 분명 나간 것이
어느덧 되돌아서 도로 자리 왔었던고
내 홀로 떠나려 할 제 숨바꼭질 하더라.

눈비 맞은 옷을 어이 그새 말렸던고
젖은 신발이 도로 뽀연 하여졌네
하올 말 다하면서 할 일도 다 하였네.

흰눈에 싸인 하늘 보얗게 저무르고
바람은 차도 찰사 앞길을 막아설 제
내 갈 길 바라다 보며 혼자 걱정 하더라.

떠나고 싶어 가나 떠나게만 되는 것이
보내자 보낸 것가 보내게만 되온 것이
그때에 우리의 일이 그렇게만 되더라.

발길이 차마 얼른 안 돌이켜 못 갈 적에
눈길을 걱정한듯 어정거려 말을 하다
지팡이 주는 영감을 마주보고 웃었네.

가라고 하여놓고 다시 불러 말 이르고
말맺고 돌아서다 둘이 마주 돌아볼 제
선자리 선것 같아여 가잖은것 같더라.

내 할 말 다했다도 말 그대로 남은 것이
그이도 그럴는가 그도 역시 그럴 것이
어이타 둘이 마음이 다를 줄이 있으리.

눈비 맞은 몸이, 몸이 어이 더울 것가
짐짓코 냉수 빌어 받아보자 하였어라
징간이 계시온지 차만 부어 오더라.

성북동 모랫길을 오가던 두 발자취
찾을 길 바없어도 눈물만 고이인듯
시름에 지내는 손이 가슴 아파 하노라.

7 삼산에 지는 달

뜻밖에 떠나실 제 마음이 어떻드니
눈물이 앞을 서다 발길이 보일 것가

오죽이 날 찾았으리 나도 없던 때인 걸.

가실 줄 알았드면 내가 어이 떠날 것가
내 올 줄 알았드면 님이 아니 가셨을걸
돌오자 마자하여 가고 없다 하더라.

이것이 웬일이요 내 없을 때 가단말이
무엇이 급하관대 하룻밤도 여북했다
말 미처 못하고 감이 내탓인가 하노라.

급하다 하올시면 한시라도 급하련만
무엇이 그리 급해 간밤 차로 가단말고
둘이 일 다 버려두고 더 급한 일 있을까.

가면은 못 올 것을 되올 줄만 알았던가
되오든 못할 길을 잠깐 다녀 오맜던가
뜻대로 되운 일이면 뉘라 탓을 하리오.

생각이 나는대로 님 너를 불러보고
님 네를 부른대로 편지를 적으려면
하루에 몇번이 될 줄 짐작이나 하시오.

아무리 내 그리워 마음이 탄다 한들
님 그려 지는 눈물 한 방울에 겨눌소냐
사랑을 주고받음이 좀 다른가 하노라.

내가 님 그리듯 님이 날 그리오면

남쪽 천릿길 불현듯이 오련마는
사랑이 떠나 깊은 말 거짓인가 하노라.

님다려 오라심이 구태여 무어이뇨
님 그려 타는 몸이 가야만 하울 것을
갈 줄야 뉘 모르리만 가여 아니 될 데라.

우리가 누구라구 남의 말을 들을 것가
부모라 옳은 말만 뉘라 한다 말합디까
들을 말 따로나 있지 사랑에도 들을까.

사랑은 신성하다 다시 말해 무엇하리
스스로 생각하여 희생함도 좋을 것이
어이타 높은 절개를 변하신고 몰라라.

사람의 귀여운 점 헤이면은 가지가지
그러나 짐승보다 더욱 귀함 있사오니
정조를 굳이 지킴이 그 아닌가 하노라.

손잡고 말을 한다 그것이 약속인가
야릇한 눈초리를 해야만 하온 것가
말 없이 서로 뵈올 제 그 때인가 하노라.

님이 그러려구 그렇게 하온 것가
그리 되자니 그렇게만 되온 것이
유월도 아흐렛날 밤에 꿈에 한번 뵈더라.

짝사랑 그 사랑도 사랑일사 못 잊으리
원앙이 그린 사랑 긔 더욱 못 잊으리
무심코 잠들 때라도 꿈에 다시 뵈오리.

삼산에 지는 달은 내 가슴에 지는 꽃을
내 눈에 솟는 눈물 저 구름아 고이 실어
무심히 지는 저 달을 한번 뿌려 주시오.

※ 징간 : 짐작의 사투리

甘露水

『佛敎』 88, 1931.10

우리님 가시단들 참아緣土 이즐것가
가서도 안가시냥 靈珠三十 주섯서라
큰뜻을 알어받사와 고히모셔 옵니다

枯香樹

『佛教』 88, 1931.10

님게신 이끝이매 가릴무엇 잇스리만
그래도 님의遺蹟 찾아보고 싶소이다
七百年 지난오늘에 더욱찾고 싶소이다

(七月 二十五日 松廣寺)

鶴鳴禪師追慕(內藏寺)

灘鄕,『佛教』89, 1931.10

손발틉 다달토록 애써세운 이집이야
보고 듯는이 讚揚아니 하리만은
지나는 이나그네는 큰뜻부러 합내다

勞動歌 불럿스니 農夫다려 무르리까
禪榻에 게섯스니 衲子에 게드르리까
이淸風 이明月만이 님이신가 합니다

그리워 그리워서 자최나마 뵙잣더니
가신지 해로묵어 남은무엇 업다시네
뒤뜰에 푸른대닢만 옛소식을 이르더라

禪旨안다 덤비는이 뭇노라 누구누구
盲棒痴喝 나는싫이 독갑이 禪이로다
正眼을 가추신그이 더욱그려 하노라

註 이 詩歌와 아울러 甘露塔 等은『鐘소래끊이고』中의 一節이외다 이 밖에 정작 主格으로 된 南庵講鐘 華藏龜岩이 잇으나 이것은 내호을로 옮고 울고 할따름이외다.

(作者)

애닮은 추억

『東光』 26, 1931.10

떠나고 싶어가나 떠나게만 되온 것이
보내자 보낸것가 보내게만 되온것이
그때에 두리의 일이 그러케만 되더라

발길이 참아 얼른 안도리케 못갈적에
눈길을 걱제한 듯 어정거려 말을하다
지팽이 주는 영감을 마조보고 웃엇소

가라고 하여놓고 다시불러 말이르고
말맺고 도라서다 두리마조 돌아볼제
선자리 선것같어여 가자는 것 갓더라

내 할말 다햇다도 말 그대로 남은 것이
그이도 그럴것가 그도 역시 그럴것이
어이타 두리마음이 다를줄이 잇으리

—「三山에 지는 달」 중에서

한강 달밤*

『동아일보』, 1931.10.9

배띄워 발 잠그고 달빛을 바라보다
물새 노래에 세상 시름 잊잣더니
어디서 무잎 하나이 인간 알려 주더라.

물거품 일고 꺼짐 그 아니 무상한가
인생 한 세상도 저와 다름 없건마는
저 마다 보람이 있어 고되는 줄 모르더라.

애닯다 이 사공아 물만 어디 흐른다노
손 잡고 서로 웃고 웃고 보고 헤어질 제
인정도 저와 같아여 흐르는가 하노라.

---

* 원제목은 「漢江月夜」였음.
시집 『자정의 지구』

鍾소래끝이고

『동아일보』, 1931.10.13

窟목이재

굴목이 넘는 두 재
가도가도 끝이없네
돌길 나무다리
그러고도 가시덤풀
앞서서 날든구름도
쉬어재를 넘더라

(仙岩 松廣 兩寺峙을 넘으며)

物外虛舊址

松臺에 쉬어가리
이는바람 시원하다
主人이 없다하고
恨할것이 무어이리
이곧이 物外이거니
煙火어이 잇으리

靈泉石佛

『동아일보』, 1931.10.14

처다봐 石窟이러니
들어서니 집이로다
石門 石卓에
石佛이 앉으섯네
흐르는 물한잔떠서
마지하고 뵙노라

(右白羊寺)

어머니의 다지는 말씀*

오빠 보내는 밤에

『東光』 27, 1931.11

마음만 깊이 먹고 함부로 말을 마라
입 밖에 말이 나면 그때부터 못하느니
참으로 일하는 사람 좀해 말이 없니라.

네 속에 있는 말도 나에게 하지 말고
내 속에 있는 말도 너에게 하지 말자
모녀의 앉은 자리가 어이 될 줄 아느니.

온갖 말 다하여도 한 가짓말 안할 것은
부모 형제요 부부께는 더 모르게
저혼자 품고만 감이 옳을 줄로 아노라.

깊이 잚은 뜻을 알리려고 알리느냐
말을 하다가 무망간에 나오느니
어디로 가든지 간에 입다물고 지내리.

—31.9.3—

* 시집 『자정의 지구』

歸鄕小曲

『佛敎』 90, 1931.12

八影山 들어가다 三千里 띄워두고
下瓦 배다리 仙亭을 안고돌면
海邊에 王蛛머리가 바로故鄕 일러라

× × ×

十年 지난故鄕 가보니 어떻더니
잘산이 줄어들고 못산이는 더못살고
늙은이 돌어가시고 젊은이는 늙더라

× × ×

父母를 모를네라 늙으시니 모를네라
兄弟는 더모를네 커나느니 더모를네
남이야 알고모르고 말해무엇 하리요

—辛未夏, 高興鄕第—

歲暮의 江山

『東光』 28, 1931.12

올해는 어떨는가 보람큼직 하엿더니,
내일이 섯달그믐 또 그대로 넘어간다.
삼천리 우리네 강산 너무 아득하구나.

해논것 없건마는 나인 한 살 또 불른다.
동지는 못 얻어도 립지서원 굳어진다.
한 해를 더 살고나니 조선 더욱 알러라.

힘이 적다할까 모으면은 백였대이
뜻과 마음이 어이하여 각가진고.
지치고 낡은 한성에 찬 재한줌 남도다.

도라봐 깨칠것이 이땅사람 눈이시리.
손발 두귀는 무엇하자 지녓는고.
산차로 고대로묶어 장사하고 마련가.

—1931.12

波羅密贊
得度十年에

『佛敎』91, 1932.1

님 가신 길이옵기 질거웁게 내갑니다
진실로 하온말슴 내그대로 믿습내다
우러러 비르옵나니 변함없이 가지이다

님 가신 길이심을 어이멀다 녀기리까
가다가 못다감도 내정성이 부족함을
비 바람 눈보라칠제 더욱바뻐 집내다

님 가신 길을가다 빗들면은 어이리까
어린애 이거름을 자주돌봐 주옵소서
열해요 스므해라도 길히안어 줍소서

…壬申元旦…

동무에게

『佛敎』 92, 1932.2

(三行略)

동무여 마사이다 입에부른튼 말일랑은
거짓을 하올것가 눈속임을 내할것가
언제나 진실하옵게 서로도아 갑시다.

(三行略)

부모를 믿으리까 늙으시고 아르시고
누의 동생은 이제아니 배우시오
손잡고 나아가리는 오즉우리 뿐이로다.

別曲三章

灘鄕,『回光』2, 1932.3

오신뜻 알겟거니 가시는뜻 모르릿까
가신뜻 크삽길래 오신뜻도 장할시고
손한번 마주잡을때 하올말을 이젓네

은하 기운밤에 별은고히 빛나건만
물결이 이는 강ㅅ가 白鷗꿈은 깊엇서라
손한번 다시잡을때 해박귄줄 알러라

구름이 떠가는곧 가는거름 갸륵하다
돌아서 웨치는소리 들은이가 그뉘런고
손한번 또다시잡을제 새로뵐가 함내다.

漢陽別曲

나를 보내주신동무네께

『佛敎』 94, 1932.4

1,

떠나고 보내 준다
섭섭다 말을 마세
와도 그뜻 가도 그뜻
다 같은 뜻 안인가
어데로 가든지 간에
일만 위해 삷시다.

2,

눈 앞에 떠 나가고
손잡고 헤어 진다
값 산 눈물은
흘릴 것가 아니로다
차라리 뜻 같은일랑은
펴저 잇자 합시다.

3,

몸 하나 둘데없어
오가든 아니 하리
앞길 바라 보며
다만 고초 격그련다
힘 길러 뛰어 나올제
소리 같이 칩시다.

4,

잊저 마사이다
다 잊어도 한가질랑
제마음 제 지니고
제 넋을 제살리고
제할일 제 하옵기를
부디 잊지 마사이다.

—1월 31일 · 경성역—

그리는 밤

『佛敎』 95, 1932.5

나리는 세우 비는
가는 밤길에 젓네
옷자락이 촉촉이 젓네.
전같으면 어머니 내옷을 씨다듬어 주시련만 ……

이 비도 고향 한울에 오실까
그러면 새풀닢이 돋으리
어머니 호미 끝에 뛰(茅)뿌리도 패이리
뛰뿌리 주어먹든 그때가 그리워
어머니따라 밭귀에 놀든때가 그리워

—3.26 漢城—

昌慶苑에서

啓東형의게

『佛教』95, 1932.5

말 배우려구 입 오목거리고
제 어미 보고싶어 하든아이
손가락 입에 문채 더리고갓지?

오리만 봄못에 떠어 논다
옛자취 그자린 풀이 새롭고.

—3.23—

변하오리까

『佛教』 95, 1932.5

날다려 다지는 그 말슴이야
들엇다 늣길것 무엇이리만

그래도 정—다웁게 들엇 습니다
어찌 한마음 변하오리까

태산! 그보다 믿어 주소서
앞—뜰에 푸른—대ㅅ닢 내가—봅시다.

—昇州老親께—

호풍 이역*

조란 동포를 생각하며

『東光』 33, 1932.5

따숩단 말을 듣는 이곳서도 떨리워라
창밖엘 발이 얼른 안 내딛쳐 멈추거든
하물며 만주 벌판을 말해 무엇하리오.

노인도 노인일사 어린애 떠는 양을
부모 되는 이 차마 어이 보시는고
눈보라 몰아치는데 서로 안고 떠는가.

이 땅에 묻힌 대도 그런 죽음 원한일 걸
호풍 이역에 한 줌 흙이 되단말가
저 옳다 외치는 정의(싸움) 뉘 옳은고 몰라라.

조죽 그것인들 제때나 에울 것가
베옷 한 벌만 가리워도 행이시리
고국에 있는 마음이 놓일 적이 없어라.

—1931.12.14. 改稿—

※ 호풍이역(胡風 異域) : 모진 바람이 휩쓰는 만주 벌판

* 시집 『자정의 지구』

이 땅의 형제여

『東光』 33, 1932.5

호미 자루잡고 出園에 게신 이어
「산수 길러 좋에」 그 노랠랑 불지 말고
힘길어 새일 하자고 웨쳐주소 그리여

조밥 벤또 끼고 工場으로 가신 이어
한숨 쉬우시며 부대 눈물 짓지 말고
앞날의 일꾼 되실껄 믿어주소 그리여

종소리 들으시며 教堂에 앉은 이어
죽어 극락 가리 천당 가리 願치진 말고
젊어서 이 땅의 일을 하여 보자 하소서

각가지 헤어진 이 이 땅의 젊은이어
마음을 한 대 모고 뜻을 같이 세웁시다
한 방울 피땀일망정 귀여운 줄 아소서

—1932.1.26—

東方의 光明
동광에게

『東光』 34, 1932.6

1

이 백성 살아 가다 이 땅에 살아 오다
한 만년 뒤로 두고 삼천리 안ㅅ고 갈제
한빛이 비치워 오니 앞길 새로 밝도다

2

어버이 날 나시고 스승은 기르시고
동무 내손 잡으며 아우를 업고실제
반갑다 웨치는 소리 어서 오라 하더라

3

못보아 몰랏거니 보고 어이 여이리까
못들어 헤맷거니 듣고 아니 따르리까
기쁨에 넘치는 마음 우두옵자 합내다.

4

자취도 고운 자취이로 헤든 못하오리
앞으로 그 솜씨를 더욱 크게 빛내지다
천만년 하로와 같이 믿고 보고 사과저

5

원부터 크사옵기 고도곤 줄 모를 것이

공과 먹 쌓이신다 기림진들 바랄것가
다만지 이겨레 위해 고루비워 주더라.

老母의 설움*

『佛敎』 98, 1932.8

설리 기른 자식 옥중에 보내 두고
농사 지은 밥 떠 넣다 목 모치리
넋 놓고 앉은 심사를 어머니나 아실까.

비바람 섞여 칠제 어느덧 十년이라
자식을 하마 보리, 하는 그 새 머리희다
눈보라 치는 밤중을 수심으로 새우신가.

무심히 앉으실까 가슴 울컥 놀래시리
눈물 지우시다 서커퍼 웃으올 제
손주는 무릎을 짚고 우줄그려 대는지.

—지난겨울 12.11 밤—

* 시집 『자정의 지구』

주인은 어데로

『東光』 37, 1932.9

어린 애 앞 세우고 보ㅅ짐지고 나갓겟다
영감 할멈이 벌어먹자 떠낫겟다
보리ㅅ고래 넘긴단 말도 잇는 이나 할 것을

주인은 어데메로 이집 두고 어데메로?
개, 닭 소리도 없네 자취나마 잇을것가
간밤에 나린 이슬이 쑥대닢에 매첫네

선산 밑이라 하야 벌어먹고 살고지고
손발톱 다 달토록 벌어먹고 살고지고
그러나 품파리도 없어 떠나가고 말엇는가?

왜 그 말을 하였던가*

『東光』 38, 1932.10

그 말을 할 것인가 할 말이 따로 있지
열 백 번 다지던 말 왜 그렇게 잊었던가
무슨 일 하려는 사람 속 챙겨야 하느니.

속을 다 빼 줄듯 쓰러지게 말한다고
그네를 믿을 것가 왜 그 말을 하였던가
그대도 지금에 와선 돌로 발등 찍으리.

말하고 「하지 마라」 다진 것이 내 틀렸다
말하여 좋을 테면 다질 것이 뭐 있던고
진실로 믿는 사이면 다질 말이 없는 걸.

피로 맹세짓는 그런 것도 실없는 것
주먹을 쥐락 펴락 그도 아니 우스운가
신의를 지키는 동무 말 안 해야 되느니.

* 시집 『자정의 지구』

時調日記

『佛敎』 100, 1932.10

1, 豫防注射

이몸을 길히 지녀 무엇을 하잠인고
注射針 미리 맛다 病도들기 前에 맛다
내살기 爲함일 진대 그 죽는다 어떠리

팔을 내 밀고 醫師 앞에 내어밀고
눈 감고 섯는瞬間 살고싶은 마음 뿐이
시겺어 우슴이 난다 내몸 이제 어뎃는고

어린이 작란삼어 너도 나도 덤벼들고
첫방에 알리웟다 둣재방을 꺼린老人
그렇나 모도다 살마음 제각기 달은것을

人生은 어리석다 어리석음에 사는구나
命이 그뿐이라 죽게되면 죽는 것을
실없이 針 한두대에 길히 살기바라네

病주고 藥주는가 注射맛자 알리운다
하로밤 알코 낳니 更身할수 바이없네
사람은 藥이라 하야 알코좋다 하느니

2, 찾아왔다 찾는길

이 길이 그길인가 이길로 가섯는가
논둑길 갈래 길을 조심 조심 예옵니다
흐르는 시내물 따라 자취발마 예옵니다

3, 中國게집애

어이 왓느니 이곧까지 어이왓니?
개울 물가에 너 무엇을 그리 빤다?
울아배 옷이랍니다! 아배 따라 왓서요!

아배 어데갓니? 너의 집이 어데메니?
배채 붓 하는구마 저이가 울아버지!
밭귀에 저긔 저것이 우리사는 집이 오!

저이네 사는情狀 여긔 와 이러할 때
거긔 가 잇는兄弟 얼마나 푼푼 할고
안봐도 본듯하네 내눈앞에 어리네

—6·10, 맑음. 順天邑—

4, 꽃숭이 꺽거주랴?

—玉潤아—

이 나라 할일많이 할 일이 하도많이
일군이 없어 못해 동지가 귀여웁네
그대여! 무엇 하련가? 대답하여 주겟나

손 한번 벌려 보소 무엇을 願하신가
소리 큰소리를 웨처보소 들어 보세

그대여! 무엇하련가? 내가답답 하외다

이땅이 꺼지도록 號令높이 하시련가
꽃숭이 꺽거주랴? 고흔노래 부르련가
그대여! 무엇 하련가? 내가 크게 바라네

—6・11, 구름. 辛町서—

5. 座右銘

—日課로—

가, 觀世音菩薩

새벽에 세번이요 저녁에는 네번이라
하로 일곱번 觀音菩薩 부른 뜻은
이 世上 살어가는데 善하옵자 함이라

제 마음 제가옳게 쓰면은 한다 해도
觀音 菩薩을 부를때에 달러 지니
거룩한 거룩한德을 생각하고 사오리

나, 첫노래

「첫노래」불르나니 일흔아츰 두번이요
손 발 싯고잘제 불르나니 세번이라
뜻 깊이 살자하야 새노래를 지엇네

「거짓말 마사이다. (거짓말 말것 …… 1)
눈속임도 마사이다. (속이지 말것 …… 2)
집안에 우스올것. (家庭을 和平케할것 …… 3)

남을爲해 사르올것. (公衆을 爲하야살것 …… 4).
부처님 믿으시오며. (佛敎를 믿을것 …… 5)
眞實하게 삶시다.」

—4 · 23, 맑음. 밤—

6, 돌다리兄에게

답장 쓸 時間이 없드라구 하엿지요
내가 하올말을 미리 듣고 말엇서요
차라리 잠 들때도 없엇스면 좋리만

—6 · 12, 비. 辛町서—

우리뜻 살려지다

「佛敎」의 백호의 낳음에 보냄

『佛敎』 100, 1932.10

웨치는 소리 소리 들리 나니 우렁 차다
百號 八年에 긎인적이 언제 든고
복장에 북밫인 소리는 청천벽역 갈더라

한아람 일을 안고 내닫는 이 긔 뉘신고?
총 칼 그 앒에 아니 굳인 그 이 로다!
이런 붗 이런 솜씨에 자라 낳니 「佛敎」라

백호를 한수로 헤어 백호 또한 넘겨 지다
백호를 한수로 헤어 백호 걷읍 넘길제면
오늘의 이러 한모양은 다시 보지 않으리

쌓은 공 자랑 할가 앒으로 나아 가소
왼 누리 내것인냥 긴 활개 벌릴것가
「佛敎」도 이 나라「佛敎」 이땅부터 위해지다

한字 한 글귄들 범연이 모을 것가
피와 땀으로 짜내리니 우리 「佛敎」!
우리뜻 그대로 아시러니 살려 지다 부대살려

—창간팔주년되는해 · 상달—

祭壇 앞에서

壽英氏의一週忌

趙灘鄕, 『佛敎』 100, 1932.10

거미줄 새-로 낡은 구석 절 찾어 들어
제단 에 잔 드릴줄 내 꿈엔들 녀겻스리
눈물이 채 앞서지않것만 촛불뵈지 않어라

가슴 을 치며 울가 가슴이 미어질듯
방성 통곡 한대해도 반도 아니 풀리것다
서럽고 원통한 마음을 이를 데가 없구나

제사 도 유만부득 죽엄도 유만부득
이 제사 이 죽엄은 갈 수록 애처럽다
글 발이 지금에 있어 더욱 슲어 지나니

물 밥 떠-놓고 렴불하는 이 지서리
산 사람 서러운마음 이러 합네 웃지마소
이 날을 어털수 없어 이러기도 하느니

잔 들고 우는 아무 비서름도 그만 두라
촛불이 않이뵈는 내 서름인들 이를것가
× ×
말 없이 저 돌아서는 이 어떻다고 할거나

—8.2-一碧에게—

전원에 드는 가을*

가을볕 아래서

『東光』 39, 1932.11

옥수수 여물 든다 초가을 따슨 볕에
올벼도 익어간다 어제 오늘 달라진다
밭귀에 거니는 마음 나만 이리 기쁜가.

곡식 이 한 톨 이대로 피요 땀을
피땀 흘린 이가 거둘가 내 몰라라
해마다 밭귀에 오면 다른 중정 먹히네.

일년 열 두 달을 어느 날에 손 발 재우리
자나깨나 주야 걱정 농사지을 마음뿐이
애써서 버스른 농사 제 못 먹고 말다니.

없고 볼작시면 애써 번 것 모두 헛 것
타작 마당에 불티 날듯 날아간다
기 차다 우리네 걱정 이러합네 그리여.

---

* 시집 『자정의 지구』

애기의 편지

玉潤에게

『佛敎』 101 · 102, 1932.12

앉을줄 아는 애기 길줄은 뭂은단 말
편지로 읽고 보니 그 말이 재주 있네
열 세 살 되는애기가 애기말을 하엿군

二月 十五日에 낳은 애기 그러것다
이제 다섯달 그렇구 말구해야
앞 으로 석달 지내면 길줄안다 하리라

내가 애기 본제 몇일인고 뭂으것다
언젠가? 비 오든날 떠날제 본듯 싶군
애기 란 앓볼제 같이 크는줄은 뭂을네

…壬申七月十八日順天…

바람결에 붙이는 노래

趙鐵雲,『佛敎』101·102, 1932.12

1. **星園**

달이 고요히 숲 새로 넘어 갑니다.
어둑헌 이 山골밤 더 어두워 지것네
빛나는 별빛 하나 나 새로 밝아 오는가

2. **無常**

기쁘단 그 날밤도 지내놓니 헛둑 하이
극락도 그럴른가 가 보면은 그러 할가
그러면 내 앓이가도 그리기나 하오리

3. **자식의 마음**

어버이 가난사리 가즌 고초 맵고 쓰고
머리는 희으시고 허리도 굽으시고
十年도 기－ㄴ 歲月인줄 이제 다시 알엇소

어버이 위하는 마음 살이라도 깍고 지고
위하리 마음 지어 그러함도 아니러니
어쩐지 어버이 정상에 절로그래 집내다

4. **山水**

한幅 그림을 주시엇네 날 주시엇네
물소리 山새노래에 시름 잊고 살으라고

그렇나 받을줄 몰아 도로 저허 집내다

—十四篇中에서뽑음—

쓰고 적고

『佛敎』 103, 1933.1

一

서리운 속 두고도
원정 할데 없는신세.

시냇물 흐르는 위에
홀로앉어 써 봅니다.

흐르는 시냇물 위에
내가 홀로 써 봅니다.

二

곱게 지는 닢이
뉘 발ㅅ길에 차이런고?.

주서라 고이 씨서
이내 한을 적어 두자!.

맺이고 서러운 한을
이 닢에나 적어 두자!.

—十月三十日—

사슴이 우는 밤*

『佛教』 104, 1933.2

골 깊은 산골 밤에 사슴이 울고 우이
가을밤 잎드는데 산사슴이 울고 우이
울다가 소리 머질제 바람소리 높아여.

산이 고아고아, 가을 단풍 들어 고아
고운밤 가을밤을 산사슴이 왜 우는고
사슴도 그리운 정을 가을밤에 우는가.

뜰 아래 잎이 들제 가을꿈 짙어간다
사슴이 우는 이 밤 달빛은 너무 밝고
산도 물 고요한 골안 찬시름만 서리운다.

〈曹溪山 仙巖寺에서〉

* 시집 『자정의 지구』

흰 털을 뽑으며
—碧에게

『佛敎』 105, 1933.3

사람은 늙는줄 모르게 늙는가 보외다
늙어도 늙는줄 모르는거 사람인가 봐요
더구나 인역(自己)늙는것 인역이 더 모르리

그대의발ㅅ자취 지나온 발ㅅ 자취
눈물 그것이리 서름이 그것이리
서름과 눈물이 거니 머리 아니 희겟소

세상맛 알자말자 그때부터 가진 고초
살어 올수록 말로할수 없는고생
그대의 반평생이 「고」에 「고」뿐 이로시

그대의 서름 걱정 어느뉘가 다 알것가
그대의 눈물 고초 뉘가 있어 짐작할가
그대도 생각 하오면 한낫 꿈결 같으리

그대의 흰털 하나 내가 눈물 겨웁니다
흰털 하나가 그대의 지난 자취
반평생 그대의길을 흰털이 말하는듯

넘우나 쉬이 늙소 늙을때도 되엇지만
그대 늙으면 어이할고 모르겟소
웨 그리 빨리 늙어? 원통히도 늙는구나

비닭이

『佛敎』 106, 1933.4

비닭이 한쌍이 놀다가 가네
우리집 마당에 놀다가 가네
비닭이도 山비닭이 유체 더 고아

하얀눈 다부-ㄱ이 나리엿는데
장독간에 잠잠히 나리엿는데
비닭이 한쌍이 놀다가 가네

자주빛 비닭이 빛도나 고아
어데로 저러히 날러 가는구
山비닭이 한쌍이 놀다가 가네

언제나 우리집 또 찾어 올가
찾어 와 놀다가 가시려 는구
비닭이 한쌍이 평화스러워

동무의 말

『佛敎』 106, 1933.4

눈 오고 바람불고 길은 멀고 해저물고
어이 가 어떻게 가 어데가 어데라고
저긔 저 번적이는 불이 행여 마중 오는가

모자에 눈이다북 옷 짓에도 눈이 수북
발이 빠저도 눈길에 빠저여도
치운줄 하나 몰으고 땀흙이고 왓지요

전당 잡힐 집을 찾어가면 무얼 할가
갓다 되돌아설데 내가 가여 무얼 할가
그래도 사람의정이 아니 갈수없구나

오늘 체부에는 또 무엇이 와 있는고
기쁨? 서름이냐? 이 두리에 하나이리
기쁨과 서름을 잊고 한번 살지 못할가

책 보다 굶어죽는 사람이 있다 말다
밭 가리 못배운것 이제 한이 되옵니다
글 짛고 글보는것도 제것 있고 할 것을

동지를 잃고*

趙大順, 『동아일보』, 1933.12.22

동무 많다 해도 그 얼마 안되나니
손 잡고 일할 동무 그리 얼마 안되나니
더구나 그대 믿듯이 믿을 동무 누구요.

내 마저 갈까부다 그대 따라 갈까부다
그대 가는 길 낸들 어이 못 가리만
일 두고 그대와 같이 차마 그리 못 가겠오.

일을 해야지요 뉘더러 하라겠오
하다가 못 다 해도 하는대로 해야지요
옳다고 여기는 일을 혼자라구 안하겠오.

〈하와이로 떠나는 都鎭鎬님을 보내며〉

—33.11.10. 順天에서—

---

* 원제는 「동무를 잃고」였음.
시집 『자정의 지구』

慈母初忌

『佛敎』 2(신판), 1937

1

그립다 말을 할가 말로 어이 다하리까
서럽다 눈물질가 눈물이 난지 만지
꿀앉어 잔을 드릴제 촛불 뵈지 않더라

2

陽震이 그녀석이 자랏드면 어떻 겟소
네살 되엇다 긔 뉘가 말 합듸까
어머니 가시자 마자 그것 마자 잃엇소

3

앒山이 푸릇 푸릇 杜鵑이 제가울고
길 거리 저 한머니 孫子를 업엇 구려
이것이 웨-ㄴ 일입니까 발길 뇌-ㄴ줄 모르겟소

4

罪 많은 이子息이 하마 트면 죽엇 스리
어머니 初齊날에 魔手란 웨-ㄴ일이요
幸여나 살아 게시드란 속타 아니 가셧스리

5

이자식 잘 되라구 새벽 마다 빌엇단 말
날이 갈 수록 뼈에 사뭇 맞이나니
어이타 어머니 情은 그러실가 몰라라

6

어머니 뫼시과저 百里 밖에 집을 삿소

찬 바람 심여들가 틈틈이 발랏 더니
덧 없다 다시 뵙지도 못하고 그냥말게 되다니

7

人生이 그런 게오 정말 그리 되는게오
아모리 無常탄들 그리 될줄 내 몰랏소
어이타 울어머니가 그리 될줄 알엇슬고

8

最後 一刻을 긔 어떻게 아셧는지
漢陽 天地에 떠 도는 이 자식을
부르며 기대리 시다 가시다니 가셧다니

9

어머니 壯하시고 막죽 거름 壯할시고
觀音 菩薩을 세 번 거듭 부르시며
사르르 눈 감으셧다 못내 감축 합내다

10

春秋을 헤아르니 예순에 여섯이오
자취를 돌아 보니 눈물에 苦이로다
쉽으신 그정상을 꿈에들 잊으리까

(丁丑三月十日)

오! 陽震의 靈은

『佛教』 3(신판), 1937

머리를 짚고앉어
부르고 부를적에
감엇든 눈을뜨며
대답랭큼 하든 것이,
쉽사리 숨이질줄
뉘가어이 알엇슬고.

문앞에 우줄 우줄
네그림자 어데갓노,
어허 저것보소
잎이든옷 뿐이로다.

又,
대답을 하지말지 네왜그리 숨이젓나
문지방 넘나들든 네가지금 어데잇다
잎이든 저옷가락이 웨이리도 …………

附原韻
三喚三酬作子期 那知冥路促笻歸
門外警枕朝暮影 架頭唯見舊三衣
右消謠集一節의 「哀朝行少師挽詩」

(丁丑 三月 二十三日 譯)

朴鍾雲君의 靈에게

『佛敎』 11(신판), 1938

1,
숨한번 들이쉬고 숨한번 내어쉴제
실같은 이목숨이 달리엿다 이르심이
참으로 無常하구나 정말죽고 말엇는가

2,
만난제 어제련 듯 하마돌이 되단말이
安否를 뭇자마자 訃告를 되듣다니
이것이 웬말인가 꿈이련가 生時런가

3,
옳다고 믿으면은 山이라도 넘어가고
바르다 녀기오면 물이라도 건너가련
굿세인 그의一念이 넘우애석 하고녀

4,
눈감고 가지든가 참아눈이 감기든가
잊고서 가지든가 아조잊고 못갓스리
언제나 웨어치든 佛敎그가 그리워여

5,
떠가는 저구름을 넋없이 바라보다
둥근 저달은 웨저리 빛이없노
두주먹 불끈쥐고 虛空한번 처보노라

6,
눈앞에 띄운影子 보자하니 사러지고

들린듯 그말소리 갱침하니 멀어진다
지금엔 한줄기煙氣도 사러지고 말엇스리

7,

七十에 半을 살고 죽엇다니 이사람아
苦요눈물 가즌서름 그대의 자취로시
金剛山 萬二千峰을 어데가여 찾어보리

8,

유달리 걸어가네 이길다시 굽어보네
이길은 東京에도 駒澤大學 엽길이네
그대의 발자욱이 여기련가 저기련가

－戊寅 一月 十六日 於東京－

雪山으로 들어가

『佛敎』 21(신판), 1940

눈보래 치는날을 어데로 가단말이
눈, 코를 못찾느니 신발을 제들메고
덤풀에 감홍시같은 저불빛을 찾는가

흘려, 흘려 千萬年 더도흘은 恒河水여
높아, 높아 千萬年 두고높은 雪山이여
얼시구 生命이요氣槪 여긔넘쳐 빛나느니

활개를 훨훨치고 뒷돌아 보질밀고
발길을 탕탕굴러 앞길을 바라보고
위어차 한번더뛸제 峰에번적 소스리

아금니 방석될사 한울잡고 뱅뱅이요
두발톱 빠지도록 네굽을 치놋구나
두주먹 부르근쥐고 虛空때려 부시노라

脈搏이 뛰노는다 雪山을 꼬늘듯이
呼吸이 힘차구나 恒河를 들어켈듯
光彩에 서리운瞳子 大地넘어 가노라.

한생각 쉬고보니 여기가 거기련가
눈띄고 다시보니 저것이 이것일네

네오내 둘이업구나 둘안인데 섯구나

－己卯正月보름날 於如是山房－

잃은 靑春

『佛敎』 25(신판), 1940

사람이 늙고젊고 歲月이 오고가고
꽃이 피고지고 사람이 죽고살고
어제도 오늘같거니 來日인들 다르랴

사람 늙은것이 歲月이 가는것가
歲月 가는것이 사람이 늙는것가
사람이 늙고 젊드냐 歲月제가 오가는걸

사람이 늙는다니 어떤 것이 늙는게요
歲月이 간다하니 귀어떻게 가든게요
사람은 제가 어리석어 늙는줄로 알더라

귀향 소곡*

1 밤길

한자루 초 다 닳고 길은 반도 못 왔으니
칠야 삼경에 이 일을 어이할고
어느덧 흐르는 땀이 몸을 흠뻑 적시네.

밝은 날 온다해도 길이 서슴 거려질 걸
밤중에 오단 말이, 말이말이 되는 말가
떠난지 십년이거니 짐작인들 있으리.

길도 산모롱이 도는 길이 더 험하고
우후 우기미, 제가 절로 울건마는
호을로 가는 나그네 마음 슬어 하노라.

빨리 가자하여 마음이 급했더니
급해 질수록 뒤를 무엇이 따르는 듯
돌아다 보이고 보여 발길 허둥 하도다.

2 시골의 밤

부모를 찾아와도 계시는 곳 내 몰라라
예전 그 집엔 모르는 사람 뿐이로다

* 시집 『자정의 지구』

늙은이 한 분이 나오며 저리 가라 하더라.

이 골목 저 골목을 기웃거려 찾노라니
집집의 개란놈들 따라오며 짖는구나
어버이 계시는 곳이 어디신고 몰라라.

물동이 이고 간 이 저 분명 날 알 것을
모른 척, 하고 가네 어린애를 업고 가네
세월이 흘러 십년에 서로 몰라 보는가.

모깃불 마당에 놓고 등불 가를 둘러앉아
머슴애 노래가락이 들리나니 귀에 익다
지금도 육자배기를 저러구로 부는가.

낮이면 일을 하고 밤이 드면 노래분다
제 벌어 제가 먹는 죄없는 그들이언만
어이타 주림이 있어 우는 때가 있는고.

〈高興南陽王株에서〉

가을별 아래서*

가을 별발이 쪼입니다 쪼입니다
유달리 우리 밭 귀에 가을별이 쪼입니다
모개에 휘인 옥수수대 바람에 흐느기고.

송이송이 목화송이 하얗게 피어납니다
한여름 울어머니 애써 가꾼 목화밭이
가을별 가을 바람에 하얗게 피입니다.

칠월벼 뜨물들어 모개가 능청능청
어제 오늘 가을별에 벼이삭 누릇누릇
추석물 그 때 안기면 올벼심리 하겠오.

논두렁에 심은 콩이 조랑조랑 잘도 열어
포도 송이처럼 똥실똥실 익어가요
햇밥에 풋콩 까넣기 다른 데도 하는가.

---

* 시집 『자정의 지구』

피란 가는 길 1*

불바다 되다보니 재밭이 되다보니
눈보라 치는 밤을 들려갈 곳 전혀 없다
철 없는 어린 것들은 집에 가자 울부짖고.

소낙비 바우듯 낯선 마을 달려드니
멍사모른 개란 놈들 왕왕 짖고 내닫는다
이렇게 초라한 모습 너도 처음 보느냐.

〈1951. 1·4후퇴에 江景 나바위를 지나며〉

* 시집『자정의 지구』

피란 가는 길 2*

발길에 채인 목숨 파리보다 더 못하다
퍼붓는 포탄 사이를 뚫고가야 하는 이 길
입이 딱딱 벌어진다 두 눈 캄캄 하구나.

* 시집 『자정의 지구』

피란 1*

마구 헐렸구나 불바다가 되는구나
화약 냄새가 소매에 물씬한다
새새끼 숨쉬는 순간 숨이 도로 막힌다.

반 남아 늙은 어미 지칠 대로 지쳤건만
어린것들 쳐다보며 때때로 우는구나
끓일 것 없는 조석이 총탄보다 더 무섭다.

〈동란중 龍安 杏亭서〉

* 시집 『자정의 지구』

피란 2*

한 벌 입은 옷이 해를 걸쳐 넘어선다
포탄 소리가 지긋지긋, 하는 이 밤
가지로 이는 시름이 벽을 타고 오른다.

겨누는 총부리에 또 한 해가 지는구나
봉창에 들친 눈발 가슴이 뭉클하다
언제나 제 꼴을 펼까 풍진만 자욱하다.

〈동란중 설날밤에〉

* 시집 『자정의 지구』

설날 아침*

마흔아홉 살이 많다면 많지마는
여든, 아흔에 대해 보면 하찮구나
아직도 어린애처럼 맨발 벗고 뛰고 싶네.

어릴 때 아버지 앞에 반 무릎 꿇고 앉아
붓방아 꽁꽁찧어 「立春大吉」 쓰던 일이
그 바로 어제런듯 지난 설만 같구려.

외씨 같은 버선 신겨주던 울 어머니
주머니도 채워주며 시다듬던 어머니여
자식이 그리도 귀엽습디까 어머니가 그리워요.

〈1954. 설날 아침〉

* 시집 『자정의 지구』

친산 성묘*

1

8 · 15 해방맞이
북 장구 소리도 들으시고

서른여섯 해
판세음도 치르시고

일흔을 살으신 자취
뻐꾸기만 웁니다.

2

새벽달 같이 가신 후
세상은 어지러워

대상 때 여순 반란
뒤미처 6 · 25 동란

어느덧 흐르는 세월
벌써 10년 되옵니다.

---

* 시집 『자정의 지구』

3

새장에 갇힌 새가
푸른 창공 꿈 어릴 제

햇병아리 종종걸음
서릿발에 떨었지요

봄볕이 퍼지는 한식
오늘 날아 듭니다.

〈筏橋 兜利嶝 望高臺에서〉

소낙비

『전남일보』, 1955.8.7

大地 心臟을 바로 쏘고 달려들며
한 줄기 퍼붓는비 시원함즉 하다마는
가랑잎 같은 가슴이 불이붙듯 하느니

맨발로 뛰고 싶어 강아지 저 놈 처럼
한 바탕 굴고 싶어 지렁이 저 놈처럼
얼마나 속시원할가 활짝 벗고 나서면

염통을 싸고돌듯 이 大地 휩싸는비
방울 방울이 젖마냥 지우는데
푸나무 가지랑함께 나도입을 벌리다

救族의 깃발

『전남일보』, 1956.2.1

찾아! 찾아야지 우리강토 왜 안찾아
뺏긴 開城을 단숨에 번쩌ㄱ 찾고
물결이 출렁 거리는 압綠江을 찾아야지

白頭 鷺烽에 뭉게 뭉게 이는구름
번개 같은進軍 벼락같이 맞으련다
사슴도 우리를 그려 목며울지 않을가

피빨려 强迫納稅 삼대같이 쓸어진몸
咀주 받은生命 오슬오슬 뛰는가슴
뼈 마디 마디에 절린 悲鳴소리 들리는듯

大同江 흐르는물 구비 구비 슬피울어
피눈물 지우것다 선지바다 이루는지
牧丹鋒 내리쳐부셔 새天地를만들자

오목대

『전남일보』, 1956.8.29

폭포같이 쏟아질 말
하자 보니 할말 없어
새도
못 날던
그런 때 있더란다
첩첩이 쌓인 그 사연
산만 홀로 푸르렀다.

흰나비 노랑나비
푸짐한 그 노래
안감내 성북동을
봄 하늘에 감돌았지
앵도알
텀치던 장난
불시 하고 싶구나.

무슨 말 금시 할 듯
산이 앞을
다가선다
내 속 풀어 줄 듯
시냇물도 귀에 조잘
네 고장 네 그린 산수

정도 다분하구나.

〈1956 여름. 26년 만에 글벗 辛夕汀을 全州에서 만나〉

※ 오목대(梧木臺) : 전주에 있는 명소

早春旅程*

『전남일보』, 1957.3.28

一, 金제 萬頃

金萬頃 넓은 벌이
눈이 짤라 안 보인다

이만한 거름질 들
그 누가 지녔느냐

봄기운 실금거린다
종달이와 노래하자.

二, 臨피를지나며

봄비가 보슬 보슬
길을 앞서
나리는 구나

나그네 낡은 모자
촉촉하여
지는 순간

봄빛이 찾아 도는

---

* 시집『자정의 지구』가 되면서 1수인 '金제 萬頃'을 제외한 나머지 수는 각각의 제목으로, 혹은 개제되어 실림.

자취
빗소리에 들켰다.

*

실계천 늘어질 버들
가지 가지 피리소리

三月三吉 다 못되어
아이들이 부르렸다.

그때야
뻐국이 소리는
내가 지고 돌아오마

三, 연花洞다리

戰亂이 그렇게
무서운건 아니드군

때때로 굶주림
그 정말 무서웠지

蓮花洞 이 다리거러
오늘일사 봄인걸.

四, 曉路三章

떠나는 나도곤
보내는 네가 되 서운한가

걸음
걸음을
바라보고
서 있구나

그렇다
그러구 말구
情이란게
그런가 봐.

*

봄꿩이 제가 운가
속 모르는 말
아예 마라

그리움
없다하면
제가 어이 울겠느냐

봄 풀이 푸르르니
더 그리워 우는걸.

*

영 아!
잘 자라라
꽃이 피면
다시 오마

꽃 속에서

새 노래를
너랑
같이
듣고 싶다

어여쁜 너의 얼굴
꽃 빛에서
보고 싶다.

— 梧木台에서

五, 南關館村

任實 꽃감이
달기는 하더라마는

館村 물맛에야
제가 어름 있을라고

제 넘어 가는구름도
그냥두고 못간다니.

*

館村 물맛에
마디
마디
자란 남ㄱ이

남ㄱ이 가지 마다
새 쌋ㄱ이 트는구나

물 한잔 마시고가는
이 나그네
젊어진듯.

*

꽃빛에
어린 山골
노래하는 山새 소리

곡조
곡조가
봄하늘에 새로웁다

홀홀히
자는 나그네
숨이 절로 버러질듯

*

歸촉途
귀촉도
南關 館村
넘어 간다

진달래
붉은 녁ㅅ에
두견을
불러 운다

며도록

울고 울어도
내사 한번
못 울었다.

(끝)

담양장*

『호남신문』, 1957.5.19

껌 씹는 아가씨 참빗을 사는구나
핸드백 들고 서서 바구니도 사는구나
아무리 비바람쳐도 가시잖는 향기여.

---

* 시집 『자정의 지구』

암소*

『호남신문』, 1957.5.19

암소 넓덕치가 봄볕에 윤이 난다
꽃다운 풀향기에 코가 물씬 하였는지
지긋이 두 눈을 감고 꼬리치며 섰는 암소.

〈綾州를 지내며〉

---

* 시집 『자정의 지구』

가을 하늘 아래서

『전남일보』, 1957.10.23

一.

발등에 지는 이슬
손등
치며
나는 멧둑이

벼이삭
씨룸
씨룸
언덕 베도
누은 꿈이

그누가 지나 갔는지
향기 스며
드는듯

二.

꿈 같이 걷는걸음
구름 보다
가벼웁다

三伏 한철엔

黃소 걸음
걸었건만
발뿌리
튀는 멧추리
눈을 삼삼 낚는다

三.

저 하늘
떠 이고 싶다
후루룩뛰어 올랐으면

저 이마 화끈하게
불 한번 질렀으면

노을에 타는 하늘이
가슴팍을
파고든다

—十月二日—

고향에 돌아오며*

『현대시조선총』, 1958

접동새 저놈 보아 나 오는줄 어이 알아
작년 요때는 누굴 보고 울었던고
삼년을 묵어 돌아오는 걸음 가뜬가뜬 하구려.

두견이 저놈처럼 나도 한번 울었으면
울다가 목메이면 메인 채로 울었으면
목메어 흘리인 피를 되마시며 울고저.

〈筏橋 兜利嶝에서〉, 1956

---

* 원제는 「還鄕」으로 발표되었음.
시집 『자정의 지구』

자정의 지구*

『현대문학』, 1958.5

1

시퍼런
동해 파도
자반처럼 말라붙고

나무 가지마다
불이 붙게
잎이 져도

애없이
당신 걸음은
이 한 밤도
가십니까.

2

당신이 이따금
몸부림
칠 때마다

우렁 딱지처럼

* 시집 『자정의 지구』

해골이 굳건마는

봄볕에
허울을 벗듯
새 비늘이 돋습니까.

3

끝없는 저 갓에서
끝없는 이 갓으로

당신이 돌아가며
자국마다
켜는 촛불

눈부신
저 해와 달빛
언제부터
밝았다오.

4

당신 심장은
넋빠지게
끓습니까

맥박이
온수발로
뛰는 줄만 아십니까

젖가슴
한일자로
38선이
멍들었오.

5

북두
칠성인들
저대로
돌겠느냐

38선
휴전선이
가까스로 얽힌 이 밤

차라리
저 하늘마자
마구빵빵
돌았으면.

6

새 소리
쥐 소리도
감감한
이 하늘 밤

당신은

듣습니까
들린 줄
아십니까

잠자는
아가 숨소리
좀 아니 살갑소

7
별도 조는 듯
머리 서로 맞대고

고지 선하품이
총대 타고
오르는 밤

당신은
어찌 보십니까
모르는 척
하십니까.

8
아우성치다 못해
지칠 대고
지친 이 밤

네 활개

여기
저기
거리마다
펴졌어도

당신은
아직 모릅니까
귀가
귀가 먹었오.

9

낙타 걸음처럼
꾸벅꾸벅
가십니까

제트기
날아가듯
쏜살같이
달립니까

돌지난 어린애마냥
따박
따박
걷습니까.

10

한 바퀴

뒤로 돌아
돌아보면
어떻겠오

당신 발길에
38선이
터지도록

멍하니 외길로 도는
네 가슴을 차고 싶다.

11

토끼는
칡잎 먹고
매아미는
이슬 먹고

제각기
푸짐하게
사는 줄로
여깁니까

산기슭
미륵
장승도
저대로 못 섰다오.

12
못 먹고
부르짖고
헐벗어
울부짖고

하룻밤 발을 뻗고
잘 곳은
어디 있고

뱅뱅이
치는 이 꼴을
네가
눈 떠
보느냐.

—一九五七, 二, 二五 밤—

파고다의 열원*

『자유문학』, 1959.2

1

저마다 숨을 쉬고 저대로 활개 치고
제각기 말 달리듯 대지를 굴리도록
내 여기 감로(甘露) 받들어, 비옵나니 새벽마다.

2

빗발 사이로 들리나니 무슨 소리
조국이 우는구나 땅을 치며 우는구나
진흙에 거꾸러졌다 나도 같이 울었구나.

3

잔디 풀잎이 내 발 밑에 돋아나고
가로수 꽃그늘에 봄하늘이 너울대도
오늘도 울부짖는고 이 겨레가 웬일이야.

4

훈풍이 푸른 하늘, 가로 스쳐 가리마는
이 땅이 노근하이 먼지바람 자욱하다
강산이 어디 저대로 푸른 빛이 있다고.

---

* 시집 『자정의 지구』

5

구름도 머흘어라 저도 동동 못 뜨는가
맑은 한강인들 굽이쳐 흐르겠나
들볶인 겨레 숨소리 삼각산도 목을 놓고.

6

연화 극락도 내사 정말 못 가겠다
더구나 요단강을 내가 건널 턱이 있나
티끌에 싸이고 묻혀 이 겨레와 같이하리.

7

눈보라 비바람에 알몸이 드러나고
서릿발 동부새에 뼈마디가 갈리어도
조국의 이 한 복판을 이 겨레와 지키리.

8

이 겨레 웃음꽃이 언제 한 번 터지련고
내 몸을 산산이 떡가루, 마냥 부셔
봄철에 보슬비 내리듯 이 강산을 뿌려 볼까.

9

조국 하늘이 저렇게 트이 듯이
이 겨레 맑은 혼이 길이 정녕 빛나오리
구구구 비둘기 처럼 노래 아니 고울까.

10

나무 가지 마다 윤이 잘잘 흐르도록

발뿌리 채인 돌이 제멋대로 구을도록
밤새워 밤마다 밤을 새워 감로 받아 비노니.

— 1958 · 8 · 파고다 공원에서 —

천애의 고아*

『현대문학』, 1959.3

1

갓난이 늙은이 젊은이 어린이
모두 다 고만 고만 그리낫고 못함 없이
천애(天涯)에 가랑잎처럼 떠도는 해파릴까.

2

손주도 그러하고 할머니도 그러하고
엄마 아가도 아빠도 그러하고
누님도 형님 동생도 뿔뿔이 헤매는고.

3

총각 낭군이 저렇게 헐벗었다
처녀 두 뺨이 저토록 야위었다
날마다 까만 눈동자 그 무엇을 찾건만.

4

거미줄 같은 목숨 로프줄보다 더 강하다
이응(ㅇ)같은 입이 박격포보다 더 무섭다
사막과 같은 세상이 고아천지 아닐까.

5

* 시집 『자정의 지구』

어머니 그리워요 한번 안겨 보았으면
누가 언제 안겨 봐서 포근하다 하였을까
진자리 마른자리에 행여 손맛 보았을까.

6

왜 먹게 마련했오 왜 입게 마련했오
당신 재주가 한껏 해야 그 뿐이오
보다 더 뜨거운 사랑을 부었으면 어때요.

7

하는 짓 쑥스럽다 놀음놀이 멋트럽다
머리는 불밤송이 손등은 두꺼비등
옥토끼 달빛에 뛰듯 그렇게는 못될까.

8

나그네 가는 길이 오손도손 하면 어때
웃고 얘기하며 도란도란 가면 어때
해 저문 길 모퉁이에서 차고 받고 해야 좋아.

9

십자가 종소리가 까마득 사라지고
사라 쌍수(紗羅双樹)에 횃불이 꺼졌졌다
귀 먹고 눈이 먼 길이 갈팡질팡 하구나.

10

가을 하늘처럼 눈이 활짝 툭 트이고
바늘 귀처럼 두 귀 뻥 뚫어지면
폭포수 쏟아지듯 말문이 팡 열릴까.

11

지구가 어디로 도나 태양이 언제 솟나
암흑 공포에 불강아지 처럼 떤다
눈보라 휘드러치는 얼음장같은 이 거리.

12

뿌드득 이를 갈고 새우잠 잔둥 만둥
고슴도치 처럼 일어나는 새벽 하늘
오늘도 먹구름장만 반석같이 짜누른다.

13

길이 어디 터졌느냐 갈 수는 어디 있고
콧구멍 둘이라도 기가 켜켜 막히나니
울분에 벅찬 가슴이 땅을 치고 통곡한다.

14

가시 덤불에 옷자락이 발발이
이리떼 아우성이 앞 뒤를 휩싸는데
박차고 내닫는 순간 팔 다리도 찢길듯.

15

땅을 치고 울어도 시원치 않을 것이
허허 헛웃음이 방죽물같이 터진다
미친듯 실성거리며 걸친듯이 날뛰고.

16

울부짖음에 짙은 밤이 발버둥치자 날이 샌다
울분에 타는 가슴 피로 피로 터질 적에

폭풍우 휩쓰는 마당 또 하루가 저문다.

17

장에 갇힌 새가 봄하늘 바라보며
한없이 그리워 노래하고 춤을 추듯
고운꿈 보금자리를 새로 그려 보나니.

18

머금은 꽃봉오리 뜨물이 이는 데도
싱싱한 줄기마저 비바람에 쓰러져도
한오리 지키는 정성 저녁놀에 타고.

19

촛불 켜는 마음 호수처럼 출렁이고
흐뭇한 심정이 봄날보다 푸근하다
후련히 멍든 가슴이 풀릴 적이 있으리.

20

피로 새겨 탑무우고 뼈를 깎아 비를 세고
버젓이 적으리다 한 곡조 적으리니
「그리운 평화의 씨를
소복
소복
뿌리자」고.

사라 쌍수(紗羅双樹) : 석가모니가 열반하신 곳

두견*

『현대문학』, 1959.3

1

울지 못할 세월
새도록
울자꾸나

울어
못 다 할 한
차라리 다무렴만
아까운
이 봄 한철이
네 소리에
어쩔고.

2

달 밝은
이 골 안이
네 울음에 멍들것다

애끓는
네 소리가

---

* 시집 『자정의 지구』

목청껏
터질 적에

진달래
불 붙는 넋이
이 한밤에
야위는 듯.

가로 누운 시체*

『자유문학』, 1959.4

1

뜨고 차마 못 볼 세상
감고나 보시려오

말로 다 못하기
차라리 다무셨오

귓전이 따갑던 소리
지금에사
어떻고.

2

풍년 타령이
만가(挽歌) 된
오늘이어

허덜품 넋두리가
갤 새 없이
번지는데

* 원제목은 「가로누운주검」임.
시집 『자정의 지구』

향기론 흙냄새를
비로소 맛보시오.

3

꽃이 피면 무엇하나
새는 왜
홍겨웁고

가쁜 숨소리
나무가지
끝에 찬다

견디다
그래도 못해
가로 누워 보는가.

4

당신 가슴에
서러움 무엇일까

분통이 터지거라
메아리 울려간다

이 땅을 차마 못잊어
그래 하늘 바라보오.

꽃 한 포기*

『자유문학』, 1959.10

한 포기 꽃을 안고
서성대는
이 마음이

봄 가을
바람결이
고운 곳도 있으련만

은하가
흐르는 이 밤
돌부처가
되었군.

〈5 · 9 · 성북동에서〉

---

* 시집 『자정의 지구』

모란꽃*

『자유문학』, 1959.10

하얗게 못 핀 것이
네 그렇게 부끄러워

5월
훈풍에
넋두리나 하잔 거냐

뜬구름
같은 사랑을
어쩌자고 하느냐.

〈5·9·덕수궁에서〉

* 시집 『자정의 지구』

그리 멀지 않습데다*

金岡石님을 찾아서

『자유문학』, 1960.1

1.

보고 싶어 오는 길은
그리 멀지 않습데다

그리워 오는 걸음
더운줄도 채 몰랐오

빙 빙 빙 山굽이 돌제
물도 잔잔 흐릅데다.

2.

속속드리 생각는 情
두고 두고 못 잊어라

못 잊는 情이길래
더욱 戀戀하옵데다

戀戀히 흐르는 情이
꿈길 같이 찾아 왔오.

---

* 시집 『자정의 지구』에 「영수정에서」만 수록.

영수정(穎水亭)에서

귀 씻기 어렵걸랑
입이나마
씻어 보자

입 씻기 어렵걸랑
손이나마
씻어 보자

손도 손 못 씻거들랑
발이라도 씻고 가자.

一九五九, 八, 一七, 咸平에서

코스모쓰

徐銅牛님에게

『新調』 5, 1960.2

1

입술을 깨물어도
피 한방울 아니나고

으드득
이를 갈아도
분이 반도 안 풀리어

찬이슬 어설푼 밤을
귀뚤이와 새우다.

2

댓창처럼 얇아지는
가을 하늘 별밭 보다

차분이 달빛이
나려 앉은 밤거리에

목 놓아 다울던 못해
헛웃음도 치는가.

〈1959.10.29.普成高校 뜰가에서〉

평화 공양*

조개 껍질의 세계

『자유문학』, 1960.5

1

조개껍질은 옴부림히 저렇게 살고 있는데
포란 하늘 아래 온 종일 백사장에 굴다
조용히 썰물 밀물에 지긋이 귀도 종구고.

2

달밤이면 전설처럼 피어 오르는 물새의 속삭임도 듣고
물결쳐 흐르는 달빛에 멱도 감으략
포근히 조개껍질은 저렇게도 잘 사는데.

3

구슬픈 뱃따라기에 이따금 어깨도 으쓱
해당화 고운 결에 빙그레 미소도 띄우며
꿈어린 조개껍질들은 부드럽게도 잘 사는데.

4

봄볕이 너울져 춤 추는 푸른 물결에
가벼운 물새 깃을 타고 먼 나라 여행도 하략
해오리 갈매기 데리고 조개껍질은 잘도 노는데.

---

* 시집 『자정의 지구』

5

폭풍 경보도 아랑곳 없는 저 누리
사라호 태풍에도 알몸으로 육박질하고
싱싱히 잘 살아가는 조개껍질 세계여.

6

천 년도 하루인양 세월을 붙들어 두고
감도는 세월도 좀 먹는 세계여
살 수록 윤기 흐르는 조개껍질 놀음이사.

7

백옥같은 세계를 고스란히 이룩하고
알몸과 알몸이 서로 부비며 즐김이어
잘잘잘 흐르는 정분이 휘감싸는 조개껍질.

8

비 바람 눈보라도 언제 스쳐 갔나 듯이
제 멋대로 굴고 뛰고 도란도란 얘기도 하략
흥겨워 부르는 노래 가락 가락이 물결처럼 넘쳐흐른다.

9

선불리 사는 조개 몇 천 년 산다드냐
자갯빛 껍질이 저렇게 아름답지 않은가
한가론 세월 데리고 몇 만 겁 살아가리.

10

물고 뜯고 핥고 뱉는 세상아, 세상아

지저분한 삶이 삶이 거머리처럼 꼬리를 문다
넉넉히 한 천 년 산다 해도 조개껍질의 반나절만 하겠는가.

조국의 하늘*

『시조문학』 창간호, 1960.6

1
오늘도 금간 하늘
머리를 엎누르고 있다

고달픈 세월과 함께
이 시간도 몸부림치며

조국의 금간 하늘은
빛을 잃고
떠있다.

2
손주의 주검을 곁하여
앉은 노인처럼

말 없이
말 없이
먼 산만 바라며

오늘도

* 시집 『자정의 지구』

조국의 하늘은
상채기난 채 주저앉았다.

3

어린애들 장난처럼
좍 좍 그은 금이

젖가슴에 부등켜 싸여
독균을 피운다

등그진 조국의 하늘이언만
이제는 발버둥친다.

4

금간 하늘
저 쪽에서
스쳐오는 바람결도

철이 갈수록
철따라 향기롭지 못하다

새인들 저대로 날겠느냐
총부리가 멀큼하다.

5

조국의 하늘을
반 타작한 무리들이여

북두 칠성이
물끄러미 내려다본다

허파에 새로운 공기를
불어넣진
못하느냐.

나는 죽어야 한다*

『현대문학』, 1960.6

1

나는 죽어야 한다
멀뚱 멀뚱
하늘만 쳐다보아야 하는 나는

휩쓸려 떠내려가는 너를
붙들지 못하는 나는 죽어야 한다
나와 같은 것들은

꿀 먹은 벙어리처럼
살아야 하는 이 거리에.

2

나는 죽어야 한다
손 발 제우고 등신처럼
살아야 하는 나는

파아란 하늘에
한 줄기 숨을
터뜨리지 못하는 나와 날같은 것들

---

* 시집 『자정의 지구』

차라리
매아미 허울벗듯
이슬 그늘에 스러져야 한다.

3

새로운 삶들을
사랑하여
죽어야 할 것이 아니냐

곰팡 냄새를
어디라고 풍길 것이냐

포오란 봄하늘 기슭에
생기 잃은
이 장승아.

4

귓청이 터지도록
외치는 소리에도

새파랗게 터져 나오는
폐부를
찌르는 호흡에도

허수아비 옷자락같은 삶이
너절하게 널려있다.

5

아, 나는 죽어야 한다
쓸개도 없어야 하는 나는
그림자조차 없이
싀어져야 한다

아름다운 조국 하늘에
한 바늘
무늬나 놓았느냐
파랗게 기어드는 이 봄 강산에
한 봉오리 꽃인들
피웠느냐.

6

나는 두견이처럼
울부짖다만
갈 것이냐.

꾀꼬리 같이
한번 노래는
못 해 보고

포오란 물결쳐 흐르는
조국의 하늘은
저렇게도 맑은데.

7

주검조차 감장할 곳 없는
이 허수룩한 삶아,
그래! 조국땅이라서
그저 묻힐 염의가
있단 말이냐

끊어진 메아리처럼
텅 빈 산골이 되고 싶다.

〈1960 · 3 · 9〉

사냥길*

『조선일보』, 1960.10.31

1

나는 본다 늑대꼬리
멧돼지도 보았다

핼끗 돌아보는
여우란 놈도 쫓아보았다

떨어진 그물같은 하늘에
독수리도 날구요.

2

고슴도치
너구리
곰이란 놈도 재주하고

독사
구렁이
살무사도
기어가고

* 시집 『자정의 지구』

산막집
지붕이 뿌연
무서리 아침도 보았다.

3

재롱떠는 원숭이 새끼들도
골안이 으르릉거린 호랑이 울음소리도

까부는 앵무새 놀음도
보고
듣고 하였다.

4

사슴이 울고 간
잎 듣는
두메 산골

짓초 열매가
한 알
두 알
익어간다

두루미
오늘 한 밤을
달빛에 울겠는가.

5

까투리
장끼란 놈
푸드득
나는 발길

산신령 걸음처럼
소리도 없이
섰는 그림자

겨누는 총부리 끝에
가을 하늘이
동그랗다.

싸리꽃*

『자유문학』, 1960.11

1

테메리 질끈 질끈
물 밀듯 노호하며

번개같이
너희들 뛰어 넘던
이 울타리
어느덧 홍싸리꽃이
울미하게 피었군.

2

울분이
서린 누리
스쳐 오는 가을 바람

귓전을 치는듯
이글대는 혼의 부르짖음

가슴이 찔리는구나
뼈마디가

* 시집 『자정의 지구』

쩔한다.

3

백로가 어젯밤,
어젯밤에도 피는 싸리꽃

앞으로 며칠이면
철이 바뀌어
추분인데

피빛 채
펄럭이던 기폭
눈시울이 선하다.

4

아직도 희부덕덕
이 못난
하늘 아래

풀벌레 소리에
싸리꽃은 피는군

이 땅이 하 그리워
정성스리
피는 영들.

—(1960 · 9 · 9)—

가을 나그네*

『시조문학』 2, 1961.1.20

1.
멧추리 날개 깃이
질푸른 하늘 환을 치고

수수밭 고랑에
이는 바람
스산한데

나그네 소매 자락에
늦가을이 졸고 섰다.

2.
구름을 바라보다
돌미륵이 되었구나

천리 길
세어 볼제
세월도 잠이 들고

발등을

* 원제는 「나그네 길」임.
시집 『자정의 지구』

치는 낙엽이
지는 해를 감고 돈다.

3.

허수아비
저 놈 처럼
이 밤은 못 새울가

구성진 낡은 농립
가을 하늘에
멋 들었다.

한 가락 항류라 치고
지팽이를
두들긴다.

〈1960.10.17.〉

봄하늘 아래*

『조선일보』, 1961.3.3

1
가난이 흐느끼어
물결치는
이 거리

넓은 행주치마
애화(哀話)가 구름 일듯
갈수록
명경알같은
새빨간 가난살이.

2
한 삼동 겨울밤을
문풍지와
같이 떨고

하루 한 끼
비질망정
이밥도곤 부러웠다

* 시집 『자정의 지구』

굶주림 칡뿌리 씹듯
부시캥캥한 얼굴들.

3

삼질이 내일 모레
강남 소식은
어떠할까

약산
동대
진달래 포기
불붙겠나

사랑이
멎은 이 하늘
봄바람이 그립다.

4

벼락이 떨어지듯
불기둥같은
사월혁명

저녁 하늘에
메아리같이 사라지고

이 마당
터지는 소리

봄하늘에 번진다.

5

지리산 음달 곰은
아예
아니란 것

물같은 백성이란
있을 수
없는 오늘

말 없이
앞서 가는 폼
사자보다 무섭지.

내 살을 내가 꼬집으며*

『현대문학』, 1961.5

1

젊은이여!
젊음의 영들 앞에
나는 숨 죽여 무릎을 꿇는다

울 수도 없는
울 줄도 모르는
기뻐 뛰지도 못하는 나는

밥 먹고 살아있는 송장
부끄러울 뿐이어라.

2

무슨 염의로
4월 혁명을 노래한담

철면피도 유만부득
새로운 삶들을
어떻게 대한담

* 시집『자정의 지구』

땅 속을
열 길 파고 들어도
오히려 시원 찮겠거니.

3

말 문이 열리기는커녕
머리를 들고
어디라도 나선다는 말이냐

천 만번 더도 식어져야 한다
물거품같이
풀끝에 이슬처럼

뻔뻔히 걷는다는 게
너무나도
이 거리를 욕됨이사.

4

불의와
부정을
불살지 못한 이 주제에

불법과
포악에
항거치 못한 이 꼬라지

어떻게

피의 혁명 투사
젊음들을 우러른단 말이냐.

5

4·19 전엔
산천 초목도 떨었다
갈수록
서슬이 멀큼하다고

3·15 종반전엔
뼈저린 쓰라림
『나는 죽어야 한다』할 뿐

알몸 채 퉁겨 내닫지 못한
지지리 못난 이 삶아.

鄕村의 가을

『현대문학』, 1962.2

1

유자가 익는구나
탱자란 놈도 향기롭다

여기가
벌교 포구
임 계시는 골이랍네

한여름 다 지나 가고
가을 맛이 새로 돈다.

2

무등산 수박 맛이
긔 어떤고
내 몰라도

과석재 하늬바람
석양에
안고 서니

나그네 소매 자락에서도
가을 맛이

절로 돈다

3

매미 날개에 불던 바람
후덥덥 하더라마는

수숫대
잎에 이는 바람
이마가 시원하다

무심코 멈춘 걸음이
가을 하늘 아래 섰다.

4

지나다 들노라니
〈똑 똑 똑〉
풋콩 가지 꺾는 소리

아이, 언젠가
엄마 따라
나도 꺾던 그 소리여!

콩 가지
꺾는 소리에
엄마 얼굴 떠 오른다.

울분*

『시조문학』 4, 1962.2.10

1
펵펵 울고 싶은
심정이 여기 있다

한바탕 땅을 치며 엉엉 울고 싶은 심정

끙끙끙 앓는 이 순간
가슴팍이 터지겄다.

2
눈이 시뻘겋다 방바닥이
천 길 만 길

푸른 하늘도
샛노랗게 치자빛깔

부르르 두 주먹 쥐고
이도 으드득 가는 판.

3

* 시집 『자정의 지구』

물도 치흐르고
산마저 덕수넘고

천지가 뒤집히는듯
두 눈이 캄캄하다

백비탕 보다 뒤끓는 고동치는 이 심장.

허수아비*

『자유문학』, 1962.7

1

학깃같은 옷자락에 호수같이
이는 가을 바람
불꽃 상념(想念)이 구름같이
날아가는지
헤벌름 입을 벌리고 구성지게 춤을 춘다.

2

낡은 밀짚모자 가을 하늘에 멋들어지고
반 걸친 소맷자락 저녁 노을이 물이 든 채
헤벌름 입을 벌리고 나그네를 웃는다.

3

달 밝은 밤이 드면 노래도 하랍시고
별과 속삭이다 은하수 고운 가락에
헤벌름 입을 벌리고 또 한밤을 즐기는 판.

4

말이 말쑤 없고 노름놀이 구성구성
잔재주 그물코를 제 얽을 줄 제 모르고

* 시집 『자정의 지구』

헤벌름 입을 벌리고 가을이 좋아 사는 세상.

5

헤벌름 떡 벌린 입술 한 천년 더 가겠다
금시 쏟아질 말 우뢰같이 터지련만
가랑잎 같은 귓밥이 제 어두어 못 듣는가.

외나무다리*

『시조문학』 6, 1962.11.10

1

새라면 날아가고
구름이드란 떠가련만

꿈속같이 건너가는
이 다리 외나무다리

바람결 타고 떠도는
세상길보다 흐뭇하이.

2

가랑잎 속삭이는
산골 외나무다리

사랑이 스민 자국
산머루보다 탐스럽고

오늘도 내일도 없이
구름타고 떠있는 다리.

---

* 시집 『자정의 지구』

3

금빛 노을에
다람쥐도 건너가략

노루
사슴도
그리워 건너는가

찬매미 잦은 소리에
가을 하늘이 질어간다.

4

별도 건너가고
달도 따라 건너가고

바람도 건너가고
실구름도 건너가고

나그네 지팡이 끝이
그리움에 맴돌고.

〈牛耳洞 山골에서〉

어머니 관세음보살*

『현대시조작가대표작집』, 1963.11

1

어쩌면 그렇게
정스러이
웃읍니까

부드러운
손길이
금시라도 내리실 듯

따스한
어머니 숨결이
살갖을 싸고 도네.

2

먹을 것
못 먹을 것
마구 먹는
이 자식

할 짓

---

* 원제는 「觀世音菩薩」임.
시집 『자정의 지구』

못할 짓
분간 모르는
이 자식

알뜰히
안아 주시는
관음보살 어머니.

3

물인 듯
불인 듯
천지 분간 모르고

돌잡이 걸음처럼
비틀거리는
이 어린애

빙그레 웃으시며
더욱 귀해 하신 엄마.

4

할 말
못할 말
중얼거리는
이 바보

먼지 구덕에

떡고물이 될수록

귀엾다 하도 가엾어
도로
눈물 짓는 엄마.

5

철 모르는
이 자식이
언제 콜콜
잠이 들까

따스한
엄마 품에
언제 안겨 잠이 들까

어머니 무릎 위에
나비처럼
춤도 출까.

얼어붙은 밤*

『현대문학』, 1964.3

1

무릎이 시리다 못해
뼈마디가 되아리고

입이 딱딱 벌어지다
이가 으드득 갈리는 판

별 꽁꽁 얼어붙은 밤이
새로 한 시 접어든다.

2

막내동이 동그란 머리
쓰다듬어 만져보고

머리맡에 흩어진
고놈 그림 들고 보다

잔주름 마누라 얼굴이
다시 쳐다 보이네.

---

* 시집 『자정의 지구』

3

눈물도 매말랐다
기름 짜듯 짜 보아도

간장도 탈대로 탔다
불티같이 날아갈 듯

바람벽 문풍지마저
어쩌자고 저리 떠니.

4

눈보라 百五十마일
이제쯤 어떠할까

노루
사슴도
저대로 못 우는 이 밤

너라구 잠이 들겠나
잠인들 올리라구.

5

소양강
치악산을
저만치 바라보고

지금은 영해 몇 10도

나무가지에 회오리바람

총대도 얼어붙은 채
밤하늘을 겨누는가.

6

대지도 갈라지고
손등도 트겠구나

안팎 설악
동해연변
수자리 하는 이 밤

하늘도 띵띵 얼었다
뼛속까지 사무치리.

7

어허 장난처럼
휘휘 그려 던진 그 선

박차고
밀어치면
안 될 것 없으련만

허잖은 거미줄에 얽어
이 한 밤도 허덕인다.

〈최전선을 다구는 進來兒를 생각하며〉

휑 뚫린 길이언만*

『문학춘추』, 1965.5

1

창공이 바다처럼
저렇게 출렁대고

눈 앞은 천 길 굴속
심연을 맴도는 듯

발길이 내치는 대로
활개 한 번 못 치다니.

2

자국만 흩어진 거리
안개마냥 지새는 아침

흩날린 꽃 이파리
내 발등 치며 돈다

햇빛도 우중충허다
산도 돌도 울쌍이고.

---

* 시집 『자정의 지구』

3

제비 쌍쌍 깃들었다
비둘기도 고운 꿈이

귀촉도
한밤중을
어쩌자고 목이메뇨

문통이 터지는 가슴
내사 정말 못 울겠다.

4

꽃가마
타고 갈 길을
이 하늘 밑에 뚫릴거냐

손뼉치고 뛸 날이
이 땅을 찾아들까

딱 딱 딱 이 다져본다
고막 쨍쨍 울린다.

5

벌도 잉잉 날아가는
제 길이 있으련만

새도 풀풀 날아에는

푸른 길이 있으련만

무더위 찌는 창살만
쳐다보는 또 하루.

6

꿈은 서리어
하늘 가에 물결친다

제 깃 훨훨 못 칠 망정
학의 울음 아닐거냐

외롭게 맑은 눈망울
샛별을 쏘아본다.

7

사자는 사자새끼
제 울음 제가 운다

비 개고
달 밝은 밤

한바탕
뛸작시면

하늘이 갈라지도록
메아리 쳐
울리련만.

頌詩

普成 60週年을 맞으며

『普成』, 1966.8

비 바람도 자잣구나
六十 년 지난 세월

상전 벽해가
한 줄 연기로고

국화 난초야
내사 정말 모르겠다

매서운 매화 향기
풍길 때가 그리워.

轉變風雲六十年
滄茫桑碧一浮烟

愛蘭賞菊吾兩忘
願望綻梅雪裏天

어떻게 갔을까*

어느 무덤 곁에서

『현대문학』, 1966.10

1

폭풍같이 살다가 구름장같이 떠 갔는가
사자같이 으르릉대다 번개치듯 갔는가
입술을 깨물고 살다 허허 웃고 갔는가.

2

귀촉도 같이 울다 외기러기같이 날아갔는가
꾀꼬리같이 노래하다 할미새같이 날아갔는가
몸부림 치다가 못해 이 악물고 갔는가.

3

연꽃같이 피었다가 월견초같이 졌는가
해바라기 같이 타다 노을처럼 졌는가
제 할 말 못 다 하고 입 다물고 갔는가.

4

천년 묵은 괴목나무 그늘에
매미 허물벗듯 하였는가
하늘 끝 없이 떠도는 나그네
괴나리봇짐 벗듯 하였는가

---

* 시집 『자정의 지구』

초가을 하늬바람에 쑥대꽃
날듯 그렇게 날아갔는가.

5

끝없이 푸른 하늘을 날개 쳐
학처럼 날아갔는가
그윽한 산골을 감돌아 흐르는 시내처럼
그렇게 조잘거리며 흘러갔는가
거리낌 없이 한점 구름마냥
동동 떠 갔는가.

6

지리산 버섯같이 피었다가
보은 속리 풋대추같이 떨어졌는가
안성 포도송이처럼 조랑조랑 열었다가
설악산 도토리같이 한 알 두 알 떨어졌는가
경포대 갈매기같이 달밤을
구슬피 울며 날아갔는가.

7

비단결같은 봄바다를 흐르듯
쪽배같이 떠갔는가
장님 노딛돌 건너듯 더듬더듬
그렇게도 건너갔는가
춘향의 편지 품고 한양 천리길
홍청거리며 가듯 콧노래하며 갔는가.

8

고요히 지는 새벽달처럼
아무런 바람기없이 떠났는가
가을 호수처럼 잔잔하게 구름 타고
실잠이 들었는가
숨 한 번 들이쉬고 내어쉬는 찰나
그 순간을 헤엄쳤는가.

9

꿈길처럼 그렇게 그리 먼건 아니로군
숨 한 번 멎는가, 멎는 찰나 그 찰나
알몸과 알몸이 서로 부등켜안고 속삭인걸.

아 그날이여 오늘이여*

『현대문학』, 1968.3

1

플라타너스 잎 지는 거리
눈물방울이 박혀있다
코스모스 해맑은 웃음
귀뚜리 꿈을 넘어다보고
한로가 다가드는 밤을
우는가 통곡하는가.

2

갈기갈기 찢긴 셔어츠
피로 물들인 기폭이여
총탄 연막을
알몸으로 맞부셨다
하늘이 갈라지는 듯
천지가 뒤집혔고.

3

물같이 흘러갔구나
도로 아미타불이고
꽃다운 푸른 목숨

* 시집 『자정의 지구』

바친 채 빼앗긴 채
이 거리 도로 흙탕물
갈 바람에 잎만 진다.

4

거울 속 같은 세계
한 자국만 걸어보아도
이 강산 푸른 하늘
일초라도 맑은 때면
오늘을 살다 죽어도
다시 한이 없겠다.

趙芝薰 靈前에

『현대문학』, 1968.7

글자가 우는구나
펜대 굴러 우는구나

가을하늘 구름처럼
떠가고 마는 거냐

가기도 설워라커니
보내기도 서러워라.

언젠가 이 방에서
주고받던 그 술잔을

오늘은 호젓하게
향불에 올리나니

메아리없는 소리가
내 가슴을 치고 드네.

〈一九六八. 五. 一九〉

頌祝

『시조문학』, 1968.8

어허 우리가 벌써
六十고개 넘었다니
듣고 보니 그런가 봐
꿈결 같은 歲月 속에
그립다 大圓山房이
불현듯이 그리워.

하늘에 사무치도록
슬픈 牧歌 부르다가
氷河가 쏟아지듯
제 목청이 터졌것다
물새가 너는 아니라
날개치는 鵬새로세.

智異山 上上峰을
구름처럼 날았는가
穀雨철 볍술嶺을
열 아홉에 내 넘었지
자자는 자작나무골을
네가 촛발 켜었구나.

〈··〉은 그의 詩集題號

첫째 首는 서로 귀밑이 파랗던 佛專同窓時節을, 둘째 首는 深層昇華의 그 詩의 世界를, 세재 首는 晩景의 樂山登陟과 解放맞이의 촛불을, 떠오른 대로 읊어 丁未華甲을 맞는 辛夕汀詞兄의 無量壽를 빌다.

(一九六七年 漢北一遇에서 丙午生)

곡천 나들이*

두릅나물
너끌 너끌
된장에 무쳐놓고

천어를
고추장에
거꾸로 찍어 들고

막걸리
카랑카랑한 맛에
도화 유수 부르네.

〈화순에서〉

* 시집『자정의 지구』

공동묘지*

솔고개
고이 잠든

이 분네들
일어나오

꽂그늘 향기 속에
서로 한잔 주고받게

새 노래 흥겨운 철을
차마 그냥 지내겠오.

〈高興邑을 접어들며〉

* 시집 『자정의 지구』

원평도중*

묵전밭
파는 분네
나랑 같이
파 봅시다

꽃 꺾어
머리에 꽂고
밭 파먹고
사는 살이

붓대를 꺾어 버리고
나도 따라 가고 싶소.

※ 원평(院坪) : 전주 교외의 지명

* 시집 『자정의 지구』

떠나는 길*

떠나는 나도곤 보내는 네가 더 서운한지
걸음, 걸음을 바라보고 서 있구나
그렇다 그렇구 말구 정이란 게 그런가 봐.

봄꿩이 제가 운다 속 모르는 말 아예 말게
그리움 없다 하면 제가 어이 울겠느냐
봄풀이 푸르르니 더 그리워 우는 걸.

〈영〉 아! 잘 자라라 꽃이 피면 다시 오마
꽃 속에서 새 노래를 너랑같이 듣고 싶다
어여쁜 너의 얼굴을 꽃빛에서 보고 싶다.

(1957. 3. 전주에서 夕汀과 작별하면서)

※ 〈영〉 : 辛夕汀 친구의 막내동이 여섯 살짜리의 이름

* 「早春旅程」의 제4수로 '曉路三章'을 개제함.
시집 『자정의 지구』

동동주 한 잔*
가람님에게

동동주 한 잔에
천하가 돈짝일까
〈계동〉 좁은 길을
어떻게 지내시요
세월도 열아홉 해가
한양 따라 감돌았오.

노 〈가람〉
젊은 〈가람〉
내 멋대로
부르고 싶소

〈응 응 응〉
시 읊는 소리
들을수록 구수하요
한 줄기 푸른 난초가
맑게 풍겨 향기롭소.

---

* 시집 『자정의 지구』

장성 갈재*

동란에 울었것다 장성 갈재 엉엉울어
산신령 있다하면 저도 넋을 잃었으리
오늘은 잠풍한 날씨 구름 동동 떴건마는.

---

* 시집 『자정의 지구』

임피를 지내며*

봄비가 보슬보슬 길을 앞서 내리는구나
나그네 낡은 모자 촉촉하여 지는 순간
봄빛이 찾아 드는 자취 빗소리에 듣겠다.

실개천 늘어진 버들 가지가지 피리소리
삼월 삼질 다 못되어 아이들이 부르렸다
그때야 뻐꾸기 소리는 내가 지고 돌아오마.

〈군산 가는 길에〉

* 「早春旅程」의 제2수임.
시집 『자정의 지구』

남관 관촌*

1

임실 꽃감이
달기는 달더라마는
관촌 물맛에야
제가 어림 있을라고
재 넘어 가는 구름도
그냥 두곤 못 간다니.

2

꽃 빛에
어린 산골
노래하는 산새 소리
곡조
곡조가
봄하늘에 새롭구나
홀홀히
지내는 나그네
춤이 절로 벌어질듯.

3

---

* 「早春旅程」의 제5수임.
시집 『자정의 지구』

귀촉도
귀촉도
남관 관촌
넘어간다
진달래
붉은 넋이
두견을
불러 운다

며도록
울고 울어도
내사 한번
못 울었다.

※ 남관 · 관촌(南關 · 關村) : 전라선 연변의 지명

연화동 다리*

포목짐 걸머지고 엉거주춤 하던 다리
오늘은 물이 미끈 봄빛이 누긋하다
피란 중 그 때사 말고 왜 그렇게 춥던고.

〈계덕〉이 손이 트고 〈진래〉는 맨발 벗고
행정 와리 이십리, 되짚어 사십리 길
두 오뉘 어린것들이 벌어먹고 살았다.

전란이 그렇게 무서운 건 아니더군
때때로 굶주림이 그 정말 무서웠지
연화동 이 다리 거리 오늘이사 봄인 걸.

※ 연화동 다리 : 호남선 행정 와리의 중간 지점

* 「早春旅程」의 제3수인 「蓮花洞다리」를 개작함.
시집 『자정의 지구』

영하 18도*

1

판잣집
한 세대가
또 어떻게
밤을 새나
전등이 얼어붙고
별빛도 떠는
이 밤,
새파란
꿈길
꿈길이
몇 고비를 넘는가.

2

〈건래〉야
잘 자거라
추워서 못 자겠나
아버지 우와기
한 자락이 그러겠다.
의젓한 요, 이불 한채

---

* 시집 『자정의 지구』

내년 요때는
마련하마.

영수정에서*

金岡石님을 찾아서

귀 씻기 어렵걸랑
입이나마
씻어 보자

입 씻기 어렵걸랑
손이나마
씻어 보자

손도 손 못씻거들랑
발이라도 씻고 가자.

咸平에서

* 「그리멀지 않습데다」 중의 제3수임.
시집 『자정의 지구』

나그네 길*

1

포도알같은
빗방울이
뚝 뚝 뚝
떨어진다

낡은 모자챙을
쳐도
쳐도
시원찮아

제라서 몸부림치며
가슴팍을
파고 든다.

2

너무도
가볍게
구름발이
날아 엔다

---

* 시집 『자정의 지구』

나그네 헌 신짝이
갈바람에
떠 가는듯

송아지
살찐 걸음이
제라
앞을 지르고.

3
까마귀도
까악 깍
울어대는 38선에

낡은 구두창이
볕발을
베고
눴다

풋대추 반 볼이 익는
이 겨레의
강산이언만.

가슴*

1

무엔지 가슴이 뭉클, 터질 것만
같은 심정

가슴 휑 뚫릴
시 한 수는 없을까

이 한 밤 시원히 재울
그 무엇은 없을까.

2

가슴이 뭉클뭉클
서리는 밤하늘에

샘물같은
시 한 줄이
솟을 것 같다마는

두루미 소리 끊어진 채
달빛만 차구나.

---

* 시집『자정의 지구』

3

가슴팍을 와드득
쥐어 뜯어
까뒤집으면

무엇이 쏟아질듯
벌 집같은 구멍마다

이 땅에 사는 백성이
쓸개인들 남았을까.

가는 가을*

1

명감도 조랑 조랑
가지마다 빨갛게 익고

은행 나무잎도 노랗게 물드는 저녁

설익은 과일 하나를
남겨 두고 가는 가을.

2

족제비 꼬리도 날씬
매도 동동 높이 뜨고

통기면
탁 터질듯 가볍고 맑은 하늘

떱떨한 모과맛같은
과일 하나가 설었다.

3

* 시집 『자정의 지구』

유자라도 익는 하늘
탱자라도 향기론 계절

참새도 지저귀며 흥겨웁게 날아드는데

오늘도
돌미륵같이
입 다물고 섰을 겐가.

4

아직도 향기롭게
못 다 익은 이 과일

해가 질수록
펄 펄 뛰는 핏자국을

가을은 떠-나련다 돌아보며 통곡한다.

어머니 무덤가에*

어머니
오늘도
쑥은 새파랗게 자랐읍니다

해마다 봄철이면
쑥버무리로 살아오던 울 어머니!

오늘도
쑥은 파릇파릇
어머니 무덤가에 자라납니다.

* 시집 『자정의 지구』

목련화

1
오늘도 목련화는
이렇게 피고 있는데

너는
어디로 갔담
그림자조차 보이지 않고

나란히 나랑 섰을 때
네가 키가 작더니.

2
모자를 들고 서서
꽃봉오리 만지작거리던 모습

꽃과 하늘과 맑게 어린
그 눈동자

몰랐다 그 때는 몰라
네가 무얼 어이는지.

3

아침 햇발에
봉울봉울
이는 꽃봉오리

맑은 하늘이
굽이 굽이 서리운다

그윽한 사월의 향기
꽃다운 넋이 지고.

4

하늘이 찢어질듯
외치던 한 마디 소리

피빛 하늘이
물결치는 이 거리에

다시금 목련은 피는구나
한스러운 웃음인듯.

5

총탄이 꿰어 뚫은
가슴팍 가슴팍마다

하얀 목련송이
리본처럼 달아주고 싶다

분노의 불길이 가시잖은 체
꽃은 다시
피는가.

〈4・19를 맞으며〉

얼어붙은 강*

1
심장이 굳었거라
얼어붙은 울분인가
하늘에 침을 뱉고
터지도록 외치다가
미친듯 허허 벌판을
바람같이 헤매기도.

2
땅이 꺼지도록 발버둥 치다 못 해
제 가슴 제가 치고
선 자리에 쓰러지다
물밀듯 치밀던 행렬 불꽃 튀듯 튕겨라.

3
9 · 10월 갈대밭이 엉성한 이 유역을
오늘도 알몸으로 부숴대야 하는 판국
죄 없이 지내는 걸음 입이 얼어 붙는다.

---

* 시집『자정의 지구』

넋이 우는 낙동강*

1

오늘은 소리없이
흐느끼는 강바람이
폐부를 찌르는구나
등골이 오싹하다
어쩌면 폭포수보다
그렇게도 스리운가.

2

七백 리 굽이굽이
굽이쳐 흐른건만
한 가닥 시름을랑 사무치게 파고든다
모래알 흘러 내리듯
세월은 흐르건만.

3

심장을 못질 한
동란의 불바다여
눈알이 뒤집혔다
저녁 하늘이 타 올랐다

---

* 시집 『자정의 지구』

물소리 베개로 하고
이 달밤을 우는 넋아.

바라보는 월남땅*

1
자루 빠진 우산을
엉거 주춤 짚고 서서

마주치는 별빛 따라
바라보는 월남 땅

단숨에 후루루 날아
덥석 안아 보고 싶다.

2
숨이 컥컥 막힐 듯
이글대는 불볕 아래

야자수 쿡쿡 찔러
수박같이 마시는가

원두막 같은 집에서
별 하나 꽁꽁 헤어 보는가.

---

* 시집『자정의 지구』

나도 풋말되어 살고싶다*

국군 묘지에서

1

나도 풋말되어 너랑 같이 살고싶다
별 총총 밤이 드면 노래하고 춤도 추략
철 따라 멧새랑같이 골속 골속 울어도 보고.

2

5월 창공보다 새파란 그 눈동자
고함은 청천벽력 적군을 꿉질렀다
방울쇠 손가락에 건 채 돌격하던 그 용자.

3

우박같이 퍼붓는 총탄 번개같이 반격하고
최루탄 포연속을 비호같이 날았었다
별보다 눈부신 공훈 해요 달을 겨누는 충성.

4

칼날에 목숨 걸고 죽음과 마주쳤다
콧날 치깎는 강추위에 싸왔었다
화토불 보다 뜨거운 펄펄 뛰던 그 정신.

---

* 시집 『자정의 지구』

5

방울쇠 한 방이 평화를 불러오고
방울쇠 또 한 방이 빼앗긴 자유 도로 찾고
콩튀듯 튀는 방울쇠 겨레행복 부어주다.

6

〈공초〉는 왜 그렇게 누워서 가시었나
한 바탕 법밀다가 〈쾅〉 이렇게 가지 않고
말 말자 내같은 풋내기야 이도 저도 다 못하느니.

7

네가 내가 되어 이렇게 와야 할 걸
내가 네가 되어 이렇게 서야 할 것
강물이 치흐른다손 이것이 웬 말인가.

8

봄풀이 푸르를 때 콧노래도 불렀는가
으스름 가을달에 향수도 그리었나
몸부림 치다가 못해 가슴 활활 탔던가.

9

향 꽂고 〈삼귀의〉 꽃 드리고 묵념이요
〈바다밀〉경 오이며 나즉이 정례하고
〈원앙생〉 축원 올리며 다시 합장 하느니.

10

너 몸은 〈금강신〉 땀인들 흘릴라구

청진기 부질없다 말조차 쑥스럽고
모래알 같은 세월을 노려봐도 좋으리.

11

뜨거운 네 숨결이 내 가슴에 고동친다
구리빛 네 얼굴이 내 눈앞에 마주선다
두 손목 와락 부여잡고 땅이 꺼지도록 뛰고 싶다.

12

은근히 들리나니 네 이야기에 귀가 솔깃
내 할 말 하고많아 말문이 컥 막힌다
내 가슴 치는 이 순간 천지가 뒤집힐 듯.

13

오늘은 잎 푸른 강산 내일이면 잎 드는 계절
꽃피고 잎질 때를 네가 싸와 이겼었다
손 끝에 돌아가는 염주 네 나이를 헤아린다.

14

못다한 그 한을랑 귀촉도에 울리는가
꼭 한 마디 해야 할 말, 너 정녕 있을진대
털털털 마음껏 쏟아 내게 부쳐 보내렴.

15

막걸리 몇 잔이면 내 속이 후련할까
연거푸 피우는 담배 입도 씁쓸 하다마는
성냥불 확 긁어켜어 한 대 권코 싶은 심정.

16

거닐다 문득 보니 모자테가 간 데 없다
허수아비 같은 인생 내 주제 의관했담
한 속에 모자들고 또 한 손에 〈파이프〉 들고
한바탕 강바람에 덩실덩실.

17

나다려 미쳤다네 미쳐보도 못한 녀석
미쳐 볼작시면 미쳐보고 싶을게다
참으로 미치고 보면 미친 줄도 모르느니.

18

쇠술로 밥 떠넣는 인생이 여기 있다
짜잖게 살망정 내가 오늘 찾아왔음
너 앞에 발모으고 서기란 등골에 땀이 난다.

19

풋말로 사는 세상 무엇보다 부럽구나
게딱지 같은 집엘 들랑날랑 하단 말이
활활활 다 벗어버리고 너랑같이 구을고 싶다.

20

끝없는 저 창공이 네가 살던 누리더냐
훨훨 활개치고 나도 한번 날았으면
열 두번 골백번더도 너랑같이 날았으면.

21

떠도는 저 구름이 네 날개가 아니더냐
해 보고 달도 보고 별과같이 놀았것다
은하수 옥같은 물에 머리 철철 감았었나.

22
올 때는 천 근 만 근 발이 묵직 하더라마는
몸이 가쁜하이 매미처럼 날겠구나
여보게 고마워라 고마워 내게 주는 선물인가.

23
둘러보니 자식같고 다시 보니 조카같네
귀염둥이 동생인양 더구나 형만 싶의
아저씨 5촌7촌에 12촌 집안 같구려.

24
오늘은 여기로되 내일인가 〈공초〉 영결식
거품 같은 인생 번개같은 수명인가
한 줄기 연기아니면 한 줌 흙으로 마련되나.

25
내가 풋말되어 이렇게 섰을 적에
어느 뉘아들놈이 날 찾아 노래할까
허허 허 다 실없는 소리 너도 가고 나도 간다.

26
미치것다 딩굴것다 땅을 치고 울고 싶다
풍덩 한강에 화살같이 뛰어들고 싶다

흰 푯말 어루만지고 내 가슴을 어루만지고.

※ 흰 푯말 : 국군묘지에 서 있는 顯忠木碑

산새*

산새는 왜 저리 우나
간밤에도 울었을까

일년내 우는 울음
그래도 못 다 울어

오늘도 잎 지는 산골
또 하루를 우는가.

(光陵에서)

* 시집 『자정의 지구』

그리움*

1

그리움 타다 못해
날개돋쳐 날음인가

산 굽이
빙빙 돌아

물
건
너
가는 꿈길

구름이 쌓여 몇 만리
베개 하나 성이로군.

2

양지발
처마 끝에
구 구 구 비둘기 한 쌍

---

* 시집 『자정의 지구』

4・19
전 날에도
저렇게
구 구 구

구 구 구
비둘기 한 쌍
홀로 보는
오늘이사.

비원 뒷 산골*

1

차분히 내려앉은
두메 아닌 골짜구니

모처럼 우는 멧새
소리도 홍겨웁다

포란 꿈
수정알같은
봄하늘이 그윽한데.

2

바위 틈 옹당샘물
방울
방울 천년 만년

세월이
오락 가락
푸른 이끼랑 도란도란

---

* 시집 『자정의 지구』

솜방울 같은 인생이
버섯같이 삶이어.

3

30년 걸려 왔다
꿈결같은
이 나그네

봄바람에 지팡이로
돌뿌리도 두들긴다

몇 만년
이대로 서서
별과 같이 노래할까.

산도 가람도 자라는구나*

광복절을 맞는 아침

1

몇 만겁 속삭이는
견우직녀가 부러워여
이 산이 자라는구나
강도 따라 자라는구나
맑고도 그윽한 향기
은하가에 서리운다.

몇 만겁 은하가를 그리워 속삭이든
할머니
할아버지가 고수하게 살았구나
아들 딸
손주란 놈도 무럭무럭 자라는구나.

2

해방동이 네가 벌써 이렇게 자랐구나
얼룩진 과거를
아예 다시 물리기 싫다
너희는 너희들대로
푸른 꿈이 있지 않아.

---

* 시집 『자정의 지구』

3

풀잎도 향기로워
새 소리도 아름다워
산도 우줄
가람도 넘실
바람결마저 가벼우이
은하수 맑은 하늘이
눈망울이 시원하다.

구름*

1

머루 다래 휘너울어진
9 · 10월이 좋다 해도

춘 삼월 귀촉도
우는 밤이 하그리워

애닯은 심정을 안고
귀 기우려 떴노라.

2

모든 것 물과 같이
흘러간다 하지마는

청산아,
너는 아랴
떠도는 내 그림자

이 세상,
저 세상 소리

---

* 시집 『자정의 지구』

들고싶어 굽어본다.

3

시러부 아들놈 들은
구름 같다 하더라 마는

가슴 한번 뭉클하면
천 마리도 오락 가락

그립다 대지가 그리워
안아보고 싶구나.

아, 가람님의 가심이여

『월간문학』, 1969.3

산이 고아 물이 고아
礪山으로 가신다더니
오늘은 또 어디로
가시는데가 어디시오
그림자 없는 걸음을
누가 따라 가겠오.

비바람 섞여 칠제
매아미 멎은 소리
철 따라 날으는
기러긴들 울었겠오
먹구름 새벽 하늘을
닭이 홰를 침이여.

보시소 돌부처님*

내가 좋아하는 사투리로

『현대시학』, 1969.9

1, 서계시는 돌부처여

낙서 같은 역사 조각
넝마주이가 다 주어 갔다

노리개감 훈장도
가랑잎처럼 날아갔다

세상것 하 어이없어
돌부처는 웃는가.

해당화 같은 웃음
하루 아침에 사라지고

모란꽃 타는 정열
얼음장이 되는 것을

그리움 뼈에 사무쳐
돌부처가 되었는가.

---

* 시집 『의상대 해돋이』

잠풍한 산골 날씨
돌부처 볼에 봄기운 돈다

낮이면 산새 노래
밤이 드면 시내 소리

철따라 피는 꽃향기
철 가는 줄 모르는가.

2. 보시소 돌부처님(1)

보시소 돌부처님!
당신 동네는 물 나옵데꺼?

오늘 아침 학용품대
어떻게 줬능게오?

바가지 긁는 소리를
두 귀 막고 들었능게오?

보시소 돌부처님!
당신도 세금 나왔습데꺼?

쓰레기차는 일 년치고
몇 번이나 오등게오?

하도 하 어이가 없어
먼산만 바라 보능게오?

보시소 돌부처님!
판자집을 헐렸능게오?

하루 이틀 아니고
어떻게 떨겼습니꺼?

보다가 기가 컥 막혀
입다물고 섰능게오?

보시소 돌부처님!
그래도 산모롱이가 좋습니꺼?

거기는 국유지 아닝게오?
나랑같이 삽세다!

얄궂다 예이 六・二五동란에
귀가 먹었능게오?

3, 보시소 돌부처님(2)

보시소 돌부처님!
무엇을 즐깁니꺼?

팔려가는 도토리묵
한 덩이 드릴까요?

하늘이 떠도는 물만
굽어봐서 되겠능게요?

보시소 돌부처님!
손발이 얼마나 시리겠소?

손가락이 불근거리는
장갑이라도 끼어 드릴까요?

떨어진 고무신짝이라도
신겨 드릴까요?

보시소 돌부처님!
옷은 벗어 누구를 줬능게오?

해어진 내 저고리라도
한 팔 꿰어 드릴까요?

또 벗어 줄랑게오?
누구를 입혀 줄랑게오?

보시소 돌부처님!
우리 할배 보셨능게오?

장날이면 우리 할배
외할머니도 보셨능게오?

한 탯줄 물고 살아온
우리들 많이 보셨구먼!

보시소 돌부처님!
바람이 불다 비도 오고 눈도 오고

구름이 몰려가다
천둥도 하고 번개도 치고

햇볕이 쨍쨍 쬐다가
암흑세계도 되던데요?

보시소 돌부처님!
당신 입에 쏟아지는 이바구

펜으로 못 받아 씀네,
써도 미처 못 따라 씀네

내 마음 푸른 하늘에
듣는 대로 적어 봄네.

보시소 돌부처님!
손목 한 번 쥐어 봅세다

할배 핏줄이 도는
당신 손이 뜨겁겠소!

어쩌다 얼씬만 해도
선지피가 솟을듯!

4, 돌부처님에게(1)

어데 갔다 오는 길에
여기 서서 쉬능게오?

쉬려면 차라리
두 발 뻗고 쉬시지요!

갈 길이 그리도 바빠
선 채로 쉬능게오?

당신이 이렇게
이 산기슭 지키듯

우리도 이 국토 다질
무거운 힘 있습네다

절벽 같은 마음의 장벽
무너뜨리자 함네다.

동서양 크다 해도
한 폭 병풍 아니겠소?

달나라 멀다 해도
하루 아침 길 아니겠소?

어린애 장난이라고
당신은 웃습니까?

당신이 구름 너머
저 하늘 끝 바라보듯

우리는 당신 눈귀
그 너머를 쏘아봅네다!

허리를 길게 죽 펴고
긴 호흡을 합네다.

5, 돌부처님에게(2)

어린이들 무럭무럭
당신보다 커야지요!

머리도 번쩍번쩍
당신보다 슬기롭고

수저야 말할 것도 없이
신라 것보다 커야지요!

어린이들 탱자같이
좀상해야 되겼능게오?

감기 한통에
비글대야 어쩌겼소?

구릿빛 튼튼한 몸집
당신과 겨누어야지요!

보시소 어린이들과
팔씨름 한 번 해 보시소!

어서 어린이들과
이바구 한 번 해 보시소!

깜짝 놀랍겁니다
당신이 어림 있을라고!

할 말이 많으리다
해도 해도 못다할 말

시간이 모자라서
말이 남아 돌리다

땅을 치고 울부짖어도
못다할 한이여!

말로말로 다 못할 말
차라리 다뭄니꺼?

두고두고 사뢸 말씀
가슴만 벅찹네다

하늘이 사무치도록
서리고 맺힌 恨이여!

〈冠岳山 기슭에서〉

보이지 않은 창

『동아일보』, 1969.9.20

진약히 사랑한다는 건
정말 너를 욕되게만 했다
나무며 돌이며 오히려
풀벌레가 부끄러운 이 밤
차라리 그윽한 신비로움
신비스레 그릴 것을.

가슴에 살그머니
손 내어 민다는 건
고요한 정밀의 바닷 속을
함부로 헤졌는 것 아니냐
끝 없이 흘러갈, 호흡
청순한 숨결이여.

밝음 보다도 오히려
어두움이 눈시울을 질분거린다
돋보기로 가까이 보는 그 보다
입내음 풍기는 서투른 대화 보단
우러러 두고두고 길이
살고픈 맛이 흐뭇하지 않을까.

막다른 골몰 길에

쫓기우는 짐승이여
발버둥치는 몸부림,
안타까운 운명이여
또 멀리 보이지 않는 강
그 어떻게 뚫겠느냐.

智慧의 그물에 얽힌 삶

사람은 사람의 지혜의 그물에 되얽혀 스스로의 삶의 여유를 조리는것 같다. 부처님의 경전에 "百億日月, 백억수미, 백억사주, 백억四千 등이 一單位가 되어 一개의 三千大天世界를 형성한다"고 했다. 볼 수 있는 달세계와 볼 수 없는 달세계가 있다. 육안에 보이지 않는 그 무수한 성을 과연 정복할 수 있는 힘을 인간이 지녔는가가 의문 아닐 수 없다.

노을타는 冠岳山*

『동국시집』 10, 1970

목탁이 깨지도록
관세음보살을 부르고 싶다.

너리 반석이
뚫리도록 꿇고 싶다.

하늘 땅 개벽한 후로
이제 열릴 문이여.

한밤중 터지는 소리
제 누가 듣겠느냐

노을에 추는 춤
저마다 다 보겠나

눈 뜨고 귀가 뚫려야지
안타까운 삶이여.

입닦고 오려므나,
손 발 씻고 오려므나

---

* 시집 『의상대 해돋이』

놀에 멱 감고
알몸으로 오려므나

잔 소리 긴 소리 말고
입 다물고 서 보게.

천년도 하루같이
하룻밤에 흘렀구나

알고도 모를 것이
이세상 삶이로다.

어느 뉘 일초 바깥 일을
제라 안다 장담하리.

산딸기 따 먹었나
산까마귀 울고 간다.

지초열매 따먹었나
사슴 한 쌍 나란히 간다.

저대로 다 가는 길이
저렇게들 있나 부다.

한 발 높이 들어
소매자락 털털 털고

또 한 팔 높이 들어
겨뜨랑 밑 바람 쐬고

속마저 까뒤집어
펄펄펄 날리고 싶다.

관악산 달 밝은 밤을
혼자 보기 아까워라.

멋드러진 鷺山과
거닐고도 싶은 심사

천고를 흐르는 침묵
산을 닮아 보고 싶다.

달빛에 거닐다 보니
나도 달이 된 듯하이

골 안에 깃든 학이
子夜半을 우는구나

흐르는 시냇물 소리
귀에 젖어 흐느끼고.

夕汀이 예 와 보면
저 무어라 읊조릴까

주체 못할 그 눈물
한바탕 쏟을런가

한라산 지리산보다
더 미쳐 뛸 것인가.

발 아래 지옥일까
눈 앞에 극락일까

삼백 육십오일
도리 공중에 돌아간다

저 허공 한 번 쳐 보면
그 무엇이 있을까.

이대로 이 자리에
손 모으고 섰노라면

나도 산이 되어
이렇게 푸를거냐

밤마다 애기별마냥
노래 부르며 살 것인가.

어두움 빙산처럼
와지끈 무너진다

새도록 곪던 시름
씻은 듯이 흘러가고

종소리 따라가는 마음
구름 사이를 넘나드네.

鷺山은 사람이 아녀
엄동설한 추위를 몰라

그럴사 선풍 도골
산신령이 근사허이

배랑에 지팡이 짚고
산을 타는 모습이사.

주먹 한번 쥐어 보고
다시 한번 펴어 본다.

돋보기 벗어 들고
먼산 다시 바라본다.

후끈한 초봄 기운이
온 몸을 싸고 도네.

산이 고와 천년 살고
물이 맑아 만년 놀고

산새랑 노래하며
꽃 그늘에 永劫 읊고

바람결 푸른 하늘을
한도 없이
날아 볼까.

관악산보다 크게
묵직한 힘 내가 길러

허술한 한 구석을
내가 막아 서고 싶다.

햇볕과 눈부신 빛을
한번 겨누어 보고 싶다.

그렇게 운대서야
한이 어이 풀리겠나

더구나 타는 정열
너 어떻게 쏟으려나

하늘이 질겁하도록
내가 한번 울고 떨까.

〈69 · 1 · 11 여冠岳山에서〉

落葉*

『(69)년간시조집』, 1970

날고 싶어 날겠느냐
날게 되니 날으는 게지
피고 싶어 필까부냐
피게 되니 피었겠지
오늘도 내일도 없이
떠돌며 사는게다

훨훨 알몸으로
빨갛게 나는구나
하늘 끝 없이

동
　　서
남
　　북
춤추며 날으는구나
눈으론 채 못 따라가도
정이 흘러 노래하네.

---

* 시집『거 누가 날 찾아』

나그네

『(69)년간시조집』, 1970

가다가 우뚝서니 돌부처가 내가 되고
길거리 주저 앉으니 반미치광이 나로구나
발길이 놓인줄 모르게 바람을 타고 떠나네.

구름이 쌓여 천리 물이 흘러 만리라네
한조각 별 발을지고 콧노래로 가는걸음
지팡이 거드렁 거리며 제 멋대로 가는구나.

꾀꼬리 · 귀촉도

『시조문학』 26, 1970.11

꾀꼬리
귀촉도 번갈아 우는 푸른 五월
하늘이 무너질까
아니 땅이 꺼질까 봐
나무로 나무가지로 새로
날아다니며 사는 새여.

五천 년 울어오는 울음, 어디 너만 못할라구
신라 고려 닥겨온 가락, 너 못따라 갈 뉘 있겠나
아직도 제 철 아니라서
꾹 다물고 있단다.

밤 들고
날새는 것 달팽이뿔 노름 놀이
거미줄보다 가날픈 살이
바람결에 지겨운 호흡
치미는 가슴, 가슴을
네가 울고
노래하나.

〈70 · 5 성북동에서〉

東海點描*

『시문학』, 1971.10

義湘臺 해돋이

천지 개벽이야!
눈이 번쩍 뜨인다

불덩이가 솟는구나
가슴이 용솟음친다

여보게!
저것 좀 보아
후끈하지 않는가.

〈중학교 교과서〉收錄

淸澗亭

청간정 뒤로 두고
떠나가기 어려워라

물새를 떼어 놓고
돌아가기 차마 어려워

담배를 피워물고

---

* 시집 『의상대 해돋이』

우두커니 내가 섰네.

東海가에서

이만한 품이러면
감싸고도 남을 게다

이러한 노호라면
못 꺾을 것 업을 게다

숨통이 줄기차게도
하늘을 맞물고 터진다.

저만큼 깊다 하면
못할 말이 있으랴

이처럼 맑다 하면
못할 일이 무엇이랴

오늘이 여기 있기에
한 밤 길을 걸었는가.

산은 묵중해 좋고
바다는 탁 터져 좋다

하늘과 맞닿은
그 너머는 무엇일까

네 활개 활짝 펴고
훨훨 한 번 날았으면.

모래알 한 옹큼을
힘껏 쥐어도 본다

깨지는 파도를
한 옹큼 쥐어도 본다

허술한 나그네 손을
바람결이 스쳐가네.

물새 자국이
모래밭에 어디 있나

물새 우는 소리
파도에 들리느냐

모두들 왔다 가는 것
물새깃과 같을까.

물새도 매여 사나
모래밭에 도로 앉네

물새도 얽혀 날으나
물결 위를 다시 도네

제자리 맴도는 것을
여기서도 보다니.

鏡浦臺

경포대 말도 말자
말이 좋아 경포대다

거울 같단 호수가
오늘은 개펄일레

그 옛날 밝은 달빛이
그 어떻다 할꺼나

紅蓮庵 觀世音菩薩

파도 소리가
어떻게 들립니까

초라한 이 모습을
어떻게 보십니까

애타게 울부짖다가
이제 달려 왔읍니다.

합장도 한둥 만둥
엉겁결에 꿇었읍니다

우러러 뵙자마자

눈물이 앞섭니다.

어머니 관세음보살!
사뢸 말씀 없읍니다.

가죽을랑 종이 뜨고
뼈를 깎아 붓을 매고

방울방울 피를 짜서
스르르 스르륵 먹을 갈아

천만겁 공덕을 쓴들
털끝 하나 당하리까.

永朗湖

영랑도 갔구나
술랑도 떠났구나

노을만 남겨 둔 채
모두들 떠났구나

한 천년 다시 지나면
또 무엇이 남을까.

그리운 情

맑다 못해 푸른 바다
내 발 물고 늘어진다

지는 별 흰 모래밭을
내가 밟기 아까워라

바라고 바라볼수록
타오르는 정이여!

밀짚 모자에
옷자락 헤치고 서니

푸른 물결 스치는 바람
가슴이 후련하다

얼씨구 절씨구 좋아
춤이 절로 덩실덩실.

짜리한 바다 맛이
코끝에 풍겨 돈다

차마 발길을
못 돌리고 망설인다

보고만 못 갈 풍경
내가 안고 갈까 봐.

雪岳山 단풍 I *

불이야
山불이야
山에 불이 붙었구나

불길이 치솟아
하늘 끝까지 붙었구나

타는 줄 나도 모르게
내 얼굴도 타는구나.

風塵 세상을
살다 보니 탈 것 없어

온몸이 활활 타도
연기 한 점 아니 나네

날으는 멧새도 쌍쌍
불이 붙어 벌겋구나.

노을도 불이 붙고

---

* 시집 『의상대 해돋이』

시냇물 소리도
불이 붙고

바람도 불꽃이야
내 가슴이 화끈하네

불꽃은 왜 이러할까
눈귀마저 시원하이.

雪岳山 단풍 Ⅱ*

『현대문학』, 1975.4

石顚님 지나신 자취
여기런가
저기런가

지팡이 끝 닿은 데가
눈에 삼삼 보이는 듯

三角山 오를 때같이
모습 너무 선연쿠나.

梅月堂은 통곡했다네
山도 보고
물도 보고…

秋琴은 탄식했다네
호을로 왔다
호을로 간다고…

오늘은 입도 못 벌린 채
여기 우뚝 내가 섰네.

---

* 원제는 「雪嶽山 단풍 후편」임.
시집 『의상대 해돋이』

天下 英雄들아
雪岳 단풍 보았는가

단풍 한 이파리!
면류관보다 더 귀엽다

머리 테 하고 싶어도
차마 꺾기 아까워.

가을하늘 이파리

『동아일보』, 1971.9.25

하나 둘 나무 잎은 서로 얼굴을 바라본다.
햇볕에 자라고 뙤약볕에 영근 잎들
석류 알 터지는 곁에 웃는가 이야긴다.

한 나무 가지에 나란히 자란 잎들
갈바람 마파랍에, 비 바람에 나부꼈다.
질기디 질긴 뿌리에 이제야 영글었나.

떨어질 이파리는 떨어질대로 떨어지고
여름과 마냥 햇볕을 싸고 도는 잎과 잎들
멀고 먼 하늘을 향해 여름 한알 떨어뜨릴까.

**〈노트〉

나무 이파리는 어쩌면 人間들이 알맹이 人間을 追求하는 과정과도 같은지 모르겠다.

밀리고 찢기고 짓밟히고 떠내려가는 人間公害의 벌집같은 사회적인 風土에서도 한 가닥 강인한 의지의 生活을 영위하는 人間이기 때문에 무궁한 세월을 헤엄쳐 나가면서 끝내는 理想的인 보람을 現實的으로 누릴 수 있는 것이 여름 한알을 감싸고 가을 하늘에 매달린 이파리랄까.

人間은 가을 하늘의 이파리처럼 질긴 것만 같다. 孤高한 빛은 人間만이 누린다.

雪嶽山에서

『조선일보』, 1971.10.12

山도 울었더냐 山神靈도 울었것다
피로 물들이 골짜기 골짜기 마다
오늘은 폭포가 우네
나그네도 따라 우네.

어지뿌린 線하나가 운명을 되작인다
6·25도 그렇거니 오늘이 숨가쁘다
하늘에 사무친 悲願
山아, 山아! 너 아느냐.

해가 갈수록 더욱 더 맺힌 恨이
雪嶽山 들어서자 噴火口처럼 치솟는다
이 때가 바로 이 때다
푸른 다짐 山에서 하자.

雪岳公

『월간문학』, 1971.12

繼祖庵 샘물

손 끝이 시리다 못해 뼈마디까지 아리는구나
이가 시리다 못해 이뿌리까지 저리는구나
젖 먹던 속창자까지 씻어질까 모르겠네

祈禱

玉같은 이 샘물을 손 씻고 고이 떠서
꿈에도 그리웁던 어머님께 올립니다.
어여빠 여기옵소서 어린애가 왔읍니다.

玉보다 맑은 샘물 한잔 듬뿍 높이 떠서
티끌에 케케묵은 정수리에 대이느니
한 줄기 연꽃이 되어 맑은 향기 풍겨지다.

甘露같은 이 샘물을 또 한잔 듬뿍 떠서
함부로 지껄이던 입뿌리에 드리우니
누구나 들어서 기쁠 말에 말문 열어지다.

퐁퐁 솟는 이 샘물을 다시 한잔 듬뿍 떠서
들뜬 생각에 시원히 쏟으느니
호수에 잠긴 달같이 마음 맑아 지이다.

솔잎

飛龍瀑 오르막 길에 이슬 맺힌 솔잎 따서
한 두잎 입에 물고 한 오큼 손에 쥐고
仙女潭 아시불에 다시 행궈 씻느니.

飛龍瀑

한 줄기 떨어진 폭포 반석이 다 팽겼다.
시퍼런 龍沼 물이 용솟음 치는구나
멈치고 흐르다 못해 眞珠로도 흩어진다.

飛仙臺

나리지근한 두 다리를 너리 반석에 뻗어 보다
솔에서 이는 바람 물방울 불어치네
구름이 발 아래서 이네 몸이 가쁜하구나

도토리*

『시문학』, 1972.12

도토리가 발뿌리에
똑! 떨어진다
가슴이 철컥 내려앉는 순간.

고운 生命을
알뜰히 안은 채
조용히 훗날을
바라며 구른다.

젖가슴이 터지도록 노랗게 익은 도토리
윤기 자르르 흐르는
위대한 生命의 어머니여!

누구라 짝할 수 없겠기
홀로 말쑥히 빠지는 외도토리!
생명의 숨결이 뛴다
알몸으로 부벼댄다.

---

* 시집 『거 누가 날 찾아』

가을비, 가을바람*

『현대문학』, 1973.1

法堂뜨락에
풋대추가 두서너 알 떨어졌다.
비바람이
초가을 새벽녘을 들이치더니만….

떨어질 건
몽땅 떨어졌다.

젖꼭지를 제대로 물지 못한 것.
벌레에 파먹혀 시달리다 못한 것.
이파리에 파묻혀 남의 그늘에 자란 것.
제 생명이 제대로 간직되지 못한 것.

남아있을 건
고스란히 남아있다.

올차고
깨끗하고.
보람지고.
씨알 피고.

---

* 시집『거 누가 날 찾아』

쓸려갈 건
모조리 쓸려갔다.

째그라지고.
못생기고.
쓸모없고.
지저분한 것들.

싱싱한 맛과 향기로움만
맑은 하늘
가을 별발에 말끔히 펼쳐두는
가을비!
가을의 바람!

하늘아

『풀과별』, 1973.3

손만대도 우시시 참깨알 쏟아질 가을
山도 들도 어쩌면 토실토실 살이쪘다
네 모습 발뿌리까지 해맑은 하늘아!

한 가닥 넌지시 어깨를 사튼 노을
머리채 치트렁 들일듯 그 무슨 가락
언젠가 미쳐 뛰도록 귀에 익은 곡조여.

오늘도 꿈을 물고 뜨락을 도는 외비둘기
가랑잎 그림잘망정 그도 그리 그리운지
구구구 눈동자에 어린 새파란 하늘아!

한줄 · 한마디*

『시문학』, 1973.4

넝마주이 줏어갈
종이나부라기에
어줍잖은 單語들
끼적거리기 전에
아주 붓을
꺾든가,

진정 오늘을
오늘을 위하여
내일을 사랑하여
한 줄! 또렷이 가슴 벼랑에
새겨야 할 것 아니냐.

펜이 아니라도 좋다.
날카로운 정이
아니라도 좋다.

봄새소리
바람결에 사라질
메아리의 擬聲語를

* 시집 『거 누가 날 찾아』

조잘거리기 전에
차라리 입을
다물든가,

진정
오늘을 위하여
내일을 사랑하여
心經 한 마디!
똑바로 마음의 귀에
읽어야 할 것
아니냐

글발이 아니라도 좋다.
直四角型
책이 아니라도 좋다.

그저
孔子도
그리스도도
석가도 모두
몰라도 좋다.

汚染의 물결을 치솟아
눈이 파랗기에.
公害의 雲霧를 뚫고
귀가 뚫렸기에.

푸른 目標*

『시문학』, 1973.4

발바닥에 먼지가
풀쏙 인다.
오늘을 사는 것이 아니라
人生이 달리는 것이다.

이마에 구슬땀이
뚝뚝 떨어진다.
허기진 거리가 아니라
時間을 뛰어
넘는 것이다.

푸른 目標가
눈앞에 다가섰기
달린다, 달린다.
뛴다.
뛴다.

화살이 날은다.

* 시집 『거 누가 날 찾아』

歲月이

『월간문학』, 1973.9

歲月이 구차스럽게
헌 옷자락 같이
휘감긴다.

어깨에 한 가닥
발뿌리에 또 한 가닥
소리도
그림자도 없이
귀 밑을 파고 든다.

온 몸이 끈끈하게
땀으로도 배어들고.

한 줄기
담배연기로
서려 서려
날아도 가고.

열 두시
사이렌 소리를
휘감고도 늘어진다.

아련히 꿈길을
돌아가고
돌아오고.

고개를 넘다
나루터를 건너다,

부처님 고운 눈매를
지긋이
드려다 보네.

떠나는 아침*

『현대문학』, 1973.12

툭툭 털고 일어선다
뒤도 돌아보지 않고.

막상 떠나는 길목
발길은 떨어지지 않아
담배를 빼끔히 피워문 채
다시 뒤가 돌아보인다.

이제 막 말문이 열리는
손주놈 입이
아침마다 방긋방긋
꽃봉오리 피듯 하는데….
무릎을 밟고, 뛰며
두 귀를 붙잡고
이마도 맞부비는데….

발꿈치가 뒤로만 당긴다.
마음이 찔한다.
내 가슴이 울컥!
…… ……

---

* 시집 『거 누가 날 찾아』

손은 왜 이렇게
눈으로만 올라갈까.

寒露무렵*

『현대문학』, 1974.9

寒露가 눈시울에 가물거리는 해맑은 蒼空
싱그런 숨결, 하늘 좀 보렴.

건드리면 알몸으로 툭! 튀겠다.
얼씬만 해도 금시 으아! 소리가 나겠다.

새파란 눈동자
살결이 미끈덕하지.
허리가 늘씬, 가슴이 풍더분하다.
고슬고슬 냄새가 무르익는 가을의 豊饒!

突風 暴風 暴雨에, 天動 번개를 번갈아 치른
가을하늘은 그래서 높푸르고 깊고 말쑥하고 시원한가.

어쩌면
먼山을 넌지시 껴안는 멋진 사나이의 대머리!

---

* 시집『거 누가 날 찾아』

山에 오르면

『조선일보』, 1974.12.18

너 心臟이 뛰는 소리
내 가슴이 화끈한다.

지친줄 모르게 늘어진 근육
너의 숨결에 生氣가
돈다.

山새로만 날겠다.

하늘 저 끝으로
스쳐 오는 바람
발발이 찢긴
내 마음의 들창을
꿰뚫는다.

肝이 둥둥 뜬다.

한 없이 목놓아
울고 싶어라.
엉엉 울고만
싶어라.

登山人口*

『현대문학』, 1975.4

登山家族이 날로 늘어난다.
登山人口가 날로 붇는다.
표준水位를 범람하는
홍수처럼.

지금 어디메쯤
올랐는지 내 모르겠다.

시계는 뚝 멈추었다.

가슴으로 밀고 올라야 하는
가파른 코스
심장이 북을 친다.

기폭이 펄럭거리는
푸른 하늘 끝
새처럼 한번
머리를 들고
기지개를 켜야겠다.

---

* 시집 『거 누가 날 찾아』

독버섯이 구름 피듯
피는 이 기슭
숨구멍이 뚫려야 한다.

안개가 바다처럼
자욱한, 허리춤까지
빠지는 이 코스

땀방울을 핥으며
자일 하나만은
손에 꼭 쥐었다.

(왜 이렇게 登山人口가
부쩍 늘까.)

울분이 폭발하는 순간
「야아호!」

연습*

『현대문학』, 1975.4

밤껍질을 벗기지 않고
먹어야 한다.
밤비늘을 칠 것도 없이
먹어야 한다.
밤송이째 꿀꺽 삼켜야 한다.

오늘을 살며
내일을 걷는 단계.
연습해야 할 과정.

맨발로 철조망을
걷어차야 한다.
알몸으로 탱크를
무찔러야 한다.

목숨을 짓밟히지
않기 위하여
자유를 빼앗기지
않기 위하여!

---

* 시집 『거 누가 날 찾아』

뛰어넘어야 할 단계가 아니냐.
돌파해야 할 과정이 아니냐.

목숨은 시퍼렇게 부르짖는다.
파란 목숨은 부르르 떤다.

울고만 싶다*

『현대문학』, 1975.4

눈이 이렇게 퍼부실 양이면
한 길 넘도록 쏟아져봐라.
펑펑 쏟아져봐라.

鶴과 같이 밤하늘을
울고 싶다.
훨훨 날으며
울고 싶다.

빙빙 밤하늘을
돌며
너울너울 춤추며
소리쳐 울고만 싶다.

---

* 시집 『거 누가 날 찾아』

지나가며

『현대문학』, 1975.4

고요가 깃든 이 밤
모락모락 향이 탄다

한 줄기 향솔이
몇천년 흐르는 듯

누구의 소원이 서려
촛불빛 저리도 맑나.

몇만리 오솔길이
베개맡에 떠오른다

텅빈 생각이
안개 일듯 이는구나

아직도 허술한 구멍이
벌집같이 뚫렸는가.

어제는 도토리묵
오늘은 날무김치

내일은 물마시고

모레는 모래나 먹고

조약돌 쥐고 다니며
깨물기나 연습할까.

卍海는…?*

『韓國의 思想家』, 1975.9

만해(卍海)는 중이냐?
중이 아니다.
만해는 시인이냐?
시인도 아니다.
만해는 한국 사람이다.
뚜렷한 배달 민족이다.
독립 지사다.
항일(抗日) 투사다.

강철 같은 의지로,
불덩이 같은 정열로,
대쪽 같은 절조로,
고고한 자세로,
서릿발 같은 기상으로 최후
일각까지 몸뚱이로 부딪쳤다.
마지막 숨 거둘 때까지 굳세게 결투했다.
꿋꿋하게 걸어갈 때 성역(聖域)을 밟기도 했다.

벅찬 숨을 터뜨릴 때 문학의 향훈을 뿜기도 했다.
보리수의 그늘에서 바라보면

* 시집 『거 누가 날 찾아』

중으로도 선사(禪師)로도 보였다.
예술의 산허리에서 돌아보면
시인으로도 나타나고 소설가로도 등장했다.
만해는 어디까지나 끝까지 독립지사였다.
항일 투사였다.
만해의 진면목(眞面目)은 생사를 뛰어넘은 사람이다.
뜨거운 배달의 얼이다.

만해는 중이다. 그러나 중이 되려고 중이 된 건 아니다.
항일 투쟁하기 위해서다.
만해는 시인이다.
하지만 시인이 부러워 시인이 된 건 아니다.
남을 뜨겁게 절규했기 때문이다.

만해는 웅변가다.
그저 말을 뽐낸 건 아니고,
심장에서 끓어오르는 것을 피로 배알았을 뿐이다.
어쩌면 그럴까? 그렇게 될까?
한 점 뜨거운 생각이 있기 때문이다.
도사렸기 때문이다.

참새 새끼*

『현대문학』, 1977.7

참새 새끼가
날아드네.
(가슴이 부프네.)

아직 햇볕에
바래지 않아
햇털이 뽀얗네.
(순결스럽네.)

저놈이
무슨 죄 있으랴
입부리도 아주
이쁜 놈.
(벌렌들 쪼을줄 아랴.)

왜 폴폴 다
날아가나…

하늘만 텅
비었네.
(마음이 허전하네.)

---

* 시집 『거 누가 날 찾아』

코스모스 1*

『현대문학』, 1977.7

열 손가락을 새까맣게 꾹
누르던 주민등록증보다
진홍색
연분홍의 해맑은 영혼이
허허론 내 가슴을 한점 꾹 찍는다.

산허리를 소슬히 감돌아
언덕박길을 헤매는
향수 짙은
갈바람,

뚫어지도록 밝은 달밤을
속삭인다.
청초한 모습과
더불어.

노을빛보다 황홀하게
아침햇살에 영롱한
이슬을 머금은
맑은 눈매,

---

* 원제는 「코스모스」임.
시집 『거 누가 날 찾아』

향기롭보다도 오히려
시원스럽다.
가을하늘도 나지막이
내려앉는다.

한 점 맑은 영혼.

거 누가, 날 찾아*

『현대문학』, 1980.12

천지가 팽팽하게 찢어
지도록, 한강 모래같이
총총 들이박힌 별빛이
진주알보다 오히려
찬란하게
눈부시건만,

이 아닌 밤중에 거 누가?
날 찾아!

종로 네거리가 미어지도록
홍수처럼 밀고 밀려닥친
인파의 꼬리가 꼬리를 물고
저녁 밀물처럼
되돌아치는
별건 대낮이건만,

이 아닌 밤중에 날 찾는?
그 누구!

---

* 시집 『거 누가 날 찾아』

비로봉이 깎아지른 듯
뒤론 은산 철벽이 발을
붙일세라, 호들갑을 떨고
설악청봉이 동해를 엎
누르듯 곁으론
만학 천봉이 겹겹이 둘러
싸인 첩첩 산골
한마리 새는 치솟아
창공을 높이 소리치건만,

이 아닌 밤중에 거
누가!? 날
찾아?!

습기와 불쾌지수가 쪄
누르던 한여름도 이젠
활짝 개고, 한가위 무렵의
맑은 공기와 시원스런 기운이
겨드랑 밑을 스치는 백로
철이건만,

금싸라기로 쏟아지는 뜨거운
햇살을 너무 벅차 주체할
수 없건만,

푸짐한 햇곡 햇과일이 산뜻!
입맛을 무척

돋구건만,

눈 번히 뜬 이 아닌
밤중에 거 누가?
날 찾아! 나를
찾아?

마음의 날개*

『현대문학』, 1983.4

오늘도 하늘은
드높다.

하늘은 오늘도
푸르기만 하다.

고요히
저녁노을이
이글이글
탈 듯
느긋한 봄날씨.

외치고 싶은
심정이여!

끝없이 달리고만
싶어라.

날아가는
마음의 날개를

---

* 시집 『거 누가 날 찾아』

눈은 미처
따라가질 못
한다.

나는 발만
구르고
섰다.

江南 春三月*

『현대문학』, 1983.4

강남 춘삼월은
나른하여라.
봄철도 길어라.

가도가도
천리길

모락모락 아지랭이
피어오르는 들산.

강남 춘삼월은
눈에 익어라.
귀에 익어라.

소쩍새
울음소리
애끓는 듯
피를 토하는 듯.

진달래

---

* 시집 『거 누가 날 찾아』

새빨간 빛깔
이글이글 타는 듯
입술을 깨무는 듯.

강남 춘삼월은
아늑하여라.
포근하여라.

양지발에
병아리랑
솔솝질하던
그리움.

어머니의
품안같아라.
오늘 더욱
그리워라.

눈물 겹도록
그리워라.

韓龍雲碑*

『현대문학』, 1983.4

韓龍雲碑가
왜 이렇게
파고다공원에
섰을까.
세웠을까.

만일
비문을 읽고서야 비로소
알 수 있는 인물이라면
구태여 읽지 않아도 좋을 게다.
그건 아예
인물이랄 수 없기에 말이다.

韓龍雲은 이미
섰다. 스스로
살아 있다.

「최후 일각까지!
최후 일인까지!」

* 시집 『거 누가 날 찾아』

우리 겨레의
시뻘건 심장에
도사리고
있다.

우리의 맥박과
함께 뛰고
있다.

韓龍雲은 지금,

이 순간 우리
가슴에
불을 지르고
있다.

南大門 문턱*

南大門 문턱을
베고, 실컷 한숨
잤나부다.

〈남대문
문턱이
무어야?〉

그럴게다.
선잠을
깨고, 보면
그럴거야!

---

* 시집 『거 누가 날 찾아』

오늘의 삶*

하루하루를 파닥거리며
살다보면, 눈이 따가운 매연에
빛을 자꾸 잃어가는 가로수의
이파리, 이파리.

끈질긴 삶을 살아야 하는
숨막힌 거리를 달리노라면
헤벌어진 남방서츠의 차림새
팔랑거린다, 바람결에.

걷다가 우뚝 백화점 앞의
경대에, 무심코 비칠라치면
자화상 아닌 풋매미 껍질이
어른거린다, 언뜻언뜻.

우습지도 않은 삶이여.
동떨어져가는 진실이여.

---

* 시집 『거 누가 날 찾아』

저렇게 살고 싶다*

구름처럼
살고 싶다.

저렇게
펄펄 날면서
둥둥 떠 돌면서.

햇살마냥
살고 싶다.

저렇게
밝으면서
따스하면서.

물과같이
살고 싶다.

저렇게
맑으면서
흐르면서.

---

* 시집 『거 누가 날 찾아』

바람마냥
살고 싶다.

저렇게
시원스러이
신비스러이.

그림자*

가다가
우뚝 서면
따라서 같이
우뚝 선다.

한자국 한자국을
피아노 치듯
하는구나

오늘은 몇 박자…
꽃송이?
이슬방울?

해가 지고
달은 떠도
한결같이
따르는구나

폭풍우가 퍼부어도
천동 번개가 쳐도.

---

* 시집 『거 누가 날 찾아』

내가
너의 그림자냐?
네가
나의 그림자냐?

歲月이 꽃가루로*

歲月이 꽃가루로
쏟아진 자국,
오늘은
하얀 모래로 깔렸다.

살고 남은
자취가, 이렇게
모래 한알이 된다면야.

실없이 이마를
스치는 바다 바람이
또 무엇을 몰고
올 것인가.

* 시집 『거 누가 날 찾아』

立春 뒷날*

눈이 녹는다
산골에
길바닥에
강기슭에.

한 겨울
얼어붙은 간장이
설설 녹는다.

板子집 처마 끝에도
눈이 녹는다.

파란 물빛이
누긋한 볕발에
남실 거린다.

어린애
팽이채 끝에도
연꼬리 끝에도
푸른 기운이 감돈다.

---

* 시집 『거 누가 날 찾아』

산을 보렴.
가람을 보렴.
고개를 들어 멀리
하늘을
쳐다 보려므나.

높고,
푸르고,
맑은 하늘은
화사한 빛이
퍼지지 않느냐.

春分의 가리마*

春分이 엊그제
지나갔다.
이마를 스치며
머리에 가리마를
타고, 지나갔다.

눈동이로 후드러질
배꽃보다도
개나리가 한창
휘너울어지련다.

아침 참새 소리
처마 끝에, 맑게
진주알로 구을고.

담장 구멍에 노란
생쥐 새끼
볼금거린다.

내 눈이 맑아라.

---

* 시집 『거 누가 날 찾아』

내 귀가 밝아라.

春分의 가리마가
물결 쳐 보인다.
춘분의 가리마가
이야기로 들린다.

내 심장이 뛴다.
온 몸둥이가 화끈한다.

너의 훅훅거린 가쁜
숨결이
내 가슴을 친다.
나의 가슴에 따스하게
서리는구나.

모락모락 아지랭이
피듯
너의 숨결이
내 가슴에 피어
오른다.

나의 고동 치는 심장을,
너의 뜨거운 숨결이
이글거린다.
내 가슴을 조인다.

춘분의 가리마여.
햇봄의 가리마여.

푸르름의 계절*

싹이 틀 때면 싹이 트고
잎이 필 때면 잎이 피고.

뿌리는 깊숙이 내린채 힘차게
파고 뻗고
가지는 너울거릴대로 싱그럽게
너울거린다.

그윽히 풍기는 오월의
향기로움.

오오, 너의 뜨거운 숨결이 나의
가슴을 후끈 파고 드는구나
숨가쁜 이 순간의 아름다운
푸르름이여!

---

* 시집 『거 누가 날 찾아』

계곡의 어느 하루*

골안 가득!
매아미 소리 물결 치는
이 맑은 계곡을

나 말고 누가 먼저
다녀갔을까 어떻게
지나갔을까.

그러나 나는 지금
한창 물소리를
밟으며 매아미 소리에
떠 있다.

스무살 남짓 그대의
그 시절의 모습
왜 이렇게
거칠었을까.

세월은 왜 쓰라리게
자국만 남기며

---

* 시집 『거 누가 날 찾아』

가파르기만 할까.

매아미 소린 오늘도 그대론데.
시냇물 소리도 그저 그대론데.

산뜻한 가을*

겨드랑 밑을 스치는
바람결에
시원스레이 내가
날아간다.
산뜻한 초가을 맞이여.

하지만
발길은 그대로
빌딩 숲을
누비며 오늘도
성큼성큼
걷고 있다.

가로수의 이파리와
이파리들이
여름 한낮의 싱그런
密語를 차츰
잃어 가는듯
서로의 성그러움이

* 시집『거 누가 날 찾아』

어쩐지
눈 밖에 난다.
차라리, 내
눈길을 돌리고만
싶다.

가을 저녁*

산 기슭을 스쳐
옷 자락을 스쳐

한 가닥 맑은 바람이
살갖을 어루만진다.

가슴으로 내 느낀다.
가슴으로 내 점친다.

들볶인 머리
끓던 가슴,

이제 허파가 뚫린다.
이제 숨통이 터진다.

휑 뚫린 가슴을
안고 섰다. 여기
언더박길.

---

* 시집『거 누가 날 찾아』

포근한 순간*

어젯밤 무수한 발자국들이
아직도 꿈틀거리는, 바람기
한점없는 이 거리를 지금
눈이 소복소복
내리고 있다.
포근하기만 하여라.

쩔쩔 끓는 곰탕으로도
풀지 못할 창자가
시원한 동치미로도
탁 틔우지 못할 가슴이
이제 비로소
후련해진다.
느긋하여라.

한껏 부풀어
포근한 눈발을
타고 날아가는
새 한마리, 내
마음이여!

---

* 시집 『거 누가 날 찾아』

소복소복 내리는
눈을 보금자리로
어느 가지에
깃들 것인가.
둥지를 틀겠는가.

너의 가슴마냥
포근한 이
순간을 ……

강남터미널에서*

하마 벌써 떠났다.
아직 아니 도착했다.

가슴이 뭉클하다.
정신이 핑돈다.

모습은 보이지 않은
채, 눈망울만
또렷하다.

누긋한 입춘날씨
눈이 쌓여 포근한 오늘

꿈서린 대관령 길!
아련히 떠나는가.

불현듯 그리움이
날개 돋쳐 따라
간다.

---

* 시집『거 누가 날 찾아』

눈 내리는 대관령*

함박눈이 펑펑
쏟아지는 대관령이
좋아라. 나는,

巴人의
「국경의 밤」을
읽던 시절처럼
그렇게 좋아라.

눈발 사이로
아으라이 바라다
보이는
저 하늘.

산봉오리와
바다끝과 맞물고
뽀옇게 열린
하늘 나라.
흰꽃의 나라.

---

* 시집 『거 누가 날 찾아』

짝 잃은 산비둘기마냥
날아 갔는가…

그리워라.
함박눈
꽃이 피는
대관령이!

울고 싶도록
그리워라.

季節風*

季節風은
불어야 한다.

제철이 되고
불때가 되면
불어야 한다.

산과 들은
춤을 추고
오곡백과는
토실토실해야 한다.

季節風은
불어야 한다.

제철이 되고
불때가 되면
불어야 한다.

시내와 바다는

---

* 시집 『거 누가 날 찾아』

넘실거리고
피라미, 고래는
헤엄쳐야 한다.

季節風은
불어야지
불어야 한다.

4, 5월이면
훈훈한 바람결에
꾀꼬리도 노래하고
뻐꾸기도 울어야 한다.

季節風은
불어야지
불어야 한다.

동지, 섣달이면
몰아치는 눈보라에
여우도 울고
호랑이도 으르릉대야 한다.

시냇소리*

발 벗고 法華經을
숲 사이서 읽노라니
다람쥐 나뭇가지로
가지를 날은다.

七十이 턱을 미는
뛰어날 틈 없는 주제
문득, 시냇소리에
귀를 씻다.

* 시집 『거 누가 날 찾아』

맑은 소리*

오늘 아침 비로소
맑은 소리를 듣겠다.

서울 아침
나이론 빨랫줄에서

저렇게 맑은 가락이
들려 올 줄이야

강원도 어느 마을에서 듣던
그 신선한 제비의 아침을.

어린애 해죽해죽 웃는
꿈 언저리의 꽃빛에

무지개로 영롱하게
퍼지는 곡조, 곡조

맑은 기운을 타고
아가의 꿈노래를
노래한다.

---

* 시집 『거 누가 날 찾아』

나팔꽃*

가슴이 뭉클하다.
말문이 안 열린다.

어릴 때 이쁜 모습
새롭게 아름다워

오늘도 진주알 머금고
아침 햇살에 웃는
얼굴.

약수터 오르는 산길
한 송이 나팔꽃

어제도 오늘 아침도
미소짓는 나팔꽃.

---

* 시집『거 누가 날 찾아』

水落山*

산딸기를
따네. 하나 둘
따 보네.
(왜 이렇게 딸까?)

어린애의
잠자리 잡는
손처럼 조심스레
아직 손발이 닿지 않은
싱그런 숲을
헤치며.

어렸을 때의
머나 먼 날들이 손끝에
엿처럼 휘감겨 되돌아오네.
지나간 얼굴들이
떠오르네. 눈 앞에 또렷 또렷
산딸기처럼.

(시내 어디에서든지)

---

* 시집 『거 누가 날 찾아』

멀잖은
水落山 골짜기만 해도
이렇듯 까마귀가 아직
따 먹지 않은
빠알간 산딸기가

햇살을 이고
노래하고 있네.

호젓한 산골이
뻐꾸기와 소리하며
같이 우네.

뻐꾸기 소리에
산마루 해가 빙그레
기우네.

노을이 황홀하게
일고
뜨네.

綠陰이 출렁거리면*

푹푹 찌는 종로 네
거리라도
가로수 녹음만 우거지며는
시원스런 메아리 소린 못들어도,
숨을 돌리겠네.
숨이 내어 수이네.

먼지가 폴쏙 일고
눈시울 따가운
골치의 거리건만,

초여름 녹음만 한가닥
출렁거리면
가슴이 후련하네.
제비도 날아들고…

머리 아픈건 아예
생각지 말까?
그래도 쉬어가며 생각
할까?

---

* 시집 『거 누가 날 찾아』

은행나무 아래서*

노랗게 익은 꿈이
유자처럼 향기롭게
가을 하늘가에
조랑조랑 열었다.
애그니스호에 너야
이토록 영글었구나.

은행잎이 날아간다.
가을이 날아간다.

가느다랗게 눈
시울이 따라만 간다.
어디론지 끝
없이 물결치며.

어지러운 한가닥
심사는 어쩐지
은빛으로 흰구름
사이를 일렁인다.

---

* 시집 『거 누가 날 찾아』

코스모스 2*

아카시아꽃 한창
흩날릴 때
나비랑 속삭이며
가꾼 코스모스.

오늘은
저녁 노을에
고요히 웃네.

고운 눈매
청초한
선녀의 모습.

노랑나비의 꿈이
맑은 이슬에 아롱져
서렸네. 어렸네.

코스모스의
연분홍!
진분홍!

---

* 시집 『거 누가 날 찾아』

제비 한 쌍*

흐렸다…
갯다…
장마철.

빗발 사이를 용하게도
갸웃거리며
제비 한쌍이 날아
간다.

엊그제만 해도
먹이를 어미한테
받아 먹더니…

아침 저녁 어미가
먹이를 쪼아
먹여 주더니만…

이젠
어미제비만 두마리
나란히 앉은 집은 어쩐지

---

* 시집 『거 누가 날 찾아』

호젓다.

삼월 삼짇날 다시
만날까?
강남 가는 길에
서로 조잘거릴까?

雉岳山어귀*

산새 소리도 머졌네.
단풍잎도 거의 졌네.

시내 맑은 소리만
골안 가득하이.

내 가슴의 언저리를
산새 그림자는 호젓이 우네.
스산한 마음의 창공을 휘돌아
한잎 두잎 단풍은 날아가네.

가을 한철이 단풍잎에
얹혀 날아가네.
노을져 날아가네.

맑게 흐르는 시냇물 소리
왜 이렇게
고막이 시릴까.
심장이 터지도록 시릴까.

---

* 시집 『거 누가 날 찾아』

驪州들을 지나며*

九十月 참새떼도 다
날아갔네. 오늘은
한마리 그림자도
없네.

여주라 경깃미
이천의 쌀도
씨 바뀜 다 되고.

오늘은 빈들만
남았네.
찬바람만 도네.

빈들만 그득
동짓달 하늘의
꼭대기까지
찼네.

삼양눈이 풀풀
나리네.
옷깃이 나부끼네.

---

* 시집 『거 누가 날 찾아』

눈발 날리는 들판*

義林池 물 천두락을
堤川邑을 펼쳐 있는
저 천두락을,

신라 천년이
다스렸으리.

그때도
이맘때면
들새 한마리 이렇게
날았을까.

오늘은 내가 왔다
바라보며, 허수아비로
지나가네.

구름같은 걸음걸이
동짓달 텅 빈
들판을 새랑
노래하며.

---

* 시집『거 누가 날 찾아』

어허 풍년이야!
금년같은 풍년

눈발 날리는
천두락 또
천두락을
바라보며 빈손으로
내가 지금
지나가네.

물은 흘러도*

어쩌면 이렇게 아름다운
꽃봉오리!
해당화 한 송이가
조으는듯
웃는구나.

사나운 비바람이 들이 칠세라.
짓궂게 꺾이일세라.

물은 흘러도 돌은
굴지 아니하고
천동 번개에도 산은 우뚝
솟았느니.

경포대 달 밝은 밤을
물새는 우는가?

그리워
그리워라
하늘 끝 닿게

---

* 시집 『거 누가 날 찾아』

불 붙어라. 내사 몰라!

물새요
물새와 같이
하얗게
날으려무나.

山불*

山불은 탄다.
내설악 단풍처럼
한창 이글 이글
타 오른다.

山불은 붙는다.
지리산 철죽피듯
시뻘겋게
무르익는다.

바람이 칠수록
날개 돛인듯
山불은, 하늘 끝까지
치솟는다.

활활 탄다.
山불은
이글 이글 붙는다.

내 가슴에

---

* 시집 『거 누가 날 찾아』

불이 났다.
불이 붙는다.
내 가슴이 지글 지글
탄다.

자욱한 연막
그 무슨 태초의
언저리 인듯

대지는 탄다.
대지는 흔들린다.

하늘만 덩그렇게
떴다.

東海가에서*

제 아무리 線 그어도 東海는 할 수
  없지
썰물 밀물이 때때로 들고 난다
물새도 물결을 따라 제멋대로
  날으고.

어쩌다 運命이 고놈의 線에 걸렸담
핏줄은 하나다! 핏빛도 하나뿐!
숨통이 같은 이겨레 東海같이 푸르다.

해돋이 바라볼 때 心臟이 뛰는구나
못다한 熱願이 太陽보다 뜨겁구나
우리는 우리 힘으로 바다같이 줄을
  끊자.

* 시집 『거 누가 날 찾아』

아카시아 향기*

진달래를
못 본채 봄이 지났다.

개나리 피자
하필이면 비가 들이치더니.

연한 라일락 싱그러움에
어린이 백일장이
흥성거렸다.

오늘은 아카시아
꽃 향기가 사뭇 짙다.

풍경 소리 아련한
꿈길을
아카시아 꽃
향기가 너무 짙다.

---

* 시집 『거 누가 날 찾아』

그대의 꿈*

어느덧
간밤 봄바람을
타고
능수버들 실가지가
휘휘
휘늘어졌다.

개나리는 왜
노랗게 필까.

목련은 왜
하얗게 필까.

그대의 꿈을 나는 송구
모른채 오늘도
즐겁게 읊는다.

나는 그저 아름다운
그대의 꿈을
머언 하늘 아래

---

* 시집『거 누가 날 찾아』

기린다.

봄날도 반나절
느리기만 하다.

그의 눈망울*

시원스럽기만한
눈망울은, 어쩌면 얼굴에
자리한 건
아니고

맑은 호수에 찢어지게 비친
샛별만 같소.

눈언저리엔 언젠가
눈물이 고인 건
아니고
밝은 예지가 퐁퐁
샘솟듯 하요.

모래알을 주물러
송편을 빚고
박달나무라도 거뜬
고무랜드로 만지작
거릴 거예요.

---

* 시집『거 누가 날 찾아』

눈의 매력
생명의 번쩍임!
끝없이 파아란
하늘을 물결칠
거예요.

獻花*

부끄럽습니다.
할 말이 없습니다.

우리는 한껏
한다고 해도
어수선하게만
살아 왔습니다.
죄만 싫습니다.

시퍼런 생명을 깨끗이
바치고 가신
불덩이보다도 뜨거운
충성이 펄펄 뛰는

거룩하신 넋 앞에
무릎을 꿇고
머리를 조아릴
뿐이옵니다.

꽃 한 송이

---

* 시집 『거 누가 날 찾아』

바치오며
향 한 꼬치
사르오며

엄숙한 이 시간에
살을 꼬집으며
입술을 깨물며
맹세합니다.

최후의 최후까지
거룩하신 님의 뜻을
높이 받들어,

가슴에 박힌 못보다도
더한 38선을 끊고
정수리를 내리치는 망치보다
더한 휴전선을 걷어 차고

오직 하나 뿐인
태극기를 높이
저 백두산 꼭대기에
힘차게 꽂고
깃발을 널리 세계
만방에 휘날리겠읍니다.

거룩한 제단 앞에
시퍼런 장정이

펄펄 뛰는 청소년이
겹겹이

용감하게
둘러서지 아니하였읍니까.
씩씩하게
늘어서지 아니하였읍니까.
맥박이 펄펄 뛰지 않습니까.
심장이 뒤끓지 않습니까.

불벼락 같은 님이시여!
님이여!

아직 고요히
깊이 잠들때가 아닙니다.
정기가 펄펄 넘치는
두눈을 부릅 뜨시고

우리들의 굳센 맹세를
지켜 보아 주소서.
끝까지 용기 백배
북돋아 주소서.

金剛寶釰喝로 우리는
굳세게 무장하고 섰읍니다.
오직 힘찬 구령만
기다릴 뿐입니다.

섣달 나그네*

나그네
쉬어 간 자리, 흘러간
꿈자리.

한 송이 두어 송이
눈발만
흩날린다.

恨서린 꿈발이여.
타다 남은
그리움이여.

어쩌면 나무
가지마다 지다 만
이파리로, 저렇게
회오리 바람을
울어야 하는가.

차가운 하늘을 맴
맴도는 한마리

* 시집 『거 누가 날 찾아』

하아얀 새여.

소리 없는 휘파람을
불며 끝없이 떠
도는, 오 나의
영혼이여.
뜨거운 숨결에
타오르는 그대의
미소여.

이마를 치는
눈발이여.

버스에서*

지금 내가 앉은 이 자리는
조금 전 누구의 멈춤일까.
따스한 체온이 스미는 듯
나도 모르게 내 가슴이
뿌듯하여라.

지금 내가 섰는 이 자리는
조금 전 누구의 발자국일까.

시원스런 눈망울이
어른어른 내 눈시울을
맑게 비치어라.

기나 긴 나그네의 또 하루가
실려가는 이 순간
버스안은 산백합보다 오히려
향기론 희열이
넘치어라.
문득, 차창을 스치는 가을의
하늘은 드높기만 하구나.

---

* 시집 『거 누가 날 찾아』

포장마차*

피로가 가시는 듯
하루해가, 막걸리
잔에 기운다.

스트레스가 풀리는 듯
찌든 머리가, 웃음엣
소리에 거뜬하다.

천리가 지척인 양
고향처럼
아늑하고,

도원결의 아니라도
정이 다분
흐뭇하다.

홍얼거리는 꽃노래에
잔은 오고 가고
젓가락 잦은 장단에
어깨가 으쓱한다.

---

* 시집『거 누가 날 찾아』

영웅 호걸이
그 무엇고
물거품이 이 아니냐.

재자 가인이
어디 있나
나비꿈만 같구나.

어정쩡한 이
한세상 또
한바퀴 넘는다.

嶺松賦*

낙락 장송도 말고
애송이 타박솔도 말고
그렇다고
대들보감도 말고

그저 노을에 흐뭇이
취해 섰는
영마루 솔,

하늘 끝에 이글거리는
황홀하기만 한 노을

노을빛 사이로
영롱한 그 너머의
파아란 하늘을
바라며 섰는 저
한그루 솔.

세월이 급류처럼 흘러도
갖은 풍상이 뼈마디를 깎아도

* 시집『거 누가 날 찾아』

저렇듯 정정하다손
천년인들 손주놈의
들잡이가 아닐까.

꿈의 氣象圖*

문득
하늘이 내려 앉고
땅이 꺼진다.

천동 번개가 친다.
산악이 무너진다.

시퍼런 5월의 강물이
파르르 멈춘다.

이윽고
이글이글 太陽이 푹
솟는 5월의 새벽
찬란 序曲.

풀잎은 노래하며
춤을 춘다.
비둘기 圓舞를
그리고.

---

* 시집 『거 누가 날 찾아』

높은 蒼空이
강아지 눈망울에
어린다.

파란꿈
맑은 하늘이 굼실
열린다.

東海岸 바라보며*

별안간!
立春이 지났는데도
어젯밤에 45센티의 눈이 대관령에
퍼부었다는 뉴스를 듣고,

강릉 일기예보에 귀를 종구며
더우기 동해 波高가 어떨까?
신경을 아주 쏟고 있다.

눈부시게 동해 물결을 치솟아
아침 햇살이 빙그레 웃듯,

시원스런 눈망울 그리고 뽀연 입
모습이 포근한 눈빛에 너무나
선하기만 하구나.

시퍼런 동해 바다에서 막
따내고 잡은 조개 굴맛이 싱싱키야
하지마는,
찹쌀 전복죽도 그렇게

---

* 시집『거 누가 날 찾아』

일미라 하지마는

종로 뒷골목 쩔쩔 끓는
설렁탕이 어때?
집지고 시원시럽지 않아?

삼각산 떠도는 한쪽
구름이 더욱
그립지도 않아?

바로 눈앞에 펼쳐지는 동해안
백사장의 찰삭거리는
잔잔한 물결! 지금 내
발꿈치가 간지럽다.

겨울 빗소리에 부침

『겨울빗소리』, 1978

歲月은 落葉처럼
싸여 二十年을 넘었건만
人生은 모래알처럼
흘러 四半世紀를
지났건만

스무살 남짓 그때 그
맑은 詩魂은 오히려
벌겋구료.

왜 하필이면 굳이
집을 떠났을까
어쩌면 그렇게도
山기슭을 맴돌았을까.

그렇게 목 마르게
바램 한점 없기에
그렇게 애타게
求함 하나 없기에,

그저 그렇듯
텅 빈 마음

구름을 벗하여

詩想은 스스로
샘솟듯
믿음은 저절로
불꽃 일듯

들며 나며 佛事
오명 가명 詩作.

이제 비로소 九十月
홍시마냥 무르익어
八九月 報恩
대추마냥 토실그려.

莊嚴스런 佛事의 光明은
눈부시게 恍惚하리
情恨어린 藝術의 香薰은
그윽하게 玲瓏하리.

—西紀 1978년 3월 3일

月河詩集

"소리 소리 소리"에 卽興一篇

『시조문학』, 1982 봄

소리? 소리!
무슨 소리?
이 소리가
무슨 소리!

소리! 소리!
무슨 소리!
그 소리가
무슨 소리?

소리에 소리와 소리
모두 시(詩)가
되었구려!

산 소리!
가람(河) 소리!
볼수록
고운 소리!

달(月) 소리!
구름 소리!
들을수록

새론 소리!

소리와 소리에 소리
신비로운
시(詩)로구려!

이런 소리!
그도 말고.
그런 소리!
저도 말고.

철따라 흐르는 소리?
저런 소리!
아예 말고.

오늘은
지믄 달빛과
함께 흐르는
가람소리!

—보내주신 제3시집을 감상하며

1982.3.26.

71세에 鐵雲趙

나그네 길 1*

어디쯤
왔는지
어디쯤
갔는지

내사 모르겠다

오기는 왔다마는
가기는 갔다마는

나는 그저
그 자리.

---

* 시조선집 『나그네 길』에는 「나그네 길」로 수록됨.
시집 『나그네 길』

나그네 길 2*

구름같이 떠
왔다가

물과 같이
흘러가네

바람처럼 날아
왔다가

번개치듯
떠나네.

* 시집『나그네 길』

나그네 길 3*

3 · 4월 훈훈한
햇발에 춤추고

9 · 10월 시원한
바람결에 노래하네

동지섣달 펑펑
쏟아지는 함박눈에
뛰놀고

5 · 6월 쨍쨍
쬐는 햇살에
목욕도 하네.

* 시집 『나그네 길』

나그네 길 4*

낮인가 하면
벌써
밤물결이
이마를 친다

어렴풋이 잠이
들려 하면
어느덧
새벽하늘이
밝아온다.

* 시집 『나그네 길』

나그네 길 5*

산에도 길이 있다
바다에도 길이 있다

산에는 산길
바다에는 바다길

지상에는 육로
공중에는 공로

길은 길
길은 끝이 없다
끝이 없이
길기만 하다

끝없는 나그네
끝없는 생명.

---

* 시집『나그네 길』

나그네 길 6*

보이는 길은
발로 가고

안 보이는 길은
마음으로 간다

마음으로
가는 길은

가슴 속에
서리서리
서리고

마음으로
가는 길은

머리 속에
붕울붕울
부푼다.

---

* 시조선집 『나그네 길』에는 「길」로 수록됨.
시집 『나그네 길』

나그네 길 7*

천둥번개가
치는구나

폭풍우도
몰아친다

앞산은
캄캄하고
뒷산은
무너질 듯

천지가
뒤집힐 듯
딴 세상이
벌어질 듯

해가 지고
해가 뜨는
끝없는 길
나그네 길

* 시집 『나그네 길』

끝없이
가는 길.

나그네 길 8*

해는 져도
나그네는
가야만 한다

시계는 멎었어도
가야만 하는
나그네 길

홍얼거리며
걸어가는
끝없는 길

지팡이로 장단치며
쉬엄쉬엄 가는
나그네 길.

* 시집『나그네 길』

나그네 길 9*

어제 봐도
나그네
오늘 봐도
나그네

밤에 보아도
나그네
낮에도 보아도
나그네

언제부터
나그네인가
밑도 끝도
없는 나그네

한결같은
나그네
기나 긴
나그네.

---

* 시집 『나그네 길』

나그네 길 10*

가는 것도
쉬는 것도
나그네 길

앉은 것도
누운 것도
나그네 길

나그네 길은
끝이 없이
가는 길

1분도 2분도
나그네 길

하루 이틀
10년도
나그네 길

나그네 길은

* 시집 『나그네 길』

끝이 없이
머나먼 길

눈을 떠도
나그네
꿈 고대어
나그네.

나그네 길 11*

울고 가도
나그네
웃고 가도
나그네

노래해도
나그네
춤을 추어도
나그네

모로 가도
나그네
바로 가도
나그네

나그네 길
구름 길
끝도 없는 길
머나먼 길.

---

* 시집 『나그네 길』

나그네 길 12*

능수버들
가지처럼
능청능청
봄바람 타고
가는 길

설악산
단풍처럼
활활타며
산고개 넘는 길.

* 시조선집 『나그네 길』에는 「가는 길」로 수록됨.
시집 『나그네 길』

나그네 길 13*

태양은 쉴새없이
걸어가네

산도 넘고
바다도 건너

달은 떴다 지고
졌다가 다시
뜨네
어제도
오늘도

내일도
모레도

해와 달은
끝없이
웃으며 가리

빙그레 웃으며

---

* 시집 『나그네 길』

가리

웃으며 가는
걸음
그 자국
몇 겁씩
쌓이는가……

나그네 길 14*

해도 달도
걸어간다

앞서거니
뒷서거니
걸어가고
걸어간다

걸음걸음
자국마다
한이 서려
쌓이는가

정이 부퍼
오르는가.

* 시집 『나그네 길』

나그네 길 15*

나그네 길은
외로운 길
홀로 왔다가
홀로 가는 길

앞으로 보아도
그림자 하나
뒤로 보아도
그림자 하나

가다가
가다가 보면
산 그림자도
안 보이는 길

해지고
노을도 지고
쓸쓸한 길
나그네 길.

---

* 시집 『나그네 길』

나그네 길 16*

어디서
어디로 가는가
나도 모르는
나그네 길

모르면서
가는 길
가고 있는
나그네 길

누가 언제
갔던가
간 사람이
누구인가

그 길로
누가 왔던가
온 사람이
누구던가

---

* 시집 『나그네 길』

서로 왔다
서로 가도
서로서로
모르는 길

서로 몰라
보는 길.

나그네 길 17*

호젓한 산골을
산새가 울며 가네

호젓한 산골을
산새가 울며
또 한 마리
날아가네

호젓한 산골에
이름모를
꽃이 피었네

피고 있네
송이송이
꽃이 피고 있네

나그네 길
아름다운 길
나그네 길
쓸쓸한 길.

---

* 시집 『나그네 길』

나그네 길 18*

아련한 길
꿈결 같은 길

꿈속을 헤매듯
아련도 하다

눈 뜨고 가는 길
아련한 길
꿈길 같은
나그네 길.

---

* 시집『나그네 길』

나그네 길 19*

개나리가 휘늘어진
노란꽃 길이
눈에 익다
개나리 피는
길이 흐뭇도 하구나

언제인가 내가
지나갔던가
다시 내가 돌아온
길목인가

개나리꽃 노오란
꽃 그늘에서
낡은 구두코를
문지르고 있다

손톱으로 일없이
구두코를
문지르고 앉았다.

---

* 시집『나그네 길』

나그네 길 20*

화사한 봄볕에
물도 맑아라

산골을 흐르는
시냇물은 맑기도
하구나

솔잎을 따서
띄워도 본다

한 이파리
두 이파리
흘려도 본다

피라미같이 꼬리치며
내 마음도 흘러간다
어디든지 ……

* 시집 『나그네 길』

나그네 길 21*

가도가도 나그네 길
끝없는 길

양말짝을 주물러서
소나무 가지에
걸쳐도 놓는다

웃옷을
헹궈서
바위끝에 척척
걸쳐놓기도 하고

시계도 고달픈지
쉬는가보다
해는 거의 기우는데
아직도 시계는
정오를 가리키고만
있구나……

---

* 시집『나그네 길』

나그네 길 22*

별빛도 유난히
반짝이는
밤길

은하의 찬란한 길을
칠월 칠석 걷는 듯
몸이 붕 떠오른다

별아기를 하나 둘
데리고 꿈 같은
이야기를 속삭인 상싶다

소곤소곤 귓전이
가려우이

황홀한 길
나그네 길.

---

* 시집 『나그네 길』

나그네 길 23*

경포대 같은 길을
돌아
영랑호 같은 노을을
데리고 노닌다

하루의 해가 지는가봐
노을은 너무도 현란하여라

떠날 줄 모르는
나그네 길

가도가도
갈수록 홍겨운
길

미칠듯 뛰고 싶은
나그네 길.

---

* 시집 『나그네 길』

나그네 길 24*

지팡이
자빠진 대로
떠가는 길
나그네 길

바람 부는 대로
정처없이
떠가는 길
나그네 길

별하나 꽁꽁
별 둘 꽁꽁
노래도 흥겨운
나그네 길

세월아
네월아
가는대로
가자꾸나.

* 시집 『나그네 길』

나그네 길 25*

바람 같은
나그네
자취도 없이
가는
나그네

달빛 같은
나그네
빙그레 웃으며
가는
나그네

가랑잎 같은
호올로 가는
나그네.

---

* 시집 『나그네 길』

나그네 길 26*

앞으로 봐도
빈손
뒤로 보아도
빈손

옆으로 보아도
알몸
모로 보아도
알몸

매미같이
호르르
날아가네

잠자리같이
서르르
날아가네.

* 시집 『나그네 길』

나그네 길 27*

가다가 솔잎도
따 먹고
가지

이슬도 한 방울
받아 먹고
가지

가다가 노을도
마시며
가지

아침이면
공기도
들이켜며
가지

선 채로
깜박
졸고도

* 시집 『나그네 길』

가지

가면서
콧노래도
하면서
가지.

나그네 길 28*

천둥번개가
친다

금시라도 천둥번개가
발부리에 떨어질 것만
같다

폭풍우가 들이친다

별안간 암흑
세계가
파도처럼
밀려든다

산이 무너질 듯
바다가 뒤집힐 듯

앞으로 봐도
낭떠러지
뒤로 돌아보아도

---

* 시집 『나그네 길』

천인 절벽

나그네의
지팡이만
나랑 함께
우뚝 섰다
서로 속삭인다.

나그네 길 29*

진달래가
피었네

여기도 피고
저기도 피었네

진달래
피네

진달래가
앞에도 피고
뒤에도 피네

화사한
햇발에

진달래
꽃그늘을
사뿐사뿐
날아가네

---

* 시집 『나그네 길』

어제도
오늘도
날아가네

꿈에도
끝없이
날아가네.

나그네 길 30*

거미가
집을 짓네
집을 짓다가
쉬는가보네

간들간들
외줄을 타다가

나뭇가지 끝
이파리 그늘에
나붓이
엎드렸네

거미가
그물을 뜨네
한 코 한 코
그물을 뜨네

쉴새없이
그물을 뜨네

---

* 시집 『나그네 길』

해가 짧아서
못 다 뜨는가봐.

나그네 길 31*

구름만 떠도는
산마루 길

해와 달도
쉬어갔나

다람쥐만
까부리네

해진 옷을
걸쳐두고

나뭇가지에
걸어두고

솔바람 스치는
바위를

기대고 앉아
조으네.

---

* 시조선집 『나그네 길』에는 「쉬어가는 길」로 수록됨.
시집 『나그네 길』

나그네 길 32*

무엇을
가지고
가나

빈손으로
가는 걸음이
홀가분하다

이렇게
가다가
이렇게
돌아오고

이렇게
돌아왔다가
또 이렇게
떠나는 걸음.

* 시집 『나그네 길』

나그네 길 33*

지하철 타고
가는 시간

어디메쯤
갔는가
가고 있는가

천당도 이렇게
가는가
지옥도 이렇게
가는 건가

노을을 타고
가고 싶다
가고만 싶어

해와 달
데리고
이바구도 하며
가고싶다

---

* 시집 『나그네 길』

칠월 칠석
까막까치랑
노래도 하며
가고만 싶다.

나그네 길 34*

오늘이 며칠인지
날짜도 모르겠다

지금이 몇 시인지
시간도 모르겠다

해가 지면
어떠하고
달이 뜨면
어떠한가

지건 말건
끝이 없이
가는 길

뜨건 말건
시름없이
가는 길

얼마나

* 시집 『나그네 길』

남았는지
얼마나
지났는지

가도가도
끝이 없이
내가 가는
나그네 길

갈지자 걸음으로
흥얼거리며
가는 길.

나그네 길 35*

앞으로 봐도
그림자 하나
뒤로 보아도
그림자 하나

걸음걸음이
거뜬하다

가다가
우뚝서면
마주치는
그림자 하나

소리없는
대화가
마음이 오히려
풍더분하다

소리없는
웃음이

* 시집 『나그네 길』

가슴이 더욱
흐뭇도 하다.

나그네 길 36*

세월이 스쳐간
자취 여기 있다

비바람이
들이쳐도

바다바람결에
아직껏 남아 있구나

바닷가에 비스듬히
누운 바위, 우뚝 선
바위

물새가 졸다
날아갔나

동해 용녀가
춤추다 갔나 ……

내가 언제

* 시집 『나그네 길』

이 바위를
지나갔는지

아련히 어느
꿈결에
본 듯도 하구나

세월이 스쳐간
자취, 다시 오늘
본 듯도 하이.

나그네 길 37*

가다가
도토리묵도
한덩이
들고 싶다

춘천 막국수도
군침이
도는구나

시원한
동치미가
그럴싸도 하고

에라 이놈
다람쥐야
너도 한덩이
하고 싶니?

신나게 꼬리치며
재롱도 부리느니?

---

* 시집『나그네 길』

멍하니 보고
섰노라니
늦은 봄 한철이
저무는 듯.

나그네 길 38*

별 하나
따 먹고
앵두 한 알
따 먹고

계수나무
그늘에서
은하수 한 오큼
쥐어 마시고

바람을
타고
구름같이
둥둥 떠간다

노을을
긴 호흡하고
기지개 한번
활짝 켜고

* 시집 『나그네 길』

달빛을
노래하며
학과 같이
훨훨 날아
간다.

나그네 길 39*

북치고
장구치고
신바람나는
잦은 농악

덩실덩실
한바탕
춤도 추다
내가 간다

막걸리
카랑카랑
꿀맛보다
달가웁다

얼씨구 절씨구
세월가는 줄
나도 모르고
내가 간다.

---

* 시집 『나그네 길』

나그네 길 40*

몇 살 먹었는지
나도 몰라
언제 낳았는지
더구나 몰라

어디로 가는지
그 누가 알아
끝이 어디인지
더더구나 몰라

끝없는 끝
끝까지
내가 가는길

끝없는 길
나그네 길
내가 가는 길.

---

* 시조선집 『나그네길』에는 「끝없는 길」로 수록됨.
시집 『나그네 길』

나그네 길 41*

승용차도
쓸데없어
고속버스도
필요없어

새마을호
비행기도

나에게는
쓸모없어

가볍게
바람을
타고
속삭이며
가고 싶어

구름과 하냥
도란도란
속삭이며
날고 싶어.

* 시집 『나그네 길』

나그네 길 42*

에헤야
데헤야

뱃노래
하며 갈까

만경창파는
뱃노래 하고나
가지마는

용궁 설법은
8부신장이
모시고나
가지마는

나그네의
걸음걸이는
노래도 하락
춤도 추락

---

* 시집 『나그네 길』

거드렁거리며
멋지게 가지

흥겨웁게
활개치며
훨훨 날아가지.

나그네 길 43*

비단결 호수를
봄바람같이
스쳐간다

달 밝은
호수를
그림자처럼
날아간다

갈수록 볼수록
새로와라
아름다워라.

---

* 시조선집 『나그네길』에는 「새로운 길」로 수록됨.
시집 『나그네 길』

나그네 길 44*

물새를 따라
나도 날아보네
날아가네

물새 한 마리
호젓이 날기에
나도 그렇게
따라가보네

어느새
구름을 타고
날아가버리네
물새는

구름을 헤치고
나도 따라가다가
새파란 하늘만
바라보고 섰네.

---

* 시조선집『나그네길』에는「물새가 가는 길」로 수록됨.
시집『나그네 길』

나그네 길 45*

이 길을 누가 갔나
아니, 누가 갈 것인가
나 말고 갈 사람이
그 누가 또 있나

이 길은 홀로 갔다
홀로 돌아오는가
아니, 둘이 갔다
둘이 돌아오는가

노래가락 주고받고
흥청거리며
하냥 걷는 길인가

앞서거니
뒷서거니
서로 왔다 서로 돌아가는가
너도 가고 나도 가고
모두 돌아오는가

---

* 시집 『나그네 길』

이렇게
오가는 길
이것! 공도(公道)아닌가

너나없이
오고가는
둘 아닌 공도란다
나그네 길이란다.

나그네 길 46*

바람기도 잠풍한
겨울날씨

별발도 따스한
산골
흰눈은 쌓여
백옥세계

시간가는 줄도
모르고 쉬엄쉬엄
쉬어 가네

가다가 우두커니
지팡이 짚고
산너머 흰구름
바라도 보네
떠도는 구름이
한가로와라

나도 구름처럼
떠도는가봐.

---

* 시집 『나그네 길』

나그네 길 47*

갈수록 신비스런
세계
나그네 발길이
새롭기만 하다

숨결도 훈훈하고
체온도 따스하다

정다웁게
다가서는
산 모습도
그윽하다

한가롭게
노래하는
새 이름도
모르겠네

흐뭇하이
느긋하네

---

* 시집 『나그네 길』

사르르
졸음이
감도네
눈이 감기네.

나그네 길 48*

맞아줄 이
없는 곳을
내가 찾아
가는가봐

찾아가려는 것도
아니라
그렇게
가는 걸세

가고 싶어
가는 것도
보고 싶어
가는 것도

그런 것도
아니지만
그렇게 가는 것이
나그네의 길이네

---

* 시집 『나그네 길』

무심히
스치는 것이
유수 같은
나그네 길

얼마를 왔는지
얼마쯤 갈 것인지

그저 가는 길이
떠도는
나그네 길.

나그네 길 49*

까마득한 길이지마는
마치 경인선을
달리는 것만 같다

구름 밖에
멀리 뜬 길이지마는
눈앞에 바로
뚫린 것만 같다

눈앞에 가로
터진 것만 같다

멀고도 가까운
길, 내가
가는 길

가도 돌아오는 것 같은 길
되돌아와도
가는 것 같은 길
나의 길 나그네 길.

---

* 시집 『나그네 길』

나그네 길 50*

9981 그리고도
하나이지만

하루도 산 것같이
살았다는 것이
없다

지지고 볶고
쥐어짜고 뒤틀리고
눈물이야
콧물이야
돌아볼 것 하나 없다

해진
구두창에서

먼지나 그렇게
떨어지지
않을까.

---

* 시집『나그네 길』

나그네 길 51*

노을같이
갈까부다
천둥번개치듯
갈까부다

산과 같이
갈까부다
다물고 갈 거나

바다같이
노호하며
굼실굼실 갈 거나

이러구 저러구
제멋대로
가야지
활개치며 가야지

소리없이
갈까부다

---

* 시집 『나그네 길』

내가 가리
가고 싶다.

냄새있이
갈까부다
내가 가리
가고지고 ……

나그네 길 52*

하룻밤
하룻날을

차로
배로
가기도 하고

사흘 닷새
열흘을
산골따라
가다가다

서릿발 뿌연
나무가지
아래서 쉬기도 하지

햇살이 퍼질 무렵
산꿩도
제가 울고 ……

---

* 시집 『나그네 길』

나그네 길 53*

잔잔히 하늘가로
흘러가는
맑은 여운

어느 신비로운
세계의 신호일까

아스라이 하늘가로
퍼져가는
내 혼의 숨결이여

명주실 같은
종소리의 여운에
시계초침도 멎었다

나그네의
발길도
길머리를 잊었구나.

* 시집 『나그네 길』

나그네 길 54*

달빛에
바람을 베고
잠이나 한숨
잘까

바람을
노래하며
달과 춤이나
출까

가는 줄도 모르게
몇 겁이나 흘렀나
사는 줄도 모르게
몇 겁이나 떠돌았나

나그네의 길이여!
나그네의 발길이여!

---

* 시조선집 『나그네길』에는 「발길」로 수록됨.
시집 『나그네 길』

나그네 길 55*

하기 싫어도
할말이 많다!
하고 싶어도
할말이 없다!

말로 되는 것도
없고
말로 안 되는 것도
없다.

* 시집 『나그네 길』

나그네 길 56*

무엇을
그렇게
바라보시나요

아직도
못다한 그리움 있어
나그네 길목을
지키시나요

길동무마냥
서 있는
돌부처시여.

* 시집『나그네 길』

나그네 길 57*

올 때도
혼자 왔기에
갈 때도
혼자 가는가

함께 갈 이
없기에
오늘도 혼자
가는가.

* 시조선집 『나그네길』에는 「외길」로 수록됨.
시집 『나그네 길』

나그네 길 58*

발부리만
내려다보고
쪼짝거리는 건
아니다

멀리
산을
바라다 보며
훨훨 가는 것이다.

---

* 시집 『나그네 길』

나그네 길 59*

빈 껍데기로
날아가다가

어디서인가
나는 텅
부딪친다

텅빈 껍데기!
오늘의
나인가

내일일까……

어제도
그랬을까?

여보,
지금 내가
무얼한담?

---

* 시집 『나그네 길』

나그네 길 60*

날씨가 하루도
고를 때가
없다

태고라
천황씨 이전에도
그러했던가

지황씨 이후에도
그러했던가

오늘도
먹구름장만
쪄 누른다

포근한 날씨
느긋한 바람결

구구구 비둘기
한쌍, 언제나 날을까.

---

* 시집 『나그네 길』

나그네 길 61*

매아미
소리 따라
나는
날아간다

소리가 그리워
따라가지만
매아미 소리를
나는 못한다

나무가지에
이파리에서

매아미 소리에
나는 조은다.

* 시집 『나그네 길』

나그네 길 62*

북치고 장구치며
날아간다

덩실덩실
춤추며
노래하며
구름같이
떠간다

휘파람
가늘게 불며
바람을 타고
날아간다.

* 시집 『나그네 길』

나그네 길 63*

낙동강
칠백리
굽이굽이
감돌아

갈대잎 하나
가볍게
발을 부쳐

구름을 노래
하며, 흘러가느니
달그림자도
스스로 밝아라.

---

* 시조선집 『나그네길』에는 「구름 가는 길」로 수록됨.
시집 『나그네 길』

나그네 길 64*

달빛은
발 아래
부서지고

바람은
머리맡에
노래하며

끝없이
떠가는
나그네 길

가도가도
끝이 없는
나그네 길.

* 시집 『나그네 길』

나그네 길 65*

천녀의
고운 가락을
은하수가에서
듣기도 하고

천녀의
아리따운 춤
계수나무
그늘에서
보기도 하고 ……

황홀한 순간!
몇 겁을 지냈는지 ……

* 시집 『나그네 길』

나그네 길 66*

어깨를 누른 것 같다
귓속말을 하는 것 같다

돌아보니 청의 동자!
다시 보니 청의 동자!

하늘의 세계는
몇 겁이나 된 것 같다
어느덧 몇 겁이나
지난 것만 같다.

※ 청의(青衣) : 하늘나라의 어린애 입성(옷)

* 시집『나그네 길』

나그네 길 67*

은하수에
발꿈치 씻고

계수나무
그늘에 반만
기대고 앉아

지팡이를 저만치
던져두고

염주를
만지막
거리는데

실구름은
날아가며
힐끗힐끗
눈짓하네.

* 시집 『나그네 길』

나그네 길 68*

사슴이
우는구나

늦가을 바람에
간지러워

신모롱이
돌아가며
우는구나

사슴이
우는구나
그리워그리워
늦가을 바람에

뿔을 흔들며
우는구나.

* 시집『나그네 길』

나그네 길 69*

하냥 가는 길동무
앉으면 같이 앉고
내가 서면
같이 선다

내가 가면은
같이 가다가
내가 누우면
따라 눕는다

내가 흥얼거리면
소리없이 흥얼거리고
내가 웃으면
소리없이 웃는다

그 놈이 진짜인가?
내가 진짜인가?

---

* 시집 『나그네 길』

나그네 길 70*

원두막에
걸터앉아
농악 한마당
잘 보았다

흥겨운 가락이
천년도
잠깐인 듯

어느덧
반나절이
뒷산에
걸쳤구나.

* 시집 『나그네 길』

나그네 길 71*

새가
간밤에는
같은 가지에서
자다가

날이 새면
제각기 날아
가듯

인생도
그러한 것
그러한 것인데

무엇?
눈물을
흘리는가?
슬퍼하는가?

*原詩
昨夜同枝宿

---

* 시집 『나그네 길』

明朝各自飛
人生亦如是
何須淚沾衣

나그네 길 72*

부처님은 이르셨다
능엄경에 이르셨다

여기에서
하룻밤!
저기에서
하룻밤!

나그네
같은 것이
인생이라고

인생은
나그네라! 고.

* 시집 『나그네 길』

나그네 길 73*

가다가
되돌아오는 것
나그네 길 아닌가

가다, 가다
가다가 보니
전에 보던
길이로고

새 길이
없는가 했더니
옆길도
따로 없군!

오고 가고
가고 다시
오는 것이
나그네 길이로고

물레방아

---

* 시집 『나그네 길』

도는 것이
나그네 길이던가?

개미
쳇바퀴
도는 것이
바로 윤회
아닐까?

나그네 길 74*

길은 한 길뿐
두 길이
어디 있나

나그네
오던 길이
나그네
가는 길인가?

외길로
왔다가
외길로
가는 것이

나그네!
나그네라네.

* 시집 『나그네 길』

나그네 길 75*

여보게!
저것 좀 보아
저것이
무엇인가?

자네가
자네도
몰라?

허수아비
아닌가?

어허!
자네는
누구?
자네는
무엇?

---

* 시집 『나그네 길』

나그네 길 76*

나그네
호젓한 길목
지팡이
벗삼아
짚고 서서
나란히 서서

이바구 주고받고
빙그레 웃기도 하고
더덕더덕
길을 가다
졸기도 한다

세월은
눈썹을
밟고, 슬쩍
지나도 간다.

---

* 시집『나그네 길』

나그네 길 77*

감고 보면
모두 주인
뜨고 보면
나그네 천지

장이야!
멍이야!
이겨도 한잔
져도 한잔

나그네
세상은
풍더분
하기도 하다.

* 시집 『나그네 길』

나그네 길 78*

밤에도 가는 길
낮에도 가는 길
쉴새없이 가는 길이
나그네 길이라네

오라는 데
없어도 가는 길
기다리는 이
없어도 가는 길

훨훨 활개치며
가는 길이
나그네 길이라네

* 시집 『나그네 길』

나그네 길 79*

달마 회상으로
가는 길은 어떠하고
九품연대로
가는 길은 어떠하고
영산회상으로
가는 길은 어떠한가

학같이 날다가
구름 위에서
춤도 추고

물새같이 울다가
바위 끝에서
졸고도 싶다

내가 부르고
싶은 노래여
노래여.

* 시집『나그네 길』

나그네 길 80*

천길을
뛴들
될 수 있고

만길을
뛴들
될 수 있나

무공저
한 곡조에
활개치며
떠가는 걸음

거칠 것이
무엇이냐

구름 한 점
날은 것 같다.

---

* 시집『나그네 길』

나그네 길 81*

끝이 없는
나그네 길!

가도가도
끝이 없다

앞으로
보아도
아스라하고

뒤로 보아도
아스라하다

바다
한복판에
개구리헤엄
친 것 같다.

* 시집 『나그네 길』

나그네 길 82*

손으로
만져보면
무엇인가
잡힐 것 같다

고개를
돌려보면
무엇인가
보일 것 같다

종착역이
발 아래인 듯
섬찍 내려
설 것 같다

종착역이
어디메냐?
내려설 곳이
어디 있나!

---

* 시집 『나그네 길』

끝이 없는
나그네 길!
내가 부르고
싶은 노래!

내가 훨훨
가고 싶은
끝이 없는
나그네 길!

나그네 길 83*

산달마
푼다리카!

손에 잡힐 듯
눈에 보일 듯

만다라!
만수사화!
눈송이 같은
동산을, 기쁘게
내가 거닌다

푼다리카
스드라!

산달마
푼다리카!

* 시집 『나그네 길』

江邊三章*

為堂님을 그리며

◇

모래알 같은시름 여기에나 묻어볼가
뼈 속 저린恨을 여기에나 풀어볼가
흐르고 감도는 물이 행여씻어 갈거나

◇

아쉽고 그리움을 긔 어디 부치오리
물에 띄우잔들 흘러 갈가 애닯구요
구름에 그리자하니 흔적 몰라 서럽구나

◇

이 몸이 끓고 끓어 불덩이 되었는지
이 마음 차거워서 얼음장이 되었는지
눈물도 노래도 없이 江바람에 섰느니

1953 가을

---

* 육필원고

못 갚으리*

뻐를 깎아 붓을 매고
가죽을랑 종이 뜨고

방울 방울 피를 짜어
스르르 스르륵 먹을 갈아

법화경 千万부 써도
님의 은혜 못 갚으리.

무릎이 닳도록
반석 위에 꿇어 앉아

즈믄해 다 가도록
향사룹고 예배해도

가 없는 거룩한 은혜
털 끝만도 못 갚으리.

멀카락을 나는 쪽쪽
두고 두고 다 뽑아서

---

* 육필원고

금생에 못다하면
내생까지 다 뽑아서

고은 입성 지어 올려도
은혜을랑 못 갚으리.

이 몸을 부숴 부숴
산산 가루 다시 부숴

티끌 같이 많은 세계
연꽃 처럼 이룩하여

千万겁 이어 받들어도
님의 은혜 못 갚으리.

1967.10.21. 서울에서

念珠를 돌리며*

念珠 한 알 돌릴 적에
三呵僧祗 지내간다.

다시 한 알 돌릴 적에
十方世界 돌아간다.

마음도 한 알이 되어
서로 같이 돌아간다.

1968.6.1

---

* 육필원고

울음꽃 술잔에 띄워*

고운님 가람님을
곱게 곱게 보내소서.

보내다 슬픔에 겨워
울음도 터지오리.

터지는 울음꽃에
술잔 띄워 보내소서.

1968.11.30. 밤

* 육필원고

찾는 길*

왜바람 36년
새새끼 숨 쉬다 뿐이

해방맞이 회오리바람
날라갈 뻔 내 하였다.

질기디 질긴 목숨이
또 오늘을 사는구나.

경 읽다 시를 쓰다
시 읊다 염불하네

염불도 가지 각색
관음정근 밤도 이쓱

손 끝에 백팔 염주라
저 대로 돌아가고.

철 모른 한 평생이
철이 나자 늙는구나

---

* 육필원고

늙으면 애 된닥
무는 철이 나겠는가.

어린애 같은 마음이
그리워 찾노라네

69.4.28

백묵가루에*

비바람 30년이
백묵 가루에 날아갔다

잔주름 이는 파도
속속들이 누가 알리

목메인 귀촉도 소리
오늘 더욱 탄겨웁다.

〈69.4.30. 友石校庭에서〉

* 육필원고

새깃발*

우리는
불타의 자유를 우리가 누리고
누리게 하자

우리는
불법의 평등을 우리가 깨닫고
깨닫게 하자

우리는
불자의 평화를 우리가 이루고
이루게 하자

우리는
관음의 자비를 우리가 베풀고
베풀게 하자

* 육필원고

길목에 서서*

음지도
양지도 없는
땅 한조각
있다면,

뿌리없는 나무
한 그루 손씻고
정성껏, 내
심으리.

외쳐도
부르짖어도
메아리 없는
골짜기가
그립다.

쳐다 보아도
치쳐다
보아도
못다 보는 창공이

---

* 육필원고

부럽다.

드높은
창공이
죽도록
부럽기만 하구나.

밤의 정밀(精謐)*

하늘과
땅이 이토록
고요로운

새벽 두 시!
왜 잠이 깨일까.

은하수 흐르는
잔잔한 소리
귓밥이
가지럽네.

계수나무 그늘에
깡충대는
옥토끼 한쌍
눈귀가
시원하네.

견우 직녀의
속삭임 방울 방울

---

* 육필원고

이슬로
내리네.

꽃 봉오리가
피네.
가슴의 뜨락에
한 송이
꽃이 피네.

〈서기 一九七六. 면목에서〉

달맞이꽃*

햇볕 쨍쨍
대낮에 피어도
은하수가 그리워
월견초라네.

헤어진 뒷동산
홀로 피어도
하도 그리워
달맞이 꽃이라네.

중추가절에
행여 만날까
가알픈 심정이
달맞이 꽃이라네.

꿈엔들 잊으랴
불타는 심정
밤마다 만나고
월견초라네.

서기 一九七六. 八. 三. 면목동에서

* 육필원고

6·25는 우리 가슴의 산 역사*

6.25는 전설이 아니다.
한낱 전설로 들리는 오늘의
6.25가 아니다.

거, 누가 32년이라 하겠는가.
바로 오늘 이시간 우리의 가슴에
산역사다. 살아 있는 역사다.

바로 엊그제 같이 우리의 머리맡에
마구 퍼붓던 총탄이 선해로 쓸어지던
6.25가 아니었던가.

한강철교가 폭파되던
그 밤중이 바로우리 발등에
떨어지던 6.25의 불벼락이 아니었던가.

밟고 밟히고 쫓고 쫓기고
죽이고 죽음을 당하며 부들부들
남하, 남하하던 길이 바로 눈에 선한
6.25가 아니었던가.

---

* 육필원고

낙동강이 선지피로 어려붙고
울산 · 포항이 젊음의 죽음으로
바다를 메우던 그 순간이 바로
우리가 이를 악물고 떨던
참혹한 6.25가 아니었던가.

기억은 별보다도 오히려 총총하다.
송곳니가 갈수록 으드득 갈린다.

이제 6.25는 한갓 동난으로만
받아드릴건 아니고, 오늘은
정신의 장벽을 무너 뜨릴 굿센 이지를
우리는 다져야한다.
평화통일의 화살을 우리모두 힘껏
겨누워야한다. 다 함께!

碧爐*

관음보살(광부)

나는 鑛夫다
鑛脈을 찾는다

그대들의 詩心을
파 헤치련다.

나는 불을 지른다
불장난꾼

그대들의 가슴에
심지를 붙인다.

詩는 사랑
사랑은 불꽃

불타는 應心을
시의 멜로다

---

* 육필원고

봄 꿩도 그리워
꿜꿜 운다.

만가(挽歌)*

가을바람에 잎만 지랴
흰 수염이 흩날린다
창 밖에 찬비 소리
가는 걸음 재촉는가
한 개비 꽂은 향이
아직 반도 안 탔는데

둘러봐도 볼 것 없고
훑어봐도 볼 것 없다.
어허, 한평생이
뜬구름 한 점일까
그저 그 한마디 소리
"죽었구나" 할 뿐이네.

자취 없이 왔다가
소리 없이 가야지요
소리 없이 살다가
자취 없이 가야지요
이 세상 사람들 치고
보고 들을 뉘 있겠소.

---

* 육필원고

이리 가도 교통신호
저리 가도 횡단보도
아니면 꼬부랑 산길
또 아니면 망망대해
오늘은 훨훨 활개치며
마음놓고 가시는가.

무등산곡(曲)*

1. 무등산 어구
꾀꼬리 우는 소리 저 소리 좀 들어보아
어쩌면 저렇게 멋지게도 우는 것가
녹음이 우거진 바다 몸도 둥둥 떠가는 듯

2. 증심사
천년 고찰이 재발이 된단 말이
상전벽해를 이를 두고 이름인가
애닯다 부유(蜉蝣)인생이 꿈이런듯 하구나

3. 입석대
이리 볼제 돌일러니, 저리 볼제 옥이로군
옥인양 알았더니 다시 보니 선인(仙人)일네
층층층 고인 선돌이 조화무궁 하구나

4. 서석대
서석대 좋을시고 노을 떠 좋을시고
노을 뜬 저 하늘에 금세 선녀 내릴 듯이
구름도 신비롭게 황홀경을 자아낸다

---

* 육필원고

5. 광석대(규봉암)

두리두리 광석대야 누구누구 쉬어가든
선풍(仙風)에 노는 풍경 저 소리 오묘함이
홍진(紅塵)에 들볶인 몸이 비로소 날아갈 듯

아버지 묘표명(墓表銘)*

오셨다
가신 자취
달 그림자 강 건너 듯

앉았다
서신 자리
구름 갠 산봉우리

아버지
아버지 숨소리
솔바람에 들리는 듯

◇

무인 7월 초엿샛 날
왕주서 낳시옵고

가시나니 순천 쌍암
때는 병술 10월 초여드랫 날

---

* 육필원고

육신으로 10년
영혼으로 10년
타향살이 20년을

오늘사
뫼셔옵나니
산수 좋은 이 명당에

◇

70평생 가꾸신 것
세 그루 자란 나무

가지마다 너울너울
벙글벙글 꽃봉오리

풍기는 향기 향기에
벌 나비가 떼를 짓네

첫 눈 내리는 밤*

어젯밤을 포근히
잘 잤습니다.

공주엘 내려 선지
며칠이길래
비로소 하룻밤을
잘 잤습니다.

서성거리던 나그네의
뒤숭숭한 꿈이
당신의 따스한
품안에서

모처럼 한세상
감미롭게 잘
살았습니다.

나도 자고
나무도 자고
멧새도 자고

---

* 육필원고

바람도 자고
산골 시냇물도
잘 잤습니다.

미움도
고움도
티 한 점 없는
하룻밤을
당신과 잘
잤습니다.

속삭이는
당신의
품에 안겨

어수선한 세상이
하룻밤 푹
잘 잤습니다

하늘도
땅도
고운
숨결로.

—공주 마곡사에서

산새 (2)*

1

대대로 우는 산새
그래도 못다 울어

오늘도
가을 바람에
한 겨워 또 우는가

목 놓아
울어
울어서
이 한세월 보내자는가.

2

그리워 울다 못해
한으로 복받치느냐

사무쳐
우는 울음

---

* 육필원고

눈물인들 나겠다고

봄
가을
여름철 없이
이 강산을 울어 예나.

3
너도 울고
산도 울고
구름마저 우는구나

시냇물도
너랑 같이
목메어 울부짖고

수풀도
풀잎 끝에도
방울
방울 맺힌 눈물.

다방 풍경*

1

제2공화국이
하늘까지
오르락 내리락

민주주의가
입술에
꽃이 피고 꽃이 지고

맞장구치는 바람에
지구라도 휘돌릴 듯

2

세계 평화가 담배 연기에
달무리같이 퍼지고 사라지고

벼락감투가
떨어지기도 전에
썼다 벗었다

---

* 육필원고

모두들 제 풍에 겨운
허기찬 꼴판이어.

3

남북통일을
꼰(고누) 두 듯 잡아치고
달세계를 방금
다녀온 듯 왁자하다

입으론 못 할 것 없는
이 거리의 영웅들.

여수 오동도에서*

바다는 망망
하늘은 창창

내 가슴 언제 저렇게
후련한 적
있던가

시달리다 못한 내 마음의 동산
푸근하다. 바다도
하늘도 오늘은 마냥
푸짐하기만 하다. 굶어도
천석지기 부러우랴.
일망무제 —
가이없이 ……, 가이없이 ……

바다는 망망
하늘은 창창

우짖으며 날아가는
물새 한 마리

---

* 육필원고

어디론가, 파아란 내 시선
아스라이 데리고 간다.

내 마음의 창공을
울며, 물새는 한없이
오늘도 날고
있다.

일망무제 저 수평선
어디서 어디까지인지
나는 흔적이 없다.

그건 더욱 몰라*

얼굴 아는 사람이
아는 거 아녀.
얼굴 아는 사람이
반가운 거 아녀.
얼굴 아는 사람이
미더운 거 아녀.

얼굴 아는 사람이
무서워요.
얼굴 아는 사람이
소름끼쳐요.
얼굴 아는 사람이
질색이어요.

왜 그러냐? 고요.
나는 몰라!
왜 모르냐? 고요.
그건 더욱 몰라!

---

* 육필원고

북망산천*

만나면 이승이오
못 만나면 저승일래.
눈 뜨면 이승이오
눈 감으면 저승일래.

북망산천 그 어디멘가
코 밑이 거기로다

---

* 육필원고

남이섬*

물에서 이는 바람
산에서 치는 바람

남이섬이 떠 있다
물빛에
바람결에

고요가 흐르는 청산
뻐꾸기만 울고 멎고

* 육필원고

설악산 접어들며*

산을 접어드니 생기가 솟는구나
굽이굽이 흐르는 물 골골마다 폭포로고
망연히 서 있는 몸이 몇 만겁을 흐르는 듯

신선이 따로 있나 지팡이도 움직인다
발뿌리 가뜬가뜬 구름처럼 날듯 하이
산바람 그 무슨 말 귀에 대고 속삭이네

누구를 따라 갈까 따라 갈 뉘 하나 없다
앞뒤로 둘러봐도 봉우리만 우뚝 하이
이렇게 내가 왔다가 또 이렇게 갈 것인가

---

* 육필원고

꿈꾸는 가로수*

초겨울 하늘에
이파리는 어느새
질대로 졌건만

가로수는 의젓이
떠난 여름을 그리며
섰다

한때 풍성하기만
하던 제 철을
가로수는 다시

그 푸짐한 시절의
풍요로운 즐거움을
빈 하늘에 땅그늘 위에
설계하며 섰다

가로수는 이제
꿈 아닌 꿈을 돌아오는
봄의 따스한 품안에

---

* 육필원고

깊숙히 묻고
섰다

수주(樹州)님 영전에*

1

왜 그렇게 가십니까
오라는 데가 어디시오

별 같이 쳐다보던
우리일랑 어이하고

님인들 차마 가시리까
잊고 차마 못 가오리

2

강낭콩보다 푸른
남강은 흘러예고

진달래보다 붉은
님의 넋이 울 적마다

귀먹고 눈먼 이 강산
몇번이고 흐느꼈소

---

* 육필원고

3

우수 경칩이 다 풀리고
춘분이 내일 모래

제비도 날아들고
두견이도 울겠는데

서리어 못다 푼 한을
봄바람에나 날리는가

4

시를 보고 아오리까
수필 읽고 아오리까

아니면 잔 받들고
회해(詼諧) 들어 아오리까

오늘은 그림자 없는 걸음
어느 뉘가 따르리까

—수주는 시 「논개」를 쓴 변영로 시인의 호.

광릉 나들이*

섶으로 울을 하고 낡은 갈대 지붕하고
산골 맑은 물을 거울 삼아 앉은 초막
솔바람 이는 향기가 낙엽에 풍겨 든다

산 좋고 물 좋은데 여기에도 이별 있다
목메어 흐르는 물 애꿎이도 몸부림 친다
타는 잎 붙은 불꽃이 사랑물결 치건만

산새는 왜 저리 우나 간밤에도 울었을까
긴 세월 울던 울음 그래도 못다 울어
오늘도 잎 지는 산골 또 하루를 우는가

솔잎 먹고 살겠는가 물 마시고 살겠는가
차라리 봄이드면 칡뿌리나 씹으련만
한가을 맛이라 해야 헛염불만 같구나

---

* 육필원고

담배를 끊으며*

정든 파이프에게

가만히 계시이다 그대로 잠깐 계시이다
가다가 다시 한번 되만날 때 있으리다
그동안 그리운 정을 두고두고 풀리라

나를 물끄러미 쳐다보는 그대 심정
낸들 모르리까 그렇지만 어쩌겠소
한 팔을 끊기운 듯이 내 마음도 쓰라리오

인생은 떠도는 것 구름 같이 떠도는 것
떠도는 구름 속에 비가 어이 없다겠소
물같이 이르는 마음 다시 그대 찾으리

동짓달 긴 한밤을 너와 같이 새웠었다
춘삼월 긴긴 해도 네가 나를 달래었고
백리길 걸음마다엔 둘도 없는 애인이여

시름이 복받쳐도 너와 같이 시름하고
웃음이 터질 때도 너와 같이 웃었구나
너와 나 입맞출 때 새 천지가 펼쳐졌지

---

* 육필원고

다 두고 가는 세상 네가 나를 따르겠나
다 잊고 가는 길을 난들 너를 어이하리
잊어라 서로가 잊자 다한 인연 어쩌리

백팔공덕가*

극락이 어디메냐 사바가 여기로다
아미타불 따로있나 내가바로 아니런가
밤마다 고요히앉아 내가나를 부르네

바나니 비나이다 관음보살께 비나이다
우리겨레 복되시고 우리조국 부강하여
온세계 모든인류에 평화공양 하자스라

조왕이 무엇이냐 이제보니 웃읍구나
산신은 말도마소 알고보니 실없구나
더구나 칠성을믿어 명과복을 빌것가

삼계는 화택이요 인생은 고해란말
듣고보니 거룩하다 머리절로 수겨진다
어느날 한시반신들 마음편안 하던가

백겁천생 지은죄를 어디가서 씻으리까
팔만사천 무량공덕 뉘라서 쌓아주리
오로지 내정성으로 내가닦아 가리다

---

* 육필원고

어버이 날낳시어 기르신공덕 장할시고
법사님 날가르쳐 옳을길로 인도하니
이몸이 닳고닳도록 길이은혜 갚사오리

어머니 어진마음 어린애 달래시듯
관음 보살님 우리를 사랑하사
물인듯 불인듯하여 자비손길 펴시다

백천 만겁에 사람되기 어려워라
사람 가운데도 슬기롭기 어려워라
슬기론 그가운데서도 법문듣기 어려워라

호로같은 우리인생 어찌백년 기약할가
백년을 산다해도 한바탕 꿈이로다
꿈같은 우리인생이 속절없이 살것가

백년두고 모은재산 하루아침 티끌이요
사흘간 닦은공덕 천추의 보배로다
우리는 자비선심에 염불정진 하오리

처자 권속이 삼대같이 늘어서고
금은 보배가 장에가득 할지라도
숨한번 지는마당엔 혼만동동 떠가리

날마다 홍진속을 부질없이 헤매었다
내할일 내못하고 내갈길 내못갔네
애닯다 헤매는 것이 우리인생 아닐까

도솔천 내원궁에 거룩하신 호명보살
우리중생 제도하려 백아상을 타시옵고
정반왕 마야궁중에 서기광명 놓으시다

눔비니 동산에 봄이들고 꽃이피고
무우수 가지마다 향기가 그윽할제
거룩한 우리부처님 성스럽게 낳시었네

하늘을 가르키며 또한땅을 가르키며
사방을 두루보사 칠보를 거니시다
한마디 외치신소리 내가제일 높다더라

사라 쌍수에 열반의 꽃이피다
삼천대천 세계에 삼매방광 하시었네
부쳐님 팔사두사리로 중생복을 지으시고

가능 선음도 바로부쳐 아니고요
삼십이상 팔십종호 그도부쳐 아니고요
그대로 장육금신이 부쳐인줄 알라네

앞못본 소경에게 앞길물어 점을치고
푸닥거리 무당앞에 명복을 빌어서야
너무나 가엾지않소 관음보살 믿읍시다

믿는다 믿는다하니 덮어놓고 믿을것가
믿을줄 바로알고 믿어야 옳을것이
관세음 관세음보살 믿고살아 갑시다

하늘땅 생기기전에 한그루 나무있어
꽃이피네 꽃이피네 희도붉도 아니하네
갈바람 봄바람없이 마음꽃이 피고피네

귀의불 양족존 부처님을 믿읍시다
귀의법 이욕존 지성으로 법문듣고
귀의승 거룩한법사 믿고따라 갑시다

그지없는 무량중생 내가먼저 제도하고
갤새없는 무진번뇌 내스스로 끊어가며
거룩한 부처님도를 맹세코 이룩하자

화정국사 아십니까 원효성사 말입니다
법랑이 동해에넘쳐 이강산이 빛났도다
오늘의 새로운길을 미리열어 주셨네

양양 낙산사 의상조사 관음기도
관음 보살이 아미타불 모시듯이
관세음 관음보살을 그와같이 받들고져.

세세 생생에 원력이 지중하여
이겨레 이강토에 부처님법 펴시고져
몸바쳐 법공양하신 이차돈의 성자로다

국토가 물끓듯 도탄에 빠진백성
구하고 건지려고 법장짚고 일어서신
대자비 서산대사의 그모습이 거룩하다

혼천 동지하는 사명당 기상이어
청천 벽력같이 왜적을 무찔을제
추풍에 낙엽이지듯 혼비백산 하여라

오대산 적멸궁은 우리나라 복지로다
오만 문수보살 상주설법 하시나니
푸른산 맑은물소리 듣고보고 싶어라

홍류동 구비구비 시내따라 오르며는
팔만 장경각이 구름밖에 솟아있고
이나라 국란을막고 겨레길이 편안코져

물금역 뒤로두고 양산언양 접어들자
무풍교 솔바람에 취한듯이 돌아드니
영축산 서린영기에 불타사리 모셨네

서라벌 서라벌에 에밀레 종이울고
아침 햇빛에 미소하며 일어설듯
십일년 관세음보살이 동해억겁 굽어보다

구름이 흐르는듯 아니물이 떨어지는듯
돌바람 설법이야 달이따라 춤을춘다
금강산 만이천봉이 영산회상 아닌가

백일 관음기도 가피입은 경운노스님
금자 법화경에 팔십화엄 다쓰시고
환선정 설법도량에 백련꽃이 솟았네

내장사 학명선사 반농반선 그도좋고
운문암 환응스님 조석정진 장할시고
희유한 오색사리는 만암종정 자취로다

정삼품 솔을보고 속리법주 들어서니
석상스님 염불소리 환희심이 절로난다
구름에 물과새소리 이아니 선경인가

추풍령 넘어서서 황벽산 접어드니
눈쌓인 겨울밤에 등불도 희미한데
학같은 제산스님이 차먹고 쉬라더라

금정산 만세루 대들보가 으근으근
금강경 설하시는 혜월스님 놀랐어라
더구나 이마에육계 글성글성 구성지고

팔공산 거조암을 아는이 누구시오
보조 국사가 정혜결사 하셨으니
삼천리 우리조국에 조계종풍 새로워라

동해안 끼고돌다 건봉사 보고지고
옛날 만일회의 육신등공 아녔던가
아무리 말세라해도 신앙있고 보리라

그립다 그리워요 묘향산이 그리워요
서산 대사의 표충사도 거룩하고
단군님 신화전설이 날로새로 빛나라

구월산 패엽사는 가을철이 더욱좋다
불붙은 단풍잎이 저녁놀에 날리는데
삼년을 법화경읽던 환월대사 눈이활짝

계룡갑사 좋다마는 마곡다시 물어보소
눈푸른 만공선사 서릿발같은 종지법문
가슴이 시원하여라 눈이번쩍 띄여라

팔만 대장경이 혀끝에 놀아나고
사사 무애도리 입바람에 물결친다
진응당 종통설통에 지리산도 우줄우줄

바다보다 깊은것이 한영스님 학이런가
얼음보다 차거움이 한영스님 행이런가
사십년 장안풍진에 수선보다 말쑥하다

무서워라 장하여라 한용운님 위대하다
불법도 대종사요 삼십삼인 선봉대장
매서운 굳은지조야 매화보다 향기롭다

삼보사찰에 송광사가 드높았다
십육 국사가 벽을지고 으르른
감료탑 설법전앞에 금명스님 강하시고

쌍계 나드리 네가아냐 도화유수
홍청그려 오르노라면 석문이 멋지고야
삼존불 사보살상에 환희심이 절로난다

장춘동 십이곡을 흥겨워 돌아들면
사시장청 동백꽃이 또한일러 경이로시
목메어 우는두견이 해남한듬에 구슬프다

금구 금산사 미륵전에 예배하고
미삼차 구수하다 보석사 찾아들제
임진때 승병대장의 영규뇌묵 우러러라

정양사 흘성루에 짐을풀고 몸을쉬고
유점사 오십삼불 차례차례 친견하고
구름과 물소리따라 마하연이 잠간이라

남한산성 가는길을 따로찾지 마르세요
물건너 봉은사가 유명하지 않습니까
옛역사 다그만두고 팔백팔인건진 청호선사

교종판사 봉선사도 한갖옛날 꿈이러니
월초 스님이 터닦고 종을울려
사부중 거느리시고 법자법손 길러라

장능에 겨운한을 용주불전에 사뢰옵고
다시돌아 화홍문을 찾아드니 꿈결인데
목탁석 새벽하늘에 대련스님 정근이어

장선갈래 수마뇌탑 구름밖에 솟았구나
물을떠 공양하고 솔잎따 공양하고
떠가는 구름데리고 법담도 하고지고

삼방약수 휘휘돌아 석왕사 접어들면
산수도 좋거니와 범종소리 그윽하이
내원암 산취나물을 어이그냥 두고갈가

금수 강산이 병풍처럼 둘렀는데
영명사 모종소리 구름밖에 떨어진다
이명월 이청풍데리고 편양스님 놀고갔네

고운사 보고지고 김룡사 살고지고
영천 은해사 하룻밤 쉬고지고
부석사 무량수전에 의상조사 뵙고지고

우리조국 이강토에 법화종풍 울리신이
대각국사 거룩하다 장경도 이룩하다
오늘에 영자라도뵈오려면 선암사를 찾으리

삼장법사 용성스님 정문정안 밝으셨다
삼십삼인 한분으로 깨치심 크게있어
털털털 다털어버리고 대각교도 세우셨다

유점사 동선스님 홀로깊이 깨치시어
동국경원 세우시고 법화경을 강하시니
사바에 영산회상이 우담발화 같더라

진묵대사 거둥보소 대도를 깨치시고
곡차라 하신말씀 구수하고 향기롭다
누구나 다알고보면 다그렇게 평탄하리

인도에 유마거사 지나에는 방거사라
우리나라 부설거사 그아니 장하신가
입에는 연꽃이피고 몸에향기 돌더라

천하에 높으신이 부쳐님밖에 또있는가
천상을 두고봐도 부쳐님이 제일이요
무량겁 시방세계에 광명이 넘치어라

불법이 무엇이뇨 아는것이 부질없다
아는 그것보다 원력이 제일이요
원력도 원력이러니 실천함이 불법이다

보현보살 십대행원 그것이 화엄이요
관음보살 삼십이응신 그대로 법화경을
제발로 제걸어가기 불법이 마련이다

동생믿고 염불않던 나옹대사 누님보자
누님을 곁에두고 나옹대사 밥먹으니
제먹어 제배부르듯 제염불할줄 아는누나

하루가고 이틀가고 십년도 번개치듯
어제홍안 오늘백발 가엾다 우리인생
관세음 관세음보살 이제라도 믿으리

거룩한 부쳐님말씀 귀담아 듣지않고
삿되고 못된말에 마음을 쏠리다니
눈멀고 귀먹은중생 가엾기도 짝이없다

나를 길러주신 어릴때의 어머니
나를 안아주신 관음보살 어머니
언제나 같이울부짖는 관음보살 어머니

믿는다 믿는다하니 덮어놓고 믿을것가
믿을줄 알아야지 바른신앙 가져야지
불법승 삼보외에는 다시믿지 말아야지

법화경 한계송을 언제부터 외습니까
모든것 본래부터 저그대로 고요하다
이렇게 알작시며는 즉시불이 되오리

반야심경 한귀를 뉘가먼저 외습니까
관음보살을 뉘가한번 더불렀오
부르고 오이는소리만들어도 공덕이 한량없네

화엄경 좋은계송 뉘가한번 들으셨오
시방삼세 부처님을 알고자 할작시면
모든것 그대로각각 마음으로된줄 아시오

금강경 한귀절을 행여나 알으시오
이세상 모든것이 모두가 허망하니
이렇게 깨칠제며는 부처님곧 친견하리

열반경 좋은말씀 부디잊지 말읍시다
모든것 무상하다 무상한건 생멸이다
생멸이 다하고보면 적멸락을 누리리

관음보살 공덕이야 두말인들 하오리까
거룩하신 서원이 바다보다 깊으시고
천억불 섬기시오매 무량수겁을 닦으셨네

이공양 저공양해도 법공양이 최상이라
불보살 법문말씀 한귀절만 전해주어도
이공덕 거룩한인연 서로다 불이되네

부쳐님 믿는마음 무엇이 귀여운가
관음보살 부르는마음 무엇이 거룩한가
서로다 사랑합시다 평화세계 이루리

관음보살 믿는마음 어려울 것 그리없다
깨끗하고 부지런하고 저대로 고운맘씨
언제나 웃는얼굴로 집안부터 평화롭네

관음보살 믿는마음 따로있다 말을마소
눈속임 없어지고 거짓말 없어지고
저대로 정직한모습 제가갖게 되느니

관음보살 믿는마음 무엇이냐 물을것가
남못할일 하지말고 내좋다고 하지말고
언제나 두루좋도록 평등심을 가지리

관음보살 믿는마음 별스럽게 알지마소
가정생활 하는거기 직장생활 하는거기
제각기 제하는일에 제마음을 바르게

불법대의가 무엇이냐 묻거들랑
꽃피고 새가울고 제비는 날아들고
꾀꼬리 제쌍쌍으로 노래한다 하여라

정진이 무엇이냐 방법이 따로없다
나무도 빠개략 아침저녁 물도길꼬
어린애 달래다가 손주와도 장난하고

삼천 대천세계 무량무변 중생에게
관음 보살이 두루두루 감응하기
강마다 달이비추듯 그렇게 되심이어

불교란 무엇이뇨 무엇을 가르쳤나
제손으로 밥떠먹고 제발로 걸어가고
제할일 제가하도록 제가제를 알도록

가는길 하나건만 가로치기 가지가지
풋내 나는인생 가다가 있고말고
벼랑에 활개를치는 대장부가 있노라

소를언제 잃었관대 소찾는다 말을하노
찾을소 있다하면 잃은소 있으렸다
여보게 잃고찾을것 어디있단 말인가

시름걱정 고통번민 구름같이 이는가슴
달을 바라보며 하소연 하는심사
관세음 보살부를제 학처럼 날아갈듯

경을본다 저마다 진리를 다알거나
글자세기 부질없다 눈먼소경 독경일다
제눈이 바로뜨는날 정말경을 보오리

참선을 한다해도 말뚝장승 방불하다
흉내내는 방할이 여호선 아니던가
앵무선 말도말자 본지풍광 알아야지

팔한팔렬 무간지옥 검수도산 화탕지옥
하룻밤 만사만생 혀를빼어 밭을간다
죄한번 지을때벌써 지옥문이 열린다

지옥아귀 축생은 육도중 삼악도요
불법을 비방하고 아귀보 받을것가
한방울 물을마실 때 입에불이 일어난다

이십팔천 긴수명도 생사윤회 못면하고
삼십삼천 복수용도 도로타락 하고만다
하루에 한번이라도 관음보살 부르고져

원광법사 세속오계 새길을 열었도다
화랑을 붇돋우워 대신라를 이룩하고
오늘의 대한정신을 바로세워 주셨네

칠불 앗자선방 한번만 앉자봐도
삼악도 면한단말 두고두고 전해온다
더구나 삼매정진은 두말할것 있는가

살았다 뭣이좋랴 구름한점 뜬것이요
죽었다 서러할가 구름한쪽 지고만걸
이세상 죽고삶도 긔또한 구름일네

불이성 법륜사 종울린지 오십년에
일요 설법을 한결같이 하심이어
그공덕 거룩하여라 백만장안 밝아온다

어쩌면 그렇게 정스러이 웃읍니까
부드러운 손길이 금시라도 나리실듯
따스한 어머니숨결이 살갗을 싸고도네

철모르는 이자식이 언제콜콜 잠이들가
따스한 엄마품에 언제안겨 잠이들가
어머니 무릎위에 나비처럼 춤을출가

번역시

拜新羅厭髑聖廟詩(譯)

『金剛杵』 20, 1932.12

南으로 千里길을 내예왓다 님뵈려니
가엽다 푸른山만 멧멧해를 지내연고
님자취 내밝을제면 이몸아니 앗기리
……또……
님뵈자구 千里길 내에왓건만
무심할손 靑山만 홀로섯구나
사룸노니 이지음 法위할쌔면
님과갓치 이내몸 쏘밧치리다

(原詩)

千里南來問舍人 若逢來世難行法
靑山獨立幾經春 我亦如君不惜身
－高麗大覺義天－

新羅瑞巖和尙의 三段法語(一譯)

『金剛杵』 23, 1939

一

뭇노니 和尙이여 어떤것이 禪인게오
여봐라 이중아 무덤이 집이드냐

二

알고저 하옵나니 道란것이 무언게오
말어라 그만두라 부지럽슨 馬夫로다

三

가르쳐 주옵소서 이런 것이 敎라시고
헛보고 잘몰을나 좀먹은 헌冊張을

(附原文) 如何是禪 古塚不爲家
如何是道 徒勞車馬迹
如何是敎 貝葉收不盡 (右傳燈錄)
－(戊寅十二月)－

書懷(譯詩三首)

『金剛杵』 25, 1941

一,

日月이 燈이로다. 乾坤이 집이로다.
雲水 行脚이 간골마다. 푸근하니
石澗에 흐르는물을 松花띄워 먹노라

二,

燈불을 다시켈가 해와달빛 어데두고
집새로 지을것가 한울과땅 어이하고
袈裟한벌 鉢盂한座 이것말고 또무엇고
베곱흐면 솔닙먹고 목마르면 물마시고

三

밤 낫없이 훠언허게 밝은 燈ㅅ불
오 해와달빛—
손ㅅ길 발ㅅ길걸릴데업는 에찬집채
아 한울이 요땅—
오나 가나 일성 푸군한 내살림사리
이 袈裟며이鉢盂
아츰 저녁할것업이 노상 길거운마음
저 물이라솔닙—

(附原)

日片爲燈燈不盡 乾坤作屋屋無邊

此身隨處生涯足 飢食松花渴飮水

－霜明－

－十月二十五日 曹溪山 仙巖寺에서－

譯詩三篇

『佛教』 32(신판), 1942

一, 警侍司

八十을 산다해도
한바탕 꿈이로다
參禪을 하랑이면
뜻부터 세우렸다

—八十人生命 一場春夢間
　汝曹參此事 坐臥志如山
右宗祖太古國師語錄一節—

二, 示乳禪人

날따라 머리깎고 중이됐으면
하로바삐 四重恩 갚어야지요
쉴새없이 精進修行 아니하며는
어떻게 見性하며 成佛을할가

—汝旣依吾斷髮根 此生須報四深恩
　若非精進修行力 何以明心徹無極
同 前—

三, 書 懷

길이어째 날속히랴 내거름이 잘못갔지

꽃이멀라 널부르든
네눈멀어 노라났지
제精神 바로잡히면 옳은사람 되느니

－道無私我我常私 境不痴人人自痴
　冥合八風俱靜處 可爲三界獨尊師
　右霜月祖師集一節－

－十一月 二十七日 於曹溪山 仙巖寺－

철운 조종현의 삶과 문학

이동순(조선대)

1. 승려 조종현, 그리고 불교개혁 운동

한 작가의 문학적 출발을 중요하게 여기고 작가의 삶과 문학의 관계를 예의주시하는 이유는 어디에 있는가. 작가의 세계관은 한 순간에 형성되는 것이 아니고 작가의 생애와 주어진 환경에 따라 형성되기 때문일 것이다. 작가의 생애는 작품의 문학성 여부와는 별개로 치더라도 어떤 식으로든 작품에 영향을 미치게 되어 있다. 일제 식민치하에서 활동하였던 작가들의 일면을 들여다보면 그 사정을 금방 알 수 있다. 살아남기 위해서 어쩔 수 없었다는 변명으로 일관하며 일제를 찬양하기에 바빴던 작가들과 훼절하지 않고 꿋꿋하게 민족적 자존심으로 절필을 한 작가들의 작품에서 작가의 세계관이 읽어지는 것과 같다. 이처럼 작가들의 이중성은 시대적인 환경이나 역사적인 사건과 결부되었을 때 주로 나타난다. 작가들의 생애와 역사는 언제나 밀접한 연관성을 지니고 있기 때문이다. 그렇기 때문에 작가정신을 확인할 수 있는 단초는 작가의 삶을 들여다보는 일이라 할 것이다.

조종현은(1906.2.8～1989.8.31)은 선암사로 출가한 승려이자, 58편의 동요를 쓴 동요작가며, 1928년 첫 시조를 발표한 이래 332편에 이르는 시조를 쓴 시인이다. 그의 본명은 조용제(趙龍齊)이며, 법호는 철운(鐵雲)이고, 자는 대순(大順)이다. 아호는 벽로(碧路)이며, 당호는 여시산방(如是山房)이다. 그는 석범(石帆), 철운(鐵雲) 혹은 조철운(趙鐵雲), 조대순(趙大順)으로, 탄향(灘鄕, 彈響), 조탄향(趙灘鄕, 趙彈響), 조혈해(趙血海)라는 필명으로 작품을 발표하였다. 조종현도 한자 표기를 달리하여 조종현(趙宗玄), 조종현(趙宗泫), 조종현(趙鍾峴)을 사용하였다. 이러한 사실은 그의 다양한 활동과 함께 간단하지 않은 이력을 대변하는 그의 정체성이기도 하다.

조종현은 1906년 2월 8일 전남 고흥군 남양면 왕주리 315번지에서 아버지 함안 조씨 용명(趙鏞明)과 어머니 여산 송씨 장동(宋獐洞)의 3남 중 장남으로 태어났다. 그가 태어나 자란 고흥군 남양면은 전형적인 농촌지역으로 대부분 농사를 지었으며, 지역민은 전통적으로 온순하고 순박한 성품을 지녔으며, 한편으로는 보수적인 성향을 지닌 것으로 전하고 있다. 행정구역상의 지명은 백제시대에는 조조례현으로, 신라 757년에는 충렬현으로, 고려 1018년에 남양현으로 바뀌었다가, 조선 1441년에는 흥양현이 되었고, 1906년에는 흥양현 남양면, 1914년에는 고흥군 남양면이 되었다. 조종현은 행정구역이 흥향현 남양면일 때 태어났다.

조종현은 고향인 남양면 왕주리에서 6세 때부터 서당에서 한문공부를 시작하여 주역, 사서, 시경 등을 수학하였다. 그랬던 만큼 뛰어난 수재로 불렸다. 그러던 그는 공부를 하기 위하여 16살이던 1922년 2월 24일 장남의 출가를 만류하는 어머니를 뒤로 두고 542년(신라 진평왕 3)에 아도화상이 창건한 천년고찰 대본산 순천 선암사로 출가하였다. 조종현은 선암사의 강주인 김경운 스님의 손상좌로, 선암사의 강주인 금봉스님을 은사로 사법하였으며, 1924년 김경운 스님의 지도로 사집(四集)을 수료한 뒤 1926년 3월 11일에는 범어사 전문강원 진진응 스님에게 사교과(四教科)를 수료하고 보살계를 받았다. 그리고 1927년에는 통도사 불교 전문강원을 거쳐 동화사 강원에서 수학하였다. 이것을 보면 그는 전문 강원이 있는 대본산을 찾아다니면서 공부를 하였다는 것을 알 수 있다. 그래서 그는 1928년 1월 동화사 강원 대표로 불교학인대회 발기인이 되어 이운허, 이청담과 함께 불교학인대회를 개최하게 된 것이다.

젊은 승려들이 불교계의 발전에 관한 의견을 모아 새로운 활력을 찾고자하는 중지는 조선불교학인연맹 결성으로 이어졌고, 기관지인 『회광』을 발행하였다. 조선불교학인연맹의 기관지 『회광』을 3년 동안 맡아서 편집하고 발행한 것은 조종현이었다. 그는 각황사에서 1928년 3월 14일부터 17일까지 개최된 불교학인대회에서 교육제도 혁신위원 및 연맹규약 제정위원을 선출되었는데 불교학인대회에서 채택한 강령은 다음과 같다.

一, 우리는 佛陀의 救濟者의 中心者로 큰 任務와 굳건한 行實을 가지자.
二, 우리는 時代에 適應한 敎化方法을 만들자.
三, 우리는 佛教 朝鮮의 建立에 必要한 모든 經費를 統一的으로 準備하자.
四, 우리는 佛陀의 自利利他의 佛旨를 몸으로 實踐하기 위하여 佛教 教育制度의 確立을 기하자.

학인대회에서 채택한 강령을 보면 학인으로서 '任務와 굳건한 行實'하고 시대에 부응할 수 있는 '適應한 教化方法'을 만들고, 불교발전을 위하여 필요한 '經費를 統一的으로 準備'하고, '佛教 教育制度의 確立'에 나서자는 것이다. 즉 실천을 위한 교육제도의 확립이 필요하다는 것이다. 이 강령을 기본으로 하여 「講院教育과 制度改新」[1]을 통해 의견을 피력하고 있다.

1 조종현, 「講院教育과 制度改新」, 『佛教』 93, 1932.3.

只今은 意識的으로 講院敎育을 到處에 獎勵한다느니보다 時代民衆의 佛化를 要求함에 響應할 責任과 義務의 所有의 法侶敎徒로서는 純粹 佛學者를 養性치 아니할 수 없게 되엇다. 그리하야 歷史循環의 必然的 過程에서 一時沈停되엿든 講院敎育을 再唱하게되엇으며 方今 施設하고 獎勵하는 한 途中에 잇는 바이다. 그러나 何等의 制度改善의 功課의 完全한 實現을 아즉 볼 수 없는 것만은 事實이니 여긔에는 設立 宗務 當局者의 守舊的 看經만을 要하고 時代思潮와 現代敎育을 理解치못함도 한 原因이라 아니할 수 없는 것이다. 어찌 誠意로의 着心치 안는다고만 할가 부냐. 또는 講師로서도 因循姑息的으로 隨問隨答할따름이요. 何等의 注心着眼과 思究的 議論이 없는 것도 이에 痛嘆치 않을 수 없게 되엇다. 敎育者는 固定的으로 敎授時間에 敎科만을 解釋說明하는데 근치고 말것이 아니요, 반듯이 時代가 要求하는 敎育制度를 施現하고 改善할 責任이 잇는 바이다. 現講院制度에서 民衆이 要求하는 佛學者를 涵養할 수 잇느냐는 質問에 이에 酬答할 者 躊躇치 아니할이 없으리라 斷言키 어려우리라.

在來의 講院制度 - 卽 現講院의 敎育制度가 어떠한 弊端과 不適當한 點이 잇는가를 細審究明하야 嚴密히 批判할 것이다.

이 글을 보면 전통적인 불교 교육제도로는 불교의 발전을 기대하기 어렵다는 의견을 피력하고 있다. 구체적으로 7가지로 교육제도의 폐단을 비판하고 교육 제도의 보완을 위해서 교과과정의 개편이 필요하다는 것을 세세하게 설명하고 있다. 조선의 젊은 학승들이 불교혁신을 위하여 나선 것은 불교의 발전만을 위한 것이 아니라 민중들을 고려한 것이다.

그는 1928년 11월 박한영 스님이 개운사 불교전문강원을 개원하자 그곳에서 화엄 삼현부를 수료하였으며, 개운사 불교연구원에 학적을 두고 불교사상을 연구하였다. 그는 개운사 강원(불교연구원, 훗날 중앙불전, 현 동국대학교)을 1회로 졸업하였으니, 선암사의 경운 스님으로부터, 범어사의 진진응 스님, 개운사의 박한영 스님에 이르기 까지 조선불교의 법맥을 사사받은 대표적인 승려로 자리한다.

일제하 조선불교는 위기에 처해 있었다. 일제의 종교정책은 식민지화에 초점을 두고 있었고 불교종단 내부에서는 불교개혁을 주장하는 단체들은 힘을 모아 일제의 종교정책에 대항하기 위한 움직임이 커져갔다. 불교개혁을 주장하는 핵심단체 중에 조선불교청년회가 있었다. 조선불교청년회는 전국의 유수한 사찰에 지회를 두고 있었는데 조종현이 출가한 선암사도 불교유신을 지지하는 25개 단체 중의 하나였다. 뿐만 아니라 선암사에는 조선불교청년회 지회가 있었고[2] 조선불교청년회는 전국사찰을 순회하면서 강연하였는데 선암사도 그 사찰 중의 하나였다.[3]

일제의 사찰정책을 극복하면서 불교혁신을 이루려는 또 하나의 불교청년조직으로 불교유신회가 있다. 불교유신회는 1921년 12월 21일 창립[4]되어 일제의 사찰령 폐지운동을 전개[5]하였다. 그는 1928년 3월 17일 조선불교청년대회에 참석[6]한 것을 비롯하여, 1930년 5월 결성된 항일비밀결사조직체 '만당(卍黨)'의 맹원으로 활동하였다. 그때는 이미 강원의 강사였기 때문에 그가 지도하던 승려들 또한 뜻을 같이하였을 것은 당연하다. 항일비밀결사체인 '만당'의 선서문에는 그 지향점이 명확하게 드러나 있다.

---

2 『한국근세불교백년사』 2(영인본), 11쪽.
3 『동아일보』, 1922.7.1.
4 『동아일보』, 1921.12.22.
5 『동아일보』, 1922.4.25.
6 『동아일보』, 1928.3.23.

보라! 三千年 法城이 허물어져가는 꼴을 들으라! 二千萬 同胞가 헐떡이는 소리를! 우리는 참을 수 없는 義憤에 敢然히 일어선다. 이 法城을 지키기 爲하여 이 民族을 球하기 爲하여!

向者는 同志요 背者는 魔眷이다. 團結과 撲滅이 있을 뿐이다.

우리는 안으로 教政을 確立하고 밖으로 大衆佛教를 建設하기 위하여 身命을 睹하고 果敢히 前進할 것을 宣言하다.[7]

비밀결사체인 '만당'은 '三千年 法城이 허물어져가는 꼴'을 두고 볼 수 없어 '참을 수 없는 義憤에 敢然히 일어'선 단체로 '法城'과 '民族'을 구하고, '教政을 確立하고 밖으로 大衆佛教를 建設'하는 것에 목적이 있었다. 즉 '만당'의 목표는 민족을 구하는 불교혁신에 있었다. 그랬기 때문에 '만당'은 조선불교청년회가 조선불교총동맹으로 전환할 수 있는 매개 역할을 하였다.

불교개혁을 주장한 불교청년총동맹은 "불교계의 宗憲 및 宗會를 성립시킨 僧侶大會 당시에 구현된 자주적인 통일운동의 정신에 영향"[8]을 받아 1931년 3월 15일 조선불교청년회 임시총회와 3월 22일 열린 조선불교청년대회를 거쳐 총동맹창립대회를 통하여 창립되었다. 이 대회에서 불교청년총동맹이 채택한 "佛陀精神의 體驗, 合理宗政의 確立, 大衆佛教의 實現" 등은 '만당'의 강령과 큰 차이가 없을 뿐만 아니라 만당의 당원이 주요직책을 맡음[9]으로서 조선불교총동맹은 탄력을 받았다. 그리고 1931년 3월 23일에 열린 조선불교청년회대회의 조선불교청년동맹 발기대회[10]에는 조선불교청년회, 조선불교중앙종무원, 조선불교

---

7 이용조, 「한국불교항일투쟁회고록-내가 아는 만자당 사건」, 『대한불교』 55, 1964.8.30(김광식의 논문 「조선불교청년동맹과 만당」, 『한국학보』 80, 일지사, 1995, 223쪽 재인용).

8 김광식, 「조선불교청년동맹과 만당」, 『한국학보』 80, 일지사, 1995, 223쪽.

9 위의 글, 224쪽.

청년동맹, 벌교불교청년회, 김용불교청년회, 언양석남사불교청년회, 진주불교청년회, 이구오팔회, 범어사불교청년회, 동화사불교청년회, 동화사강원, 조선불교여자청년회, 불교사, 동경불교청년회, 범어사, 신계사, 유점사, 옥천사, 해인사, 수태사가 참여하였다.[11]

당시 '만당'의 회원으로 활동한 인물은 주로 일본 유학자들이고 일본 불교의 영향을 받았고, 3 · 1운동에 참여하였으며, 불교대중화에 관심을 가졌고, 조선불교청년회의나 조선불교총동맹의 맹원이었다.[12] 그가 잡지 『佛敎』에 발표한 글의 내용들을 보면 불교개혁의 핵심에서 상당한 자리에 있었던 것 같다.

당시 조선불교를 대표하던 잡지에 『佛敎』가 있었다.[13] 잡지 『佛敎』 84 · 85호에는 "우리 조선 문단에 이름이 높으신 龍雲師께옵서 이 책임에 나"왔다는 「社告」를 내서 한용운이 불교사 사장으로 취임하였음을 알리고 있다. 한용운은 "갔다가 다시 온들 / 첨 맘이랴 변하리까. 가져올 것 다 못가져와 / 다시 올 수 없지마는 / 님께서 주시는 사랑 / 한 기루어 다시 와요"라는 시로 「권두언」을 대신하면서 「朝鮮佛敎를 統一하라」는 논문으로 강력한 불교개혁론을 주장하였다. 조종현도 한용운과 더불어 불교청년동맹위원으로 활동하면서 불교 쇄신에 노력을 기울였다. 조종현이 『佛敎』에 발표한 글은 한용운이 사장으로 있을 때가 대부분이다.

조종현은 잡지 『佛敎』에 불교개혁과 관련한 글뿐만 아니라 시와 시

10 경성종로경찰서장이 경성지방법원 검사에게 발송, 종경창고비 제3463호(국사편찬위원회 한국사데이타베이스).

11 『동아일보』, 1931.3.25.

12 김광식, 앞의 글, 219쪽.

13 잡지 『佛敎(불교)』는 1924년 7월 15일 창간되어 1933년 7월 통권 108호로 휴간했다가, 1937년 3월 『佛敎(신)』으로 속간되어 1944년 12월까지 통권 67호를 냈다. 최덕교, 『한국잡지100년』, 현암사, 2004 참고.

조, 동요를 발표하였다. 그가 불교개혁론의 중심에서 활동하였다는 것을 보여주는 증거이자 작가정신이 어디에 근거하고 있는지를 보여준다.

> 對內的으로 朝鮮佛教의 宗政이 合理的으로 確立되어야 大衆佛教! 佛教의 民衆化를 실현할 수 있음이 本末階次의 必然이요, 內外有序의 行進이다. 青總本部는무론 各同盟은 各所屬本山의 主職者를 時時로 勸告, 警告, 策動, 鞭撻하야 宗憲을 實行하는데 忠職者를 만들어 주어야 한다.[14]

이 글에서 조종현은 '朝鮮佛教의 宗政이 合理的으로 確立되어야' 한다는 것을 강력하게 주장하고 있다. 그것의 실현을 위해서 각 본산의 '주직자'들에게 '勸告, 警告, 策動, 鞭撻'할 것도 주문한다. 그의 이런 주장은 불교개혁론의 핵심내용과 일치한다. '大衆佛教! 佛教의 民衆化를 실현', 그것은 일본 통치로부터 자유를 선언하는 '구국'선언이다. 뿐만 아니라 조선불교를 탄압하기 위하여 일제가 펼친 조선사찰령을 폐지할 것을 다음과 같이 주장하였다.

> 寺法을 改正할 것도 없다. 現 植民地政策으로서 甚히 佛教團의 宗務行政까지 干與하기 爲하야 本位로 한 그의 認可制인 寺法에 對하야 朝鮮佛徒는 宗務行政上 임이 認可되여 잇는 寺法이 適合하느니 不適하느니를 指摘發論하야 改正의 必要까지를 늣길 것도 없다.
>
> 朝鮮佛教維新時代로부터 朝鮮寺刹令撤廢運動 及 理論은 無論 只今에는 一層 더 深刻化하야 意識的으로 政教分立을 主張하고 絶叫함에도 不拘하고 此에 反하야 새삼스러이 寺法改正手續을 政治當局에 한다함은 어찌 朝鮮佛

14 조대순, 「宗憲頒布記念日과 青年同盟」, 『佛教』 104, 1933.2, 15쪽.

徒로서 脫線의 行動이 아니고 무엇이냐? 運動陣營의 自體矛盾과 우리 (宗徒)의 根本精神에 背馳될 뿐만 아니라 도리혀 앞으로 政治當局의 干與를 自招함이 되겟슴으로 今番에 提論되은 寺法改正에 對하야 自己는 猛烈히 反旗를 든다.[15]

조종현은 불교종단이 종무행정까지 일제의 간섭을 받는 '사법'을 개정할 필요가 없음을 역설하면서, 조선불교에 대한 일제의 '조선사찰령'을 폐지할 것을 주장하고 '사법'을 개정하는 것은 일제의 간여를 자초하는 일로 간주하고 있다. 그렇기 때문에 '사법개정'을 '맹렬히' 반대한다는 입장을 분명히 하고 있다. 불교종단의 일제에 대한 협력을 거부할 것을 촉구한 것 것이다. 그는 불교의 개혁뿐만 아니라 만해 한용운이 「대승기신론강의」를 연재할 것을 부탁할 정도로 불경에도 뛰어난 학승이었다. 이것이 「대승기신론강의」를 『佛敎』에 7회에 걸쳐 연재하게 된 이유이다. 만해 한용운과 각별하였던 그는 조선불교의 개혁과 조선불교의 법맥을 이은, 대중불교를 지향한 시대의 선각자였다. 1944년 만해 한용운이 입적하였을 때 선암사에서 서울까지 일제의 눈을 피해 한걸음에 달려가 화장장에서 다비식을 하고 사리를 수습한 것은 스승을 모시는 제자이자, 불교개혁과 불교유신에 함께 한 동지애로 지킨 의인의 면모다.

선암사는 함명태선, 경붕익운, 금봉기림, 경운원기로 법맥을 이은 '禪敎' 중심의 사찰이었다. 조종현은 경운원기, 즉 김경운 스님의 손상좌였다. 경운스님은 "구한말 최고의 강사였다. 그래서 구한말의 강사들치고 경운 강백의 수업을 듣지 않은 사람은 거의 없었다."[16] 김경운

15 조종현, 「寺法改正에 對한 意見」, 『佛敎』 91, 1932.1.
16 신규탁, 「화엄대강백 경운선사와 법화행자 태어 대법사」, 『한국불교문화의 전승과 실제』,

스님의 지계인 금봉병언, 즉 금봉스님이 일찍 입적하는 바람에 김경운 스님은 손상좌인 조종현에 대한 관심과 기대가 남달랐다. 그래서 경운 스님은 조종현에게 각별한 애정을 표하는 편지를 많이 보내 공부하는 법 등을 일러주었다. 그 중에 한 편으로 '인공(印空)'이라는 호를 내리고 율시 한수를 내렸는데 다음과 같다.

負笈從師融歲還
忻然令我解愁顔
欲參明眼巡何寺
賴帶賢聲重此山
幾劫虛心遊佛界
一生隨願返仙關
若能不變長如許
堪把玄譚戒石頑

책을 지고 스승 찾아 해가 지나 돌아오니,
기쁘게도 나를 수심 찬 얼굴에서 풀리게 하네.
밝은 스승 찾고자 어느 절을 돌았느냐,
어진 명성 띠고 오니 이 산을 무겁게 하네.
몇 겁의 허심으로 불계를 노닐었는지,
일생의 원을 따라 선관으로 돌아왔네.
만약 변하지 않고 오래갈 수 있다면,
그윽한 말로써 돌같은 이도 계도하네[17]

범성, 2014, 299쪽.

17 위의 글, 288~289쪽(신규탁의 번역을 옮김).

이 율시는 1927년 음력 7월 여름으로 경운스님의 세수 77세였을 때 지은 것이다. 조선 후기의 불교가 선교겸수(禪敎兼修)의 전통이 확산되는 과정에서 선(禪)과 교(敎)에 관한 각종 문서들을 문헌적으로 해석하는 전통이 만들어졌는데 선(禪)으로는 『선문염송』이, 교(敎)로는 『화엄경』이 있었다. 조종현은 특히 『선문염송』[18]에 능하였다. 후에 불교통신대학원에서 『선문염송』을 강의한 것은 바로 그런 전통을 이은 것으로 아래에 그 뜻이 있음을 밝히고 있다.

> 禪是佛心이요 敎是佛語라. 마음과 말이 함께 어울려 佛華를 莊嚴하니 그 이름이 拈頌이다.
>
> 中國禪은 傳燈錄과 從容錄 碧巖錄으로서 그의 기치를 삼고 日本禪은 臨濟錄과 無門關으로서 禪의 通路를 구하였다. 그러나 韓國禪은 普照語錄과 拈頌說話禪家龜鑑등 으로서 禪의 聖書를 삼아왔으니 大川入海에 同一鹹味요 家家祖宗이 一心法界임을 분명히 그 안에 들여 보였기 때문이다.
>
> 고려이후 한국불교의 祖宗을 이어온 禪이 그의 본분을 망각하고 齊禮儀式의 祈福佛敎로서 糊口之策을 면치 못하니 슬프다. 黃金이 鑛山에 메몰된 것 같고 正法이 巫俗에 사무쳤도다. (…중략…)
>
> 愚人은 排才淺學이라 아는 것도 없지만 옛날 朴漢泳 큰스님의 講義를 토대로 螢螢한 道伴들과 香山의 宝玉을 弄現하니 가칭 後光明月이요 雪裡梅花로다. 말과 말은 極을 다하여 폐부를 찌르고 행과 행은 꾀벗은 것과 같아 티끌 하나도 犯接하지 못하였다.

어김없이 불교의 폐단을 '祖宗을 이어온 禪이 그의 본분을 망각하고

18 조종현 강의, 한정섭 편, 『선문염송강의』, 불교통신대학, 1988.

齊禮儀式의 祈福佛教로서 糊口之策을 면치 못하니 슬프다. 黃金이 鑛山에 메몰된 것 같고 正法이 巫俗에 사무쳤도다'고 토로하면서 박한영 스님의 '선문염송'강의 시간에는 '말과 말은 極을 다하여 폐부를 찌르고 행과 행은 꾀벗은 것과 같아 티끌 하나도 犯接하지 못'할 정도였으니 불교가 본문을 망각하지 않기를 바라고 있다.

그가 한국불교의 법맥을 이어 선암사 감수로 있던 때 일제의 속박으로부터 벗어나는 해방을 맞았다. 그동안 친일파 승려들이 점유하고 있던 순광사(順光寺), 환선정(喚仙亭)의 환원 계획을 세우고 환수 작업에 착수하였으나 순광사는 좌익계에서 노동회관으로, 환선정은 청년대가 사무실로 점유하고 있었다. 그래서 최소한의 이전비를 지불하고 환수하였으니 1948년 여순사건 때 좌익으로 몰리는 빌미가 되어 생사를 넘나들어야 했다.

1946년 선암사 주지였던 김포광 스님이 중앙불전의 교수로 되돌아가자, 절 대중들의 선거를 통해 주지에 당선되었다. 그에 따라 청년시절부터 주창해온 사찰 개혁을 위해 '절 토지는 소작인에게! 승려는 교화사로! 사찰은 심신 도장으로!'라는 표어를 선암사 입구에 걸고 사찰 개혁운동에 나섰다. 만해 한용운과 불교개혁운동을 펼치면서 대중불교를 지향하였던 그의 주장은 공허한 주장이 아님을 실천으로 보여준 것이다. 그는 '민중 속으로' 들어가고자 하였으나 좌익으로 몰려 생사를 넘나들다 끝내 이데올로기의 희생자가 되어 환속하고 말았다. 그러나 그것은 표면적인 환속일 뿐 그는 끊임없이 불교종단의 움직임에 한국 불교가 가야할 길을 제시하기를 멈추지 않았음을 여러 행보가 말해주고 있다.

그는 평생을 수행자로 살았다고 해도 과언이 아니다. 그는 시인으로서 뿐만 아니라 환속했으나 환속하지 않은 대처승으로, 동국학원(동국대학교)이사, 불교 불입종 교정원장, 총화종 종정으로 오욕칠정을 다스리며 한국불교가 어려울 때마다 불조(佛祖)의 가르침을 따를 것을 설파하였다.

> 이 나라 이 民族에서 뿌리박고 피어난 千六百年의 歷史를 쌓아올린 大韓佛敎라면 이 佛敎의 慧命을 相續하고 輔國安民의 聖스롭고 偉大한 使命을 達成할 敎徒들의 行願이 이렇게 國家民族의 指彈을 받는 逆行 菩薩化해야만 마땅할 것인가. 「大韓佛敎」는 僧侶들만의 專有物이 아니요 그 信徒들만의 歸依道場도 아니란 것을 새롭게 認識해야 할 것이 바로 이 段階이다. 우리들 先民들이 身心과 財産을 바쳐서 悠久한 세월에 亘하여 開拓하고 建設하고 發展시켜 무늬를 찬란히 수놓아 온 것이 「大韓佛敎」이기 때문이다. 三寶의 淨財를, 檀信徒들의 信仰發露의 喜捨誠金을 「헤게모니」 爭鬪戰의 軍資金으로 無限大하게 濫用消費한대서야 어찌 信仰과 良識의 所有者씨의 그 自身들이 너무나도 良心에 찔리지 않겠는가 말이다. 於焉 八年間 過積된 齟齬를 相互一念에 頓湯除하고 一鏃으로 被三關하는 禪宗 本然의 氣魄을 漂漂히 發揮하여 變身一擲할 勇氣는 아직도 없는가? 이 나라의 大宗敎인 佛敎에 對한 우리 民族社會는 雙方이 豁然大悟하여 呵呵大笑를 한번 터뜨릴 때라고 渴望하고 있는 것이다.[19]

조종현은 8년간 지속된 불교분쟁을 지켜보다가 '信仰發露의 喜捨誠金을 「헤게모니」 爭鬪戰의 軍資金으로 無限大하게 濫用消費한대서야 어찌 信仰과 良識의 所有者씨의 그 自身들이 너무나도 良心에 찔리지 않겠는가'라고 정곡을 찔러, 불교분쟁의 주된 요인을 헤게모니를 장악

---

19 조종현, 「佛敎紛爭의 止揚點-「分派共存」의 唯一한 解決策」, 『조선일보』, 1960.12.29.

하기 위한 싸움으로 보았다. 그것의 핵심이 '희사성금'에 있다고 보고 불교의 핵심은 '불조'의 가르침에 있고, '불조'의 가름침을 사는 것에 있음을 지적하면서 대오각성 할 것을 촉구하고 있다. 이것은 그가 지켜온 청정한 수행을 보여주는 것으로 '마음의 눈'을 뜨고, 외줄기를 걸어서 도착한 끝에 남긴 말이다.

2. '동심'으로 그린 세상

조종현은 그동안 시조시인으로만 알려졌을 뿐이었다. 그러나 조종현은 문단생활 초기에는 시조보다 동요를 더 활발하게 쓴 동요작가였다.

조종현이 여러 필명으로 작품을 발표한 탓인지 아동문학사 어디에서도 그의 이름은 확인되지 않는다. 당시 화제가 된 작품이 있었음에도 그의 이름은 배제되어 왔다. 기왕의 문학사가 유명세를 좇아 기술된 지 오래고, 새로운 추가 논의는 사실상 차단되어 온 탓이 아닌가한다. 생전의 그는 90여 편의 동요를 썼다고 술회하기도 하였고, 100여 편을 발표하였다고 한 것으로 보아 상당한 작품을 발표한 것으로 보인다. 그러나 지금까지 확인된 조종현의 동요는 58편이다. 그리고 아동문학평론 2편, 동요극이 1편이다.

불교개혁운동에 열심이었던 조종현이 어떤 계기로 동요를 쓰게 되었는지는 구체적이지 않다.

> 돌아다보면 1929년에 시조 「정유화」를 불교잡지에, 동요 「엄마숨바꼭질」 등을 조선일보에 발표한 것이 계기가 되어 1930년에는 주로 동요 「떠나신오빠」 등 90여 편을 조선 · 동아 · 중외일보에 꽤 부지런히 발표했다.[20]

그의 말대로 '꽤 부지런히 발표'한 동요 90여 편, 혹은 100여 편은 아직 확인되지 않는다. 조종현도 동요가 몇 편이나 되는지 정확하게 알지 못하고 있다는 점에서 대략 90에서 100편 정도쯤 될 것으로 추정되지만 현재까지 정리된 것은 58편이다. 위 글에서 밝히고 있는 대로 조종현이 최초로 발표한 동요는 「엄마숨박곡질」로 전문은 다음과 같다.

엄마하고 나하고요
順天邑內 가는길에
엄마소리 안나길래
뒤를살작 돌아보니
엄마발서 숨엇서요
바위뒤로 숨엇서요

*

숨은엄마 뵈지안어
숨은엄마 차지려고
바위돌을 안고도니
어머니도 바위돌을
나와가티 안고돌죠

—「엄마숨박곡질」 전문[21]

동요 「엄마숨박곡질」은 엄마와 함께 숨바꼭질 하는 천진난만한 동심을 가감없이 드러낸 생활동요이다. 동요 「엄마숨박곡질」 속의 어린 화자뿐만 아니라 세상의 모든 어린이들은 엄마와 함께하는 일이라면

---

20 조종현, 「끝에붙임」, 『자정의 지구』, 현대문학사, 1969, 244쪽.
21 『조선일보』, 1929.11.17.

언제든지 어디서든지 신나고 즐겁다. 그러기에 엄마랑 떠난 '順天邑內' 가는 길은 행복한 길일 수밖에 없다. 그런데 어린 화자를 놀라게 할 속셈으로 엄마는 발걸음을 멈추고 바위 뒤에 몰래 숨었다. 그것을 금세 알아차린 어린화자는 엄마의 반대 방향으로 걸음을 옮김으로써 '숨박꼭질' 놀이가 된다. 다리 아프다고 투덜거리며 걸어야할 먼 길을 엄마의 재치있는 장난으로 어린화자뿐만 아니라 엄마까지도 천진난만한 동심을 지닌 존재로 부각된다. 조종현이 쓴 첫 동요임에도 명랑쾌활한 분위기로 이끌어 가는 시상의 전환은 당대 동요의 분위기와는 사뭇 다른 것이다. 다음의 글에서 그에게 동심은 어떤 것인지 단초를 찾을 수 있다.

「시 삼매」에 들 수 있는 사람은 바야흐로 「열반」의 경지에 헤엄칠 수 있고, 「열반」의 경지에 자재하는 사람은 비로소 「시 삼매」에 넘나들 수 있는 것이 아닐까?

시심, 동심, 불심!

인간은 순수하면 되지 않을까? 순수한 인간에게는 따로이 「극락」도, 「요단강」도, 「사바」도, 「지옥」도 없을 것이다.

「시 삼매」에 들 때의 시인은 인간의 시인이 아니요, 시인의 시인인 것이다. 영감의 시인의 인간은 괴로운 현실에 파고 들어, 달가운 현실을 사는 것이다. 쓰디쓴 인간의 八만四천고뇌-번뇌를 씹을 줄 알고, 되 씹어서 달갑게 맛을 볼 줄 알기 때문이다.[22]

조종현의 시론을 집약해서 보여주는 이 글에서 '시심'과 '동심'과 '불

22 조종현, 「끝에붙임」, 앞의 책, 250쪽.

심'을 하나로 보고 있다는 것이 확인되는데 그것이 나오는 것은 '순수'라고 한다. 즉 시심과 동심과 불심은 '순수'에서 나오는 것으로 그것은 '극락도 요단강도 사바도 지옥'도 없는 상태로 수렴된다. 이것은 시심과 동심과 불심을 하나로 보는 조종현 불교론의 핵심이자 시론의 핵심이라고 하겠다. 따라서 조종현의 동요는 '불심' 그 자체라고 할 수 있다. 그가 '괴로운 현실에 파고들어, 달가운 현실을 사는 것'이 시인이라고 했듯이 그의 작품들은 일관되게 '괴로운 현실'을 반영하고 있다. 그런 측면에서 보면 그의 시론은 불교개혁론과 밀접한 관련성을 지닌다. '불교동요운동'을 일으키고자 했던 것으로 추정되는 동요 「成道의 새벽」은 그런 점에서 의미 있는 작품이다.

나무나무 가지에 하얀저꽃은
엄마품에 잠들때 몰래폇다요
오늘아침 새벽은 成道의새벽
마지하려 이강산 고히폇다요.

질거웁게 마지할 오늘아침은
까치도 짹! 짹! 반가운듯이
송이송이 꽃송이 머리에이고
집집마다 동무를 깨워준대요.

·····䑓月八日을 맞으며·····
佛敎童謠運動의 첫소리로!
—「成道의 새벽」 전문[23]

23 『佛敎』 80, 1931.

이 작품에는 '불교동요'라는 것을 명시하였고, 작품 말미에 '佛教童謠運動의 첫소리로!'라는 작품 창작의 뜻을 쓰고 있는 것으로 보아 동요를 하나의 불교운동으로 전개하고자 한 의도가 있었음을 짐작하게 한다. 실제로 불교동요운동이 전개되었는지는 아직 확인되지는 않지만 만약 불교동요운동이 전개되었다면 불교개혁운동과 연관성은 더욱 깊었을 것이다. 그는 '새틀사'라는 소년문예단체에서 활동[24]하기도 하였다.

> 說法은 詩이다. 詩가 아닌 說法은 放光할 수 없다. 純水無垢한 明鏡·止水보다도, 오히려 그 맑은, 그 밝은 마음의 한줄기 靈的 토로이기 때문이다.
>
> 佛心이 아니면 詩心을 가질 수 없고, 詩心이 아니면 佛心에 접할 수 없다. 詩心, 佛心은 그저 童心이어야 한다.
>
> 童心은 可히 써 '定에 들 수'있고, 定中生活-三昧境地는 可히 詩를 形象化할 수 있을 것이다.
>
> 信仰과 詩! 詩와 信仰은 둘일 수 없다. 信仰은 詩라야하고, 詩는 信仰이라야 한다. 詩를 信仰으로 할 때 비로서 詩를 形象化할 수 있는 能力을 가질 것이다.
>
> 詩를 새롭게 꾸준히 쓸 수 있는 活力素는 清純한 信仰의 源泉을 確保함으로서다.[25]

그의 '佛心이 아니면 詩心을 가질 수 없고, 詩心이 아니면 佛心에 접할 수 없다. 詩心, 佛心은 그저 童心이어야 한다'거나 '童心은 可히 써 '定에 들 수'있고, 定中生活-三昧境地는 可히 詩를 形象化할 수 있'다거나 '信仰은 詩라야하고, 詩는 信仰이'라야 한다는 주장은 앞서 말한 '시심,

---

24 조종현, 「다람쥐」, 『별나라』, 1930.7(소속을 '새틀사'라고 밝히고 있다).

25 조종현, 「끝에 적음」, 『의상대 해돋이』, 한진출판사, 1978, 84~86쪽.

동심, 불심!'이 하나여야 한다는 말과 같다. 즉 '淸純한 信仰의 源泉을 確保'는 '동심'을 통해서 가능하다는 것이다. 조종현은 이 원칙에 입각하여 동요를 창작하였다.

가

방실방실 어린이 재미스럽게
말이뛴다 소뛴다 말은하여도
하는이말 이름을 모른다해서
「한말」이라 이름을 일러줬지요

나

방실방실 어린이 얌전스럽게
가갸거겨 책들고 글은읽어도
읽는그글 이름을 모른다해서
「한글」이라 이름을 갈처줬지요

다

쉽고쉬운 우리글 「한글」이라요
좋고좋은 우리말 「한말」이라요
방실방실 어린이 잘도읽는다
방실방실 어린이 잘도부른다

—1930—

—「한말 · 한글 - 九月二十九日을 맞으며」 전문[26]

26 『동아일보』, 1930.11.19.

그가 불교청년동맹에서 불교개혁론을 이끌었던 것은 불교 내부적인 혁신을 위한 것이기도 했지만 한편으로는 일제를 거부하는 것이기도 했다. 일제의 교육목표는 철저한 신민을 양성하기 위한 것에 있었고, 그것을 위해 일본어를 국어로 사용하게 한 정책을 획책하고 있었던 때 민족정신을 집약하는 한말과 한글의 중요성을 부각시키는 동요를 썼다. 그것은 불교개혁운동과 다를 바 없다. 동요 「한말 · 한글」이 바로 그것이다.

조종현이 동요 「한말 · 한글」을 발표한 뒤 불과 10일 만에 형석기[27]가 곡을 붙여 『동아일보』 지면에 발표하였[28]고 이 동요를 본 독자(한말 · 한글배는生)는 '한글質疑欄'에 "『한말이란 名詞』는 이번 『한글』四百八十四週年記念日에 貴報에 발표된 趙宗玄氏의 童謠 『한말 · 한글』이라는 題에서 처음 보아 알앗거니와 대저 그 『한글』이란 名詞는 어느때 누가 지은 것입니까 또 『한』의 意味와 來歷과 語源을 자세히 說明"[29]을 요구하기도 하였다. 이런 사실로 미루어 동요 「한말 · 한글」은 많은 독자들로부터 공감과 호응을 얻었던 작품이다.[30]

조종현이 기억하는 1930년대 동요문단은 "동요작가가 한목 쏟아져 나"온 때였다. 그리고 "수십 명의 작품이 매일같이 문화면을 독차지"하던 때이다. 그리고 그의 고향인 고흥의 "목일신"[31]도 활동한 때였다. 그리고 그 때는 그가 불교개혁을 주장하는 활동의 정점에 있을 때였다.

---

27 작곡가 형석기는 서울출생으로 도쿄음악학교에서 수학한 뒤 30~40년대 〈맹꽁이타령〉, 〈대한팔경〉 등의 신민요와 〈왕자호동〉, 〈심청전〉 등 향토가극을 발표했으며 1994년 3월 26일 사망했다. 가수 하춘화와 김부자를 발굴한 것으로 유명하다(『경향신문』, 1994.3.27 참조).

28 『동아일보』, 1930.11.29.

29 『동아일보』, 1930.12.17.

30 그 뒤에 동요 「한말 · 한글」은 강신명이 곡을 붙이기도 하였다(한예종 한국예술연구소, 『한국작곡가사전』, 시공사, 1995, 16쪽 참조).

31 조종현, 「끝에 붙임」, 앞의 책, 244~245쪽.

이것은 불교개혁운동과 동요쓰기가 한 뜻을 가지고 행한 '불심은 그저 동심'이라던 주장의 구체적인 실천태이다.

······가······

어린남매 두남매 무엇하려고
고무공장 뒷문에 지웃거리나

○

아마아마 엄마가 보고십허서
엄마찾아 온게지 마중온게지

······나······

어린남매 두남매 도룬거리며
양회굴뚝 머하려 손질을할가

○

올치올치 쌍고동 쒸쒸불면은
엄마온다 나온다 속삭이나보

—「어린남매」 전문[32]

單調한 七五調에 衍文이 많아서 더욱 單調하다. 題材는 좀더 細密化햇스면 훌륭한 詩가 될 것이다. 英國의 工場法을 고치게 한 「브라우닝」夫人의 노래 모양으로.[33]

위는 동요 「어린남매」와 주요한의 월평[34]이다. 공장으로 일하러 간

---

32 『조선일보』, 1930.11.23.
33 주요한, 「동요월평」, 『아이생활』, 1931.1, 47쪽.
34 그때 맺은 인연으로 주요한은 조종현의 첫 시조집 『자정의 지구』에 「자정의 지구에 붙임」이라는 시로 축하했고 막역한 사이가 되었다.

엄마를 마중하기 위해서 나온 남매의 모습을 현실감 있게 그리고 내고 있다. 엄마가 나올 때를 알려주는 '향회굴뚝'을 가리키며 '쌍고동'소리를 기다리며 서성이는 어린 남매의 모습에서 현실에서 눈 돌리지 않고 '민중속으로' 들어가고자 했던 불교개혁론이 숨어있다. 그 때의 대부분의 동요는 정형적인 7·5조에 맞춘 모양이 우세하였던 만큼 거기에서 벗어나고 있지 못해서 주요한은 '단조'로움을 극복하고 '題材는 좀더 細密化'할 것을 요구하고는 있다. 그러나 동심을 통해 고단한 민중들이 모습을 그려내고 있다는 점에서 그의 시론을 잘 반영하고 있다.

이 밖에도 동요「직공된 누나의 노래」,「헐벗고 굶주려도」,「어린거지」,「자장노래」,「어린머슴애」,「동무를 잃고」등은 고단한 민중들의 어려운 현실을 담고 있는데 '만당'과 불교청년동맹에서 내세웠던 불교개혁론의 핵심인 '민중 속으로'를 구체화한 작품들이다. 그것의 또 다른 실천으로 동요극 〈꽃 피는 동산〉이 있다.

> 사월팔일인 우리 부처님의 거룩하옵신 탄신절을 우리 이강산의 소년소녀동무와 한가지 기쁨에 넘치는 마음과 경건한 정성으로써 손맞잡고 긔렴축하하려는 한꼬타리의 마음을기우려 이동극은「꽃피는동산」을 씀이 제의 본의란 것뿐이다.[35]

부처님의 탄신을 기념하여 '이강산의 소년소녀동무와 한가지 기쁨에 넘치는 마음과 경건한 정성으로써 손맞잡고 긔렴축하'하기 위해서라고 밝힌 것처럼 〈꽃 피는 동산〉은 축제극이다. 축제극 속에도 어김없

"캄캄한 마을에 / 희미한 들창 하나 / 누가 촛불을 켜나부다 // 한개의 촛불은 / 한개의 슬픔을 달랠 게나 / 억만의 촛불은 / 지구를 밝힐 게다 // 붙으럼아 촛불아 / 옮겨 붙어 / 맘서 맘으루 / 연륜서 연륜으루 ……" 주요한,「자정의 지구에 붙임」전문.

35 조종현, 〈꽃 피는 동산〉,『佛敎』83, 1931.

이 가난한 아이들이 등장한다. 그리고 더불어 함께하는 어린이들이 등장하고 있다. 조종현이 불교개혁운동과 동요, 동요극에 이르기까지 변함없이 지향한 세계는 '민중속으로' 들어가는 것이었다. '시심'과 '동심'과 '불심'의 일치를 주장하였던 만큼 그가 현실에서 눈 돌리지 못하고 동심을 통해 구체적인 현실을 반영하고 있다. 그의 동요는 단순히 동심으로 바라본 민중들의 고달프고 힘든 삶의 모습이 아니라 결코 외면하고 피해갈 수 없는 우리의 현실을 직시한 것이다.

3. 여백의 미학, 시조와 함께

조종현의 붓끝이 시심으로 향할 수 있었던 것은 불심과 시심을 하나로 본 것에 있다. 그는 1928년 『불교』에 첫 시조 「정유화」를 시작으로 생을 마칠 때까지 332편의 시조를 썼다. 생전에 『자정의 지구』, 『의상대 해돋이』, 『거 누가 날 찾아』, 『나그네 길』 등 4권의 시조집을 발간하였다. 그가 시조를 쓰기 시작한 것은 박한영 스님이 설립하여 운영한 개운사 강원(중앙불전, 현 동국대)에서 유식을 공부할 때 정인보, 이병기, 이은상, 최남선에게 시조를 배우면서 부터다. 1920년대의 시조부흥운동을 이어받은 시조시인으로, 1960년대 이태극과 『시조문학』을 창간하여 신인들을 발굴하여 시조문학의 발전을 위해 헌신의 노력을 게을리하지 않았다. 그는 1928년부터 1988년까지 쓴 시조는 332편이다. 그가 쓴 첫 시조는 「庭有花」[36]이다.

―

36 조종현, 『佛敎』 62, 1929.8.

심은꽃 두어떨기 가지마다 피엿것만
말업시 가신님은 어이올줄 몰으신가
이마장 내홀로보니 마음아니 쓰리랴.

二

하단곳 만타커늘 어이뒷뜰 가렷든고
無心코 窓박치면 불연듯이 나는생각
꽃푹이 물주든얼골 두눈앞에 어리네.

三

매암이 소리높여 夕陽하늘 울어오고
千里에 님일흔몸 돌아갈줄 몰으올제
히저시 서웃는저꽃 故懷더육 자내네.

四

핏빛의 저花瓣은 님의마음 달맛고야
뛰진듯 나는향래 님의넉시 그안인가
花盆에 옴기자한들 님의손짓 앗가워.

－七月二日 故××의 追憶－

—「庭有花」전문

이 시조는 '석범(石帆)'이라는 필명으로 발표된 작품으로 조종현도 첫 작품이 「庭有花」라고 언급하고 있는 작품이다. 기승전결의 구조를 띠고 있는 이 시조는 첫 작품이라고 할 수 없을 만큼 시조의 형식적 조건을 구비하고 있을 뿐만 아니라 각 수마다 화자의 심리가 잘 묘사되어 있다. '말업시 가신님'에 대한 원망이 아니라 그가 가꾸었던 '꽃'을 통해 '말업시 가신님'을 소환하여 그리워하는 마음이 '석양'과 '핏빛'으로 표출되어 있다. 이은상은 『자정의 지구』 서문에 「生死觀空」을 처녀작으로 보는 것이 좋겠다고 하였으나 「정유화」도 그에 못지않다. 작품을 발표한 후인 1930년도부터는 많은 작품들을 발표하면서 시조문단에 그의 이름을 확실하게 새기게 되었다. 「生死觀空」[37]의 전문은 다음과 같다.

산 것이 사는 것가 산 것 같지 아니하니
죽음도 그럴런가 죽음 속을 뉘 알리요
눈 감고 스스로 볼 제 죽고 삶이 없구나

세상 것 있다 하니 있는 줄로 보올 것가
있던 것 없다 하니 없는 줄로 아올 것가
모든 것 나오자마자 고대 죽고 마는걸

죽고 사는 것을 없게 본다 없을 것가
본래 없었으니 이제 봐도 없는 것이
없는 줄 아는 마음도 또한 없다 하노라.

—「生死觀空」 전문

시인이기 이전에 승려였던 그의 생철학을 잘 보여주는 작품으로 그의 마지막 시조집인 『나그네 길』의 작품들과 다르지 않다. 삶은 '운수행각'이자 '나그네길'이라는 생철학은 이미 시조 쓰기의 출발기에 해당하는 작품에 고스란히 담겨있기 때문이다. 10년의 출가수행이 낳은 생사일여요, 생사해탈의 경지에 이르렀음을 보여주는 작품이다. 이미 첫 수에서 '죽고 삶이 없구나'라고 단언하고, 둘째 수에서는 '모든 것은 나

37 조종현, 「生死觀空」, 『新生』, 1931.7.

오자마자 고대 죽고 마는걸'로 확장하고, 마지막 수에 이르러서는 생사란 '본래 없었'기 때문에 '없는 줄 아는 마음' 조차도 없다는 것에 잘 드러난다. 시조의 형식미와 운율미도 빠지지 않는다. "서울 동대문밖 대원암 석진에게서 '唯識'을 연구하던 무렵"으로 "「생사관공」은 유식 공부의 산물이었고, 또 그 뒤로도 그의 작품은 어느 것이나, '모든 삼라만상이 다만 心識하나 임을 설법하는 유식철학의 터전 위에서 이루어지는 것임을 불 수 있으며, 또 그에게 있어서는 그것이 당연한 일"[38]이었던 것이다.

그는 민족 신문이었던 『조선일보』와 『동아일보』, 그리고 『중외일보』를 중심으로 많은 시조를 발표하였고, 잡지에는 『佛敎』와 『東光』에 주로 발표를 하였다. 그는 작품을 발표할 때도 지면을 가려가며 발표하였다는 것을 알 수 있다. 작품 어디에도 항일을 주제로 하고 내세우고 있는 작품은 없다. 대신 민족의 문화유산을 소재로, 제목으로 호명하고 민족정신을 계승하고 있다. 그 작품 중에 「普信閣鐘」이 있다. 그는 잡지 『東光』에 원고 「普信閣鐘」을 보냈다. 그러나 「普信閣鐘」은 일본 총독부 경무국 도서관의 검열에 걸려 삭제되었다.[39] 잡지 『동광』에 실리지 못하고 만 것이다. 그러나 그는 몇 달 후에 잡지 『동광』에 「보신각종」[40]을 그대로 발표하는 비범함을 보였다. 그것을 보면 표면적으로 항일을 드러내지는 않았지만 민족정신을 계승하기 위해 민족의 문화유산을 호출하는 전략을 펼친 것이다. 시조 「紅花門」[41]과 「隆陵」,[42] 「忠武公追慕」[43] 같은 작품이 여기에 속한다.

---

38 이은상, 「머리말」, 『자정의 지구』, 현대문학사, 1969.
39 조종현, 「끝에 붙임」, 위의 책, 246쪽.
40 조종현, 「普信閣鐘」, 『東光』 23, 1931.7.
41 조종현, 「紅花門」, 『동아일보』, 1931.2.27.
42 조종현, 「隆陵」, 『동아일보』, 1931.3.1.
43 조종현, 「忠武公追慕」, 『동아일보』, 1931.6.12.

조종현 시조의 특징은 연시조가 많다는 점이다. 연시조는 한 가지 주제에 천작하여 집중적으로 주제를 형상화한다는 점에서 현상학적이기 쉬운 단점을 극복하기에 좋은 창작법이다. 그런 점에서 조종현의 연시조는 독보적이라고 할 수 있다. 초기 작품인 「三山에 지는 달」[44]은 『매일신보』에 3회에 걸쳐 연재된 시조로 7수에 이른다. 잘 알려진 시조 「의상대 해돋이」는 「東海點描」 중의 한 수이고, 「나도 푯말되어 살고 싶다」도 26수의 연시조이다. 그의 연시조가 갖고 있는 대부분의 특징 중의 하나는 각 수별로 소제목이 있다. 그래서 각 수를 분리하면 한편의 독립된 시조가 된다. 「東海點描」 중의 한 수인 「의상대 해돋이」가 대표적이다. 중학교 국어 교과서에 실리기도 하였는데 전문은 다음과 같다.

천지 개벽이야!
눈이 번쩍 뜨인다

불덩이가 솟는구나
가슴이 용솟음친다

여보게!
저것 좀 보아
후끈하지 않는가.

—「의상대 해돋이」 전문[45]

의상대에서 바라본, 동해 바다로 떠오르는 해돋이의 광경을 '천지 개

44 조종현, 「삼산에 지는 달」, 『매일신보』, 1931.9.5~8.
45 조종현, 『의상대 해돋이』, 한진출판사, 1978.

벽이야! / 눈이 번쩍 뜨인다'는 직관으로 포착하여 순간적으로 폭발시킨 이 감각앞에서 더 이상 수사는 필요하지 않다. 이 시조가 성속일여의 단순하고 간결한 청빈, 이것이 바로 '覺'의 순간이고, 불타의 가르침이며, '시심'과 '불심'과 '동심'이 하나인 순간을 동시에 보여준다.

영감의 시인의 인간은 괴로운 현실에 파고 들어, 달가운 현실을 사는 것이다.

쓰디쓴 인간의 八만四천고뇌-번뇌를 씹을 줄 알고, 되 씹어서 달갑게 맛볼 줄 알기 때문이다.

「마음의 눈」이 번쩍이는 시인의 시인이 아닐까?

시조는 시조가 아니라야, 정말 시조가 될 것이다.

그는 시인은 '인간의 괴로운 현실에 파고 들어, 달가운 현실을 사는 것'이 아니면 시인이 아니고, 시인은 '마음의 눈'을 뜨고 있어야 하며 그것을 가공한다고 해서 써지는 것이 아니라 '번쩍'이는 마음이 있어야 쓸 수 있는 것이라고 전언한다. '괴로운 현실에 파고들어 달가운 현실을 사는' 것이 시인의 임무로 여긴 시인이었기 때문에 그는 차마 현실에서 눈 돌리지 못하고 슬픔과 아픔을 노래하였던 것이다. 시조다운 시조를 위하여 조종현은 이태극과 함께 『시조문학』을 창간하여 발행하면서 신진시인들을 배출하였다. 그래서 그는 시조의 명칭문제에 대한 재고할 필요성을 제시하기도 하였다. 그의 시조의 명칭에 관한 논리는 현 시점에서도 재고해 볼만하다.

그러면 〈시조〉의 名稱을 어떻게 표기해야할 것인가? '시調'란 語義에 卽하여, 創作인 우리말의 〈시조〉를 '한글'로 記寫하는 것이 타당하다고 생각

한다. 또 一步讓하여 第二次的으로 思考되는 필연적인 문제가 제기되는 것은 〈시조〉는 곧 詩다. 더우기 定型詩다. 그러므로 만일 〈시조〉의 名稱을 漢字로써 표기할 必要性이 요청된다면 〈詩調〉로 記寫하는 것이 名實相符하고, 合理的이며, 자연스럽다. 보다 오히려 어디까지나 〈시조〉의 名稱과 아울러 그 語義까지 일목요연하여 의심할 바 없을 것이다. 〈詩調〉!

〈시조〉는 원래 文學性과 音樂性이 具有豊富함을 要하는 것이 그의 本質이요 特徵임으로써 〈詩調〉! 이렇게 쓴다면, 이 名稱은 장황한 說明을 새삼요할 필요조차 없이, 일견 視覺的으로 '詩의 노래' '詩의 가락' 또 '詩의 格調' 라는 意味, 語義로서의 곧 '定型詩'임을 直覺的으로 인식케 될 것이다. 동시에 〈시조〉는 格調詩이기 때문에 '詩로서의 노래요' '노래로서의 詩다' 이 독특한 妙味와 神風은, 오직 〈시조〉만이 同時具現할 수 있으므로 〈詩調〉!로 表記하는 것이며 더욱 마땅할까 한다.

〈시조〉는 본디 自由詩아닌 定型詩요 더구나 散文詩아닌 格調詩이므로 그 名稱을 前述한 바와 같이 〈詩調〉!로 記寫하는 것이 떳떳하고 最適이 아닐까 한다.[46]

조종현은 '시조'라는 명칭이 언제부터 어떻게 생겨났는지, 그리고 학자들이 어떤 논리를 전개하였는지 일괄한 후 시조는 '視覺的으로 '詩의 노래' '詩의 가락' 또 '詩의 格調'라는 意味, 語義로서의 곧 '定型詩'임을 直覺的으로 인식케 될 것'이니 명칭도 '시조(詩調)'로 표기를 바꿀 것을 주장하고 있다. 그리고 시조에 대한 정의도 '본디 自由詩아닌 定型詩요 더구나 散文詩아닌 格調詩'라고 새롭게 정의하고 있다. 시조를 향한 그의 관심과 노력을 잘 보여주는 대목이다. 그 기저에는 시조는 인위적으

46 조종현, 「시조의 名稱再考」, 『현대문학』, 1964.9.

로 쓸 수 있는 것이 아니라는 사실을 깔고 있다. 시조 「피란가는 길 1」[47]을 보면 알 수 있다.

불바다 되다 보니 재밭이 되다 보니
눈보라 치는 밤을 들려갈 곳 전혀 없다
철 없는 어린 것들은 집에 가자 울부짖고.

소낙비 바우듯 낯선 마을 달려드니
멍사모른 개란 놈들 왕왕 짖고 내닫는다
이렇게 초라한 모습 너도 처음 보느냐.

〈1951. 1・4후퇴에 江景 나바위를 지나며〉

한국전쟁 중 피란길을 형상화한 이 시조에는 삶의 터전이 모두 '불바다', '재밭'이 되어 버려 '눈보라 치는 밤'을 피할 곳 없어 괴로운 현실을 담고 있다. '집에 가자 울부짖'는 어린 자식들을 데리고 바쁜 걸음으로 찾아든 낯선 마을, 뭣 모르는 개까지 짖어대니 고통과 슬픔을 꾹꾹 눌러 앉히고 '초라한 모습 너도 처음 보느냐'로 일갈하는데서 감정을 조작한 흔적은 없다. 이것이 조종현 시조의 격조이다. 이 작품에서 보듯이 현실을 담되 현실을 초월한 시인의 시인이 만나지고, 시조가 '詩로서의 노래요' '노래로서의 詩다'라는 전언과 만나진다.

조종현의 시조에는 기행시조가 많다. 작품 끝에 시간과 장소를 밝히고 있는데서 그의 기행이 갖는 특별한 의미를 확인할 수 있는 것이 특징적이다. 대본산 사찰인 선암사, 통도사, 범어사, 동학사 등의 여러 강

---

47 조종현, 『자정의 지구』, 현대문학사, 1969.

원에서 강사를 한 것에서 시간과 장소를 밝히게 된 주된 요인으로 보이나, 무엇보다도 수행길에 산수와 진경을 보고 느낀 감회가 '깨달음'이었던 것이다. 그래서 구체적인 지명이 등장하는 제목이 많다. 「동해점묘」 같은 경우를 보면 동해안의 명승유적이 각 수의 제목으로 등장하고 있고, '설악산'은 「雪嶽山에서」, 「雪嶽頌」, 「雪嶽山 단풍」과 같이 여러 작품에서 제목으로 호출되고 있어 각별한 의미의 공간임을 알 수 있다.

한자어가 많지 않다는 것도 조종현 시조의 특징이다. 이는 민중불교를 주장하면서 끊임없이 민중들과 함께 하고자 하였던 그의 불교사상에 기반 하고 있다. 그래서 어려운 낱말이 없고 쉽게 이해할 수 있다. 그렇다고 주제의식이 가벼운 것은 결코 아니다. 깊은 사유로 이끈 여백의 미는 그의 시조가 갖은 미학의 결정체이다. 가볍게 쉽게 읽어지지만 결코 가볍게 쉽게 넘길 수 없는 것, 시조 전편이 거의 그렇지만 네 번째 시조집인 『나그네 길』에는 「나그네 길」 연작 83편이 대표적이다. 그 중에 「나그네 길 1」이다.

어디쯤
왔는지
어디쯤
갔는지

내사 모르겠다

오기는 왔다마는
가기는 갔다마는

나는 그저
그 자리.

누구나 알아 들을 수 있고, 쉽게 읽을 수 있는 짧은 시조이다. 그렇지만 결코 쉽지 않고 가볍지 않은 사유가 있다. 삶을 초월하지 않으면 쓸 수 없는, 해탈하지 않고는 그 경지에 갈 수 없을 그것이 종장인 '나는 그저 / 그 자리'다. 이 시조가 남긴 여백은 길다. "어려서부터 불교의 신앙 세계에서 자랐고, 또 일찍부터 화엄의 경지를 주무르기도 했다. 그러기에 거리로 나와서도, 역시 그 맑은 마음 하나 지니고 살아온 사람"이다. 또한 "독경과 강경을 게을리 하지 않았고, 또 그것보다도 차라리 시조를 지음으로써 괴로운 인생을 달래어 온 사람"[48]이기에 깊은 사유와 긴 여운을 남긴 작품을 쓴 것이리라.

> 내가 83년 동안 묵던 여관을 떠나게 되는 신호를 느낀 것 같다. 그렇게 스스로 믿어진다. 그렇다. 나그네는 떠나는 것이다. 파장이 되고, 해가 질 무렵이면 말이다.
>
> 나그네는 훌쩍 떠나는 것이 문제가 아니다. 밥값을 가리고 여비를 챙겨야 한다.
>
> 한 푼도 갚을 것이 없어야 한다. 따라서 받을 것도 없어야 한다.
>
> 그저 알몸으로 왔다가 알몸으로 가야 한다. 깨끗이 왔으면 깨끗이 가야 한다.
>
> 빚을 지고 가는 것이 죄라면, 빚을 놓고 가는 것도 또한 죄가 아닌가.
>
> 주인공(主人公)! 너는 '나그네!' '나그네길'을 가야 한다. '끝없는 나그네

48 이은상, 「머리말」, 앞의 책.

의 길을 그저 끝없이 갈 뿐이다!'

나그네의 길은 그대로 영원한 길! 너도 가고 나도 가고, 나도 오고 너도 오고, 우리 모두 우줄우줄 춤도 추고, 노래도 부르는 자유의 길! 평화의 길! 차별도 없고, 계층도 없는 큰 길! 평등한 길일 뿐!

큰 스님들이 입적할 시간을 미리 예견하듯이 조종현도 속세에서 나그네로 머문 시간이 다 되었음을 직감하고 있었다. '한 푼도 갚을 것이 없어야 한다. 따라서 받을 것도 없어야 한다. 그저 알몸으로 왔다가 알몸으로 가야 한다. 깨끗이 왔으면 깨끗이 가야 한다'고 썼다. 그리고 '우리 모두 우줄우줄 춤도 추고, 노래도 부르는 자유의 길! 평화의 길! 차별도 없고, 계층도 없는 큰 길! 평등한 길'을 향해 먼 길을 떠났다. 그래서일까 시집의 제목도 『나그네 길』이다.

그는 조선불교의 개혁과 민중불교를 지향하면서 일제의 사찰령을 거부했던 승려였고, 1930년대 시조시인으로 활발한 활동을 함으로써 시조부흥운동을 이어왔던 시인이며, 1960년대 시조의 부활을 위하여 문예지를 창간주재하면서 신예문인들을 발굴하였던 사람이다. 평생을 헌신으로 일관한 지사적인 생애를 그는 스스로 '운수행각'이요, '나그네 길'이라고 일갈하였다. 그러나 조종현의 삶에는 일제하의 치열하게 전개하였던 항일민족운동과 불교개혁운동이 서려 있고, 해방기의 생사의 갈림길에서 환속하지 않을 수 없었던 이념대립의 현장이 있다. 또한 한국전쟁과 4·19혁명과 5·16군사 쿠데타, 그리고 유신시대와 1980년 광주민중항쟁까지 온몸으로 살아낸 역사가 있다. 따라서 그의 작품은 곧 시대의 소리요, 시대를 산 역사의 기록이며, 시인의 삶이다.

깊은 골짜기에서 내려오는 물줄기, 그 옥구슬 굴러가는 소리에 귀를 씻고 또 씻고, 모난 마음 구석구석을 둥글게 갈고 또 갈아 아름다운 곡선을 이루었는가? 그곳에는 언제나 사람들의 발길 잠시 멈추어 귀를 씻고 모난 마음들 둥글게 합장을 한다. 푸른 숲을 가로지르는 풍경소리, 지나는 길손들 언 가슴을 녹여 멀리 따뜻한 숨결 보내는 그곳에서 잠시 삶의 가파른 자락을 쉬고 싶다. 깊은 골짜기에 숨어 세상을 엿보는 듯 맑은 소리 흘려보내는 산사, 이제는 조종현의 승려로서의 활동과 동요와 시조들이 선암사의 풍경소리를 타고 널리 널리 퍼지기를 소망한다.

작가 연보

1906년	2월 8일(음력) 전남 고흥군 남양면 왕주리 315번지에서 아버지 함안 조씨 용명(趙鏞明)과 어머니 여산 송씨 장동(宋獐洞)의 3남 중 장남으로 태어나다. 본명은 조용제(趙龍濟)이다.
1912년	6세 때부터 서당에서 한문 공부를 시작하다.
1922년	2월 24일 전라남도 순천 선암사로 출가하다. 경운(金擎雲)스님의 손상좌로, 그 문하의 보광(普光)스님을 은사로 불교 공부를 시작하다.
1924년	경운 스님의 지도로 사집(四集)과정 수료하다.
1926년	3월 11일 범어사 전문강원 진진응 스님에게서 사교과(四教科)를 수료, 강원을 졸업(중등과)하고, 보살계를 수지하다.
1927년	6월 25일 통도사 불교 전문강원 내 단체인 신진회 집행위원으로 피선되다.
1927~28년	동화사 강원에서 수학하면서 강우회의 문예부장과 서무부 이사를 역임하다.
1928년	1월 동화사 강원 대표로 조선 불교 학인대회(學人大會) 발기인이 되다. 불교 학인대회를 이운허, 이청담과 주도하여 전국 불교학인대회를 개최하다. 2월 동화사 강원 서무부 이사가 되다. 3월 5일 동화사 불교전문 강원의 대교과를 수료하다. 3월 12일~13일 조선불교 학인대회 발기총회 참가하여 좌장 후보로 선출되다. 3월 14일~17일 각황사에서 개최된 조선불교 학인대회에 참가하여 발기인 및 교육제도 혁신위원 및 연맹규약 제정위원으로 활약하다. 조선불교 학인연맹 기관지 『회광』을 3년간 편집 발행하다. 11월 1일 개운사 불교전문 강원에서 화엄 삼현부를 수료하다.

개운사 불교연구원에 학적을 두고 불교사상을 연구하다.

개운사 강원 동우회 회원으로 활동하다.

1929년 8월 잡지 『불교』에 첫 시조 「庭有花」를 '석범(石帆)'이라는 필명으로 발표하다.

11월 16일 첫 동요 「엄마숨박곡질」을 『조선일보』에 발표하다.

『조선일보』, 『동아일보』, 『중외일보』 등의 지면에 지속적으로 동요와 시조를 발표하면서 문학인으로서의 삶도 본격화하다.

1930년 만해 한용운 스님을 총재로 한 승려들의 독립운동 비밀결사 '만당(卍黨)' 결성에 참여하다. 선암사 普光스님의 시탕(侍湯)을 하기 위해 동화사 강사직을 사직하고 순천 선암사로 돌아오다.

시조 「생사관공 · 보신각 종(生死觀空 · 普信閣 鍾)」을 발표하면서 시조시인으로서의 활동을 전개하기 시작하다.

1931년 3월 23일~24일 총동맹 발기를 위한 조선불교청년대회에 참가하여 임시집행부 서기 및 맹헌(盟憲)제정 전형위원으로 선출된다.

조선불교청년동맹 창립대회에서 중앙검사위원회 위원으로 선출되다.

1932년 1월 『불교』지에 「사법개정(寺法改定)에 대한 의견」 기고하다.

3월 『불교』지에 「강원교육과 제도 개신(改新)」 기고하다.

3월 10일 석전 박한영 스님이 개운사에 대원불교 강원을 설립, 개운사 강원(불교연구원)을 제1회로 졸업하다(개운사 강원(불교연구원)은 훗날 중앙불전으로 개명되었다).

4월 만해 한용운의 요청으로 『불교』지에 「대승기신론강의」를 7회에 걸쳐 연재하다.

4월 선암사 전문 강원 5대 강주로 부임하다.

조선불교청년동맹 중앙집행위원, 순천 선암동맹위원을 겸하다.

선암사 산중총회에서 평의원으로 선출되다.

선암사 교육심의위원으로 선출되다.

'만당'의 재무위원직을 맡다.

1933년 2월 『불교』지에 「종헌반포(종헌반포)기념일과 청년동맹」 기고하다.

3월 『불교』지에 「민중교화와 교화자금」 기고하다.

박성순(朴聖純)과 혼인하다.

1935년 중앙교무원 평의원을 거쳐 상임이사와 심사위원이 되다.

1936년 선암사 감사와 법무(法務)직을 겸하다.

1월 15일 장녀 조양덕 태어나다.

1936년 8월 17일 순천 향림사 주지로 부임하다.

1937년 9월 일본 동경 구택(駒澤)대학에 1년간 유학하여 위등랑응(衛藤郎應)박사에게 불교학을 수료하다. 불교유학생 기관지인 『금강저』를 장원규(張元圭)등과 편집 인쇄해서 귀국, 서울 낙산의 감로암에서 비밀히 발송하다.

1938년 중앙교무원 심사위원이 되다.

3월 2일 차녀 조계덕 태어나다.

1939년 3월 마곡사 강원 조실로 부임하다.

9월 25일 선암사 전문강원 강주로 부임하다.

1940년 8월 29일 장남 조진래 태어나다.

1943년 8월 17일 차남 조정래 태어나다.

1944년 7월 3일 만해 한용운 대선사 영결식에 참석해 경기도 양주군 노해면 미아리 화장장에서 거행된 다비식에서 사리를 수습하다.

1945년 8월 선암사 감무(부주지 역할)로 재직하면서 친일파 승려들이 점유하고 있던 순광사(順光寺), 환선정(喚仙亭)을 환원을 추진계획을 세우다. 해방의 소용돌이 속에서 순광사는 좌익계에서 노동회관으로, 환선정은 청년대의 사무실로 점유하고 있었기 때문에 그 반환을 요구하다. 그 쪽에서는 최소한의 이전비를 대달라는 협상안을 내놓다. 그래서 이전비를 타협해서 지불하다.

1946년 선암사 주지였던 김포광스님이 불전교수로 되돌아가자, 절 대중들의 선거를 통해 주지에 당선되다. 그에 따라 청년시절부터 주창해온 사찰 개혁을 위해 '절 토지는 소작인에게! 승려는 교화사로! 사찰은 심신 도

장으로!'라는 표어를 선암사 입구에 걸고 사찰개혁운동에 나서다.

2월 2일 3녀 조정덕 태어나다.

1947년 사찰재산을 좌익운동단체에 임의로 기부했다는 조직적 모함을 당해 선암사를 떠나 환속, 순천시 행동의 적산가옥으로 세 들어 이사하다. 순천에서 목탄상을 하다.

1948년 10월 여순사건 당시 좌익성향을 의심받아 서북청년단에게 끌려가 심한 고초를 당하고, 세 차례 종결처형 상황에서 신자와 지인들의 도움으로 위기를 넘기고 구사일생하다.

1949년 광주고법으로부터 무죄 판결을 받다.

1950년 불교 신자의 도움으로 안전한 충남 논산으로 이주하다. 피난지를 전전하며 서당에서 학동을 가르치고, 장날 따라 괴나리봇짐 포목장사를 하다.

1952년 벌교상업교등학교 교장이 국어교사로 초빙, 부임하여 1955년까지 재직하다.

10월 1일 3남 조건래 태어나다.

1956년 광주제일고등학교 국어교사로 전근해 1958년 3월까지 재직하다.

7월 6일 4남 조광래 태어나다.

1958년 4월 1일 서울 보성고등학교에서 국어교사로 전근해 1968년 2월 28일까지 재직하다.

1960년 시조시인 이태극과 『시조문학』을 창간하고, 시조부흥과 시조시인 배출을 본격화하다.

법화종 이사직을 맡다.

1963년 4월 '민족문화의 계승과 중흥을 불교문화의 재발현으로 이룩하자'는 뜻으로 불교문화예술원이 발족되어 그 이사로 선임되다.

7월 26일 동국대학 재단이사회에서 정이사로 선출되다.

1964년 조계종 고시위원이 되어 활동하다.

12월 30일 한국시조작가협회 창립을 주도하다.

1965년 불경 『관음경』을 번역하여 동국출판사에서 출간하다.

12월 19일 연화사 관음법회 주최 불교강좌 강의하다.

1967년 1월 20일 시조작가협회 3차 정기총기회에서 총무이사로 선임되다.

1968년 1월 24일 시조작가협회 4차 정기총회에서 시조작가협회 부회장으로 선임되다.

서울 우석고등학교(현 고려대 부속 고등학교) 교장으로 취임하여 1972년 정년퇴임하다.

1969년 3월 첫 시조집 『자정의 지구』를 현대문학사에서 출간하다.

원주 불심사 연구원장으로 불교 연구와 강의를 하다.

1976년 9월 제1회 노산문학상 심사위원을 역임하다.

1977년 1월 8일 공주 마곡사 전문강원 원장으로 부임하다.

1978년 총화종 원로원장을 맡다.

6월 제2시조집 『의상대 해돋이』를 한진출판사에서 출간하다.

7월 만해 한용운선생 기념사업회 발기 준비위원이 되다.

1982년 한국불교 포교사협회를 창설하고, 포교사 전문대학 명예교수로 활동하다. 불교통신대학원장으로 불전을 강의하다.

5월 불교 총화종 종정으로 추대되다.

1983년 10월 22일 제 8회 노산문학상 수상하다.

1986년 11월 팔순 기념 제3시집 『거 누가 날 찾아』를 지하철문고사에서 출간하다.

1988년 관음종 종정으로 추대되다.

11월 제4시조집 『나그네 길』을 한국문학사에서 출간하다.

1989년 8월 31일 84세로 입적, 충남 천안 공원묘원에 안장되다.

1998년 고향인 전남 고흥군 남양면 한마음 공원에 시비 「나도 푯말되어 살고 싶다」가 세워지다.

2006년 우리시대 현대시조 100인선 조종현 시조집 『나그네 길』이 태학사에서 발행되다.

2013년 한국대표명시선 조종현 시집 『모란꽃』이 시인생각에서 발행되다.

아동문학 연보

제목	발표지	날짜	비고
엄마숨박곡질	『조선일보』	1929.11.16	趙宗泫
울 어머니 애기노래	『조선일보』	1929.12.26	趙宗泫
울 엄마 가락지	『조선일보』	1930.1.11	趙宗泫
고기잡이의 아들노래	『조선일보』	1930.1.13	趙宗泫
직공된 누나의 노래	『조선일보』	1930.2.11	趙宗泫
게름방이 동무들	『조선일보』	1930.2.13	趙宗泫
참새나라	『조선일보』	1930.2.15	趙宗泫
신문사 가보고	『조선일보』	1930.2.16	趙宗泫
형님 품에서	『조선일보』	1930.2.16	趙血海
공밧기	『조선일보』	1930.3.1	趙血海
쒸염쒸기	『조선일보』	1930.3.1	趙血海
잉크병	『조선일보』	1930.3.1	趙血海
뷘방 안	『중외일보』	1930.3.6	趙宗泫
방아찌키 배짜기	『중외일보』	1930.3.8	趙宗泫
봄 시내가에서	『조선일보』	1930.3.19	趙宗泫
봄 시내가에서	『동아일보』	1930.3.21	趙宗泫
굴짜지	『조선일보』	1930.4.5	趙宗泫
선생님말슴	『동아일보』	1930.4.11	趙宗泫
집생각	『조선일보』	1930.4.13	趙宗泫
휘파람	『조선일보』	1930.4.24	趙血海
어린 거지의 노래	『신소년』	1930.5	새틀단, 趙宗泫
헐벗고 굶주려도	『조선일보』	1930.6.26	趙宗泫
엄마 일흔 송아지	『조선일보』	1930.6.27	趙宗泫
다람쥐	『별나라』	1930.7	새틀사, 趙宗泫
언제나 부러운 시내	『중외일보』	1930.8.1	趙宗泫
고향한울	『중외일보』	1930.8.2	趙宗泫
싀골의정조	『조선일보』	1930.8.9	趙宗泫
봉사꼿	『중외일보』	1930.8.11	趙宗泫

제목	발표지	날짜	비고
어린 거지	『중외일보』	1930.8.16	
한말 · 한글	『중외일보』	1930.8.20	**형석기 작곡**
맑은 여울	『중외일보』	1930.8.21	趙宗泫
녀름밤은 옥수수에 재미 부친 밤	『중외일보』	1930.8.21	趙宗泫
봉숭화꼿	『중외일보』	1930.8.21	趙宗泫
형님	『동아일보』	1930.9.2	趙宗泫
우리집식구	『중외일보』	1930.9.8	趙宗泫
새훗든논	『중외일보』	1930.9.16	
욕심쟁이	『중외일보』	1930.9.18	趙宗泫
동무야! 너는?	『중외일보』	1930.9.19	趙鍾現
너는 니젓느냐?	『중외일보』	1930.9.20	趙鍾現
자장노래	『중외일보』	1930.9.21	趙宗泫
어린머슴애	『중외일보』	1930.9.22	趙宗泫
쏘아라	『중외일보』	1930.9.24	鍾現
망아지	『중외일보』	1930.9.29	趙宗泫
젓먹일때	『중외일보』	1930.9.30	鍾現
콩밥	『별나라』	1930.11	
가랑닢	『동아일보』	1930.11.11	
어린남매	『조선일보』	1930.11.23	
少年行進曲	『佛教』 79	1931	
成道의 새벽	『佛教』 80	1931	
동무 손을 잡고	『별나라』	1931	趙宗泫
어린 누나가 안입니까?	『신소년』	1931.1	
써나는 고향	『신소년』	1931.1	趙灘鄕
밤길	『조선일보』	1931.1.24	
어머니	『조선일보』	1931.1.24	
엄마같소	『佛教』 84 · 85	1931.2	趙灘鄕
나루ㅅ배	『신소년』	1931.3	
눈 오시는 밤	『신소년』	1931.3	趙灘鄕
맨발로	『별나라』	1931.4	
李盛珠氏 童謠「밤엿장수여보소」는 朴古京 씨의 作品	『동아일보』	1930.11.22~23	趙灘鄕 / 평론
『갈멕이의서름』을 창작연발표한	『동아일보』	1930.11.28~29	趙彈響 / 평론
꽃 피는 동산	『佛教』 83	1931	동요극

시조 연보

제목	발표지	날짜	비고
庭有花	『佛教』 62	1929.8	石帆
시골의 情調!	『중외일보』	1930.8.22	趙宗泫
그리운 情	『동아일보』	1930.12.3	
城北春懷	『佛教』 71	1930.5	
더욱 그립네	『佛教』 73	1930.7	
도회의 저녁	『조선일보』	1930.7.2	趙宗泫
拈花微笑	『佛教』 79	1931.1	
聖夢	『佛教』 80	1931.2	灘鄉
새봄을 맞으며	『佛教』 80	1931.2	
花虹門	『동아일보』	1931.2.27	
隆陵	『동아일보』	1931.3.1	
눈 오시는 밤	『東光』 19	1931.3	
한강수	『東光』 20	1931.4	
獅吼頌	『佛教』 83	1931.5	
참아 그길가질가	『佛教』 86	1931.5	
背信者	『佛教』 87	1931.6	
백운대 갈 때려니	『동아일보』	1931.5.14~15	
忠武公追慕	『동아일보』	1931.6.12	
보신각 종	『東光』 23	1931.7	
生死觀空	『新生』	1931.7	
團結부터	『佛青運動』	1931.8	
그러구러 가련가	『東光』 25	1931.9	
삼산에 지는 달	『매일신보』	1931.9.5~8	
甘露水	『佛教』 88	1931.10	
枯香樹	『佛教』 88	1931.10	
鶴鳴禪師追慕(內藏寺)	『佛教』 89	1931.10	灘鄉
애닮은 추억	『東光』 26	1931.10	
한강 달밤	『동아일보』	1931.10.9	
鍾소래끝이고	『동아일보』	1931.10.13	

제목	발표지	날짜	비고
靈泉石佛	『동아일보』	1931.10.14	
어머니의 다지는 말씀	『東光』 27	1931.11	
歸鄕小曲	『佛教』 90	1931.12	
歲暮의 江山	『東光』 28	1931.12	
波羅密贊	『佛教』 91	1932.1	
동무에게	『佛教』 92	1932.2	
別曲三章	『回光』 2	1932.3	灘鄕
漢陽別曲	『佛教』 94	1932.4	
그리는 밤	『佛教』 95	1932.5	
昌慶苑에서	『佛教』 95	1932.5	
변하오리까	『佛教』 95	1932.5	
호풍이역	『東光』 33	1932.5	
이 땅의 형제여	『東光』 33	1932.5	
東方의 光明	『東光』 34	1932.6	
老母의 설움	『佛教』 98	1932.8	
주인은 어데로	『東光』 37	1932.9	
왜 그 말을 하였던가	『東光』 38	1932.10	
時調日記	『佛教』 100	1932.10	
우리뜻살려지다	『佛教』 100	1932.10	
祭壇앞에서	『佛教』 100	1932.10	趙灘鄕
전원에 드는 가을	『東光』 39	1932.11	
애기의 편지	『佛教』 101 · 102	1932.12	
바람결에붙이는노래	『佛教』 101 · 102	1932.12	趙鐵雲
쓰고적고	『佛教』 103	1933.1	
사슴이 우는 밤	『佛教』 104	1933.2	
흰털을 뽑으며	『佛教』 105	1933.3	
비닭이	『佛教』 106	1933.4	
동무의 말	『佛教』 106	1933.4	
동지를 잃고	『동아일보』	1933.12.22	趙大順
慈母初忌	『佛教』 2(신판)	1937	
오! 陽震의 靈은	『佛教』 3(신판)	1937	
朴鍾雲君의 靈에게	『佛教』 11(신판)	1938	
雪山으로들어가	『佛教』 21(신판)	1940	
잃은 青春	『佛教』 25(신판)	1940	

제목	발표지	날짜	비고
귀향 소곡	『자정의 지구』	1969.2.20	
가을별 아래서	『자정의 지구』		
피란 가는 길 1	『자정의 지구』		
피란 가는 길 2	『자정의 지구』		
피란 1	『자정의 지구』		
피란 2	『자정의 지구』		
설날 아침	『자정의 지구』		
친산 성묘	『자정의 지구』		
소낙비	『전남일보』	1955.8.7	
救族의깃발	『전남일보』	1956.2.1	
오목대	『전남일보』	1956.8.29	
早春旅程	『전남일보』	1957.3.28	
담양장	『호남신문』	1957.5.19	
암소	『호남신문』	1957.5.19	
가을하늘아래서	『전남일보』	1957.10.23	
고향에 돌아오며	『현대시조선총』	1958	
자정의 지구	『현대문학』	1958.5	
파고다의 열원	『자유문학』	1959.2	
천애의 고아	『현대문학』	1959.3	
두견	『현대문학』	1959.3	
가로 누운 시체	『자유문학』	1959.4	
꽃 한 포기	『자유문학』	1959.10	
모란꽃	『자유문학』	1959.10	
그리 멀지 않습데다	『자유문학』	1960.1	
코스모쓰	『新調』 5	1960.2	
평화 공양	『자유문학』	1960.5	
조국의 하늘	『시조문학』 창간호	1960.6	
나는 죽어야 한다	『현대문학』	1960.6	
사냥길	『조선일보』	1960.10.31	
싸리꽃	『자유문학』	1960.11	
가을 나그네	『시조문학』 2	1961.1.20	
봄하늘 아래	『조선일보』	1961.3.3	
내 살을 내가 꼬집으며	『현대문학』	1961.5	
鄕村의 가을	『현대문학』	1962.2	

제목	발표지	날짜	비고
울분	『시조문학』 4	1962.2.10	
허수아비	『자유문학』	1962.7	
외나무다리	『시조문학』 6	1962.11.10	
어머니 관세음보살	『현대시조작가대표작집』	1963.11	
얼어붙은 밤	『현대문학』	1964.3	
휑 뚫린 길이언만	『문학춘추』	1965.5	
頌詩	『普成』	1966.8	
어떻게 갔을까	『현대문학』	1966.10	
아 그날이여 오늘이여	『현대문학』	1968.3	
趙芝薰 靈前에	『현대문학』	1968.7	
頌祝	『시조문학』	1968.8	
곡천 나들이	『자정의 지구』	1969.2.20	
공동묘지	『자정의 지구』		
원평도중	『자정의 지구』		
떠나는 길	『자정의 지구』		
동동주 한 잔	『자정의 지구』		
장성 갈재	『자정의 지구』		
임피를 지내며	『자정의 지구』		
남관 관촌	『자정의 지구』		
연화동 다리	『자정의 지구』		
영하 18도	『자정의 지구』		
영수정에서	『자정의 지구』		
나그네 길	『자정의 지구』		
가슴	『자정의 지구』		
가는 가을	『자정의 지구』		
어머니 무덤 가에	『자정의 지구』		
목련화	『자정의 지구』		
얼어붙은 강	『자정의 지구』		
넋이 우는 낙동강	『자정의 지구』		
바라보는 월남땅	『자정의 지구』		
나도 풋말되어 살고싶다	『자정의 지구』		
산새	『자정의 지구』		
그리움	『자정의 지구』		
비원 뒷 산골	『자정의 지구』		

제목	발표지	날짜	비고
산도 가람도 자라는구나	『자정의 지구』		
구름	『자정의 지구』		
아, 가람님의 가심이여	『월간문학』	1969.3	
보시소 돌부처님	『현대시학』	1969.9	
서계시는 돌부처여	『의상대 해돋이』	1978.6	
보시소 돌부처님 (1)	『의상대 해돋이』	1978.6	
보시소 돌부처님 (1)	『의상대 해돋이』	1978.6	
돌부처님에게 (1)	『의상대 해돋이』	1978.6	
돌부처님에게 (2)	『의상대 해돋이』	1978.6	
보이지 않은 창	『동아일보』	1969.9.20	
노을타는 冠岳山	『동국시집』 10	1970	
落葉	『(69)년간시조집』	1970	
나그네	『(69)년간시조집』	1970	
꾀꼬리 · 귀촉도	『시조문학』 26	1970.11	
東海點描	『시문학』	1971.10	
義湘臺 해돋이	『의상대 해돋이』	1978.6	
淸澗亭	『의상대 해돋이』	1978.6	
東海가에서	『의상대 해돋이』	1978.6	
鏡浦臺	『의상대 해돋이』	1978.6	
紅蓮庵 觀世音菩薩	『의상대 해돋이』	1978.6	
永朗湖	『의상대 해돋이』	1978.6	
그리운 情	『의상대 해돋이』	1978.6	
雪岳山 단풍 I	『의상대 해돋이』	1978.6	
雪岳山 단풍 II	『현대문학』	1975.4	
가을하늘 이파리	『동아일보』	1971.9.25	
雪嶽山에서	『조선일보』	1971.10.12	
雪岳公	『월간문학』	1971.12	
도토리	『시문학』	1972.12	
가을비, 가을바람	『현대문학』	1973.1	
하늘아	『풀과별』	1973.3	
한줄 · 한마디	『시문학』	1973.4	
푸른 目標	『시문학』	1973.4	
歲月이	『월간문학』	1973.9	
떠나는 아침	『현대문학』	1973.12	

제목	발표지	날짜	비고
寒露무렵	『현대문학』	1974.9	
山에 오르면	『조선일보』	1974.12.18	
登山人口	『현대문학』	1975.4	
연습	『현대문학』	1975.4	
울고만 싶다	『현대문학』	1975.4	
雪嶽山 단풍 II	『현대문학』	1975.4	
지나가며	『현대문학』	1975.4	
卍海는…?	『韓國의思想家』	1975.9	
참새 새끼	『현대문학』	1977.7	
코스모스 1	『현대문학』	1977.7	
거 누가, 날찾아	『현대문학』	1980.12	
마음의 날개	『현대문학』	1983.4	
江南 春三月	『현대문학』	1983.4	
韓龍雲碑	『현대문학』	1983.4	
南大門 문턱	『거 누가 날찾아』	1986.10.30	
오늘의 삶	『거 누가 날찾아』	1986.10.30	
저렇게 살고 싶다	『거 누가 날찾아』	1986.10.30	
그림자	『거 누가 날찾아』	1986.10.30	
歲月이 꽃가루로	『거 누가 날찾아』	1986.10.30	
立春 뒷날	『거 누가 날찾아』	1986.10.30	
春分의 가리마	『거 누가 날찾아』	1986.10.30	
푸르름의 계절	『거 누가 날찾아』	1986.10.30	
계곡의 어느 하루	『거 누가 날찾아』	1986.10.30	
산뜻한 가을	『거 누가 날찾아』	1986.10.30	
가을 저녁	『거 누가 날찾아』	1986.10.30	
포근한 순간	『거 누가 날찾아』	1986.10.30	
강남터미널에서	『거 누가 날찾아』	1986.10.30	
눈 내리는 대관령	『거 누가 날찾아』	1986.10.30	
季節風	『거 누가 날찾아』	1986.10.30	
시냇소리	『거 누가 날찾아』	1986.10.30	
맑은 소리	『거 누가 날찾아』	1986.10.30	
나팔꽃	『거 누가 날찾아』	1986.10.30	
水落山	『거 누가 날찾아』	1986.10.30	
綠陰이 출렁거리면	『거 누가 날찾아』	1986.10.30	

제목	발표지	날짜	비고
은행나무 아래서	『거 누가 날찾아』	1986.10.30	
코스모스 2	『거 누가 날찾아』	1986.10.30	
제비 한쌍	『거 누가 날찾아』	1986.10.30	
雉岳山어귀	『거 누가 날찾아』	1986.10.30	
驪州들을 지나며	『거 누가 날찾아』	1986.10.30	
눈발 날리는 들판	『거 누가 날찾아』	1986.10.30	
물은 흘러도	『거 누가 날찾아』	1986.10.30	
山 불	『거 누가 날찾아』	1986.10.30	
東海가에서	『거 누가 날찾아』	1986.10.30	
아카시아 향기	『거 누가 날찾아』	1986.10.30	
그대의 꿈	『거 누가 날찾아』	1986.10.30	
그의 눈망울	『거 누가 날찾아』	1986.10.30	
獻 花	『거 누가 날찾아』	1986.10.30	
섣달 나그네	『거 누가 날찾아』	1986.10.30	
버스에서	『거 누가 날찾아』	1986.10.30	
포장마차	『거 누가 날찾아』	1986.10.30	
嶺松賦	『거 누가 날찾아』	1986.10.30	
꿈의 氣象圖	『거 누가 날찾아』	1986.10.30	
東海岸 바라보며	『거 누가 날찾아』	1986.10.30	
겨울 빗소리에 부침	『겨울빗소리』	1978	
月河詩集	『시조문학』	1982 봄	
나그네 길 1	『나그네 길』	1988.11.1	
나그네 길 2	『나그네 길』	1988.11.1	
나그네 길 3	『나그네 길』	1988.11.1	
나그네 길 4	『나그네 길』	1988.11.1	
나그네 길 5	『나그네 길』	1988.11.1	
나그네 길 6	『나그네 길』	1988.11.1	
나그네 길 7	『나그네 길』	1988.11.1	
나그네 길 8	『나그네 길』	1988.11.1	
나그네 길 9	『나그네 길』	1988.11.1	
나그네 길 10	『나그네 길』	1988.11.1	
나그네 길 11	『나그네 길』	1988.11.1	
나그네 길 12	『나그네 길』	1988.11.1	
나그네 길 13	『나그네 길』	1988.11.1	

제목	발표지	날짜	비고
나그네 길 14	『나그네 길』	1988.11.1	
나그네 길 15	『나그네 길』	1988.11.1	
나그네 길 16	『나그네 길』	1988.11.1	
나그네 길 17	『나그네 길』	1988.11.1	
나그네 길 18	『나그네 길』	1988.11.1	
나그네 길 19	『나그네 길』	1988.11.1	
나그네 길 20	『나그네 길』	1988.11.1	
나그네 길 21	『나그네 길』	1988.11.1	
나그네 길 22	『나그네 길』	1988.11.1	
나그네 길 23	『나그네 길』	1988.11.1	
나그네 길 24	『나그네 길』	1988.11.1	
나그네 길 25	『나그네 길』	1988.11.1	
나그네 길 26	『나그네 길』	1988.11.1	
나그네 길 27	『나그네 길』	1988.11.1	
나그네 길 28	『나그네 길』	1988.11.1	
나그네 길 29	『나그네 길』	1988.11.1	
나그네 길 30	『나그네 길』	1988.11.1	
나그네 길 31	『나그네 길』	1988.11.1	
나그네 길 32	『나그네 길』	1988.11.1	
나그네 길 33	『나그네 길』	1988.11.1	
나그네 길 34	『나그네 길』	1988.11.1	
나그네 길 35	『나그네 길』	1988.11.1	
나그네 길 36	『나그네 길』	1988.11.1	
나그네 길 37	『나그네 길』	1988.11.1	
나그네 길 38	『나그네 길』	1988.11.1	
나그네 길 39	『나그네 길』	1988.11.1	
나그네 길 40	『나그네 길』	1988.11.1	
나그네 길 41	『나그네 길』	1988.11.1	
나그네 길 42	『나그네 길』	1988.11.1	
나그네 길 43	『나그네 길』	1988.11.1	
나그네 길 44	『나그네 길』	1988.11.1	
나그네 길 45	『나그네 길』	1988.11.1	
나그네 길 46	『나그네 길』	1988.11.1	
나그네 길 47	『나그네 길』	1988.11.1	

제목	발표지	날짜	비고
나그네 길 48	『나그네 길』	1988.11.1	
나그네 길 49	『나그네 길』	1988.11.1	
나그네 길 50	『나그네 길』	1988.11.1	
나그네 길 51	『나그네 길』	1988.11.1	
나그네 길 52	『나그네 길』	1988.11.1	
나그네 길 53	『나그네 길』	1988.11.1	
나그네 길 54	『나그네 길』	1988.11.1	
나그네 길 55	『나그네 길』	1988.11.1	
나그네 길 56	『나그네 길』	1988.11.1	
나그네 길 57	『나그네 길』	1988.11.1	
나그네 길 58	『나그네 길』	1988.11.1	
나그네 길 59	『나그네 길』	1988.11.1	
나그네 길 60	『나그네 길』	1988.11.1	
나그네 길 61	『나그네 길』	1988.11.1	
나그네 길 62	『나그네 길』	1988.11.1	
나그네 길 63	『나그네 길』	1988.11.1	
나그네 길 64	『나그네 길』	1988.11.1	
나그네 길 65	『나그네 길』	1988.11.1	
나그네 길 66	『나그네 길』	1988.11.1	
나그네 길 67	『나그네 길』	1988.11.1	
나그네 길 68	『나그네 길』	1988.11.1	
나그네 길 69	『나그네 길』	1988.11.1	
나그네 길 70	『나그네 길』	1988.11.1	
나그네 길 71	『나그네 길』	1988.11.1	
나그네 길 72	『나그네 길』	1988.11.1	
나그네 길 73	『나그네 길』	1988.11.1	
나그네 길 74	『나그네 길』	1988.11.1	
나그네 길 75	『나그네 길』	1988.11.1	
나그네 길 76	『나그네 길』	1988.11.1	
나그네 길 77	『나그네 길』	1988.11.1	
나그네 길 78	『나그네 길』	1988.11.1	
나그네 길 79	『나그네 길』	1988.11.1	
나그네 길 80	『나그네 길』	1988.11.1	
나그네 길 81	『나그네 길』	1988.11.1	

제목	발표지	날짜	비고
나그네 길 82	『나그네 길』	1988.11.1	
나그네 길 83	『나그네 길』	1988.11.1	
江邊三章	육필원고		
못 갚으리	육필원고		
念珠를 돌리며	육필원고		
울음꽃 술잔에 띄워	육필원고		
찾는 길	육필원고		
백묵가루에	육필원고		
새깃발	육필원고		
길목에 서서	육필원고		
밤의 정밀(精謐)	육필원고		
달맞이꽃	육필원고		
6·25는 우리 가슴의 산 역사	육필원고		
碧爐	육필원고		
만가(挽歌)	육필원고		
무등산곡(曲)	육필원고		
아버지 묘표명(墓表銘)	육필원고		
첫눈 내리는 밤	육필원고		
산새 (2)	육필원고		
다방 풍경	육필원고		
여수 오동도에서	육필원고		
그건 더욱 몰라	육필원고		
북망산천	육필원고		
남이섬	육필원고		
설악산 접어들며	육필원고		
꿈꾸는 가로수	육필원고		
수주(樹州)님 영전에	육필원고		
광릉 나들이	육필원고		
담배를 끊으며	육필원고		
백팔공덕가	육필원고		
拜新羅厭髑聖廟詩(譯)	『金剛杵』 20	1932.12	번역시조
新羅瑞巖和尙의 三段法語(一譯)	『金剛杵』 23,	1939	번역시조
書懷(譯詩三首)	『金剛杵』 25	1941	번역시조
譯詩三篇	『佛敎』 32(신판)	1942	번역시조